기자의 산책

promenade

기자의 산책

허진석

내가 기자로서 마지막으로 일한 날은 2019년 8월 30일이다. 나는 2014년 1월 2일부터 쭉 그래 온 대로 오전 6시에 서울 충무로 아시아미디어타워 10층에 있는 사무실에 나갔다. 이날은 금요일이었다. 〈아시아경제〉의 26면에는 문화부에서 출고하는 채상우 시인과 윤재웅 동국대 교수, 나의 글이 실렸다. 나는 미국의 야구선수 테드 윌리엄스를 주제로 원고지 여덟 장짜리 칼럼을 썼다. 그리고 그날 오후 새 직장인 한국체육대학교에 가서 오후 4시에 시작되는 교양교직과정 강의를 처음으로 했다.

1988년에 시작한 기자생활이 금요일 정오에 금을 긋듯 명료하게 끝났다. 나는 논문을 쓰기 위해 신문사에서 물러난 2012, 2013년을 빼면 30년 동안 기자로 살았다. 기사를 몇 꼭지나 썼느냐고 묻는다면 '헤아릴 수 없이' 많이 썼다고 대답할 수밖에 없다. 그러나 이 대답은 '고향 마을 입구에 이름 모를 꽃이 만발했다'는 말처럼 무책임하며, 또한 부정확하다. 내가 〈아시아경제〉에서, 또한 그 전에 일하던 〈중앙일보〉에서 쓴 기사는 대부분 전산 시스템에 저장되어 언제든 불러내 읽을 수 있다. 그러니 꼭지수도 헤아릴 수 있다.

기자로 일하는 동안 보고 듣고 느낀 것을 모두 글로 옮겼다면 어땠을까. 양만 엄청날 뿐 대수롭지 않았을까. 반드시 그렇지만은 않으리라. 하고픈 말을 삼키듯 인내심을 발휘해서 펜을 거둬들인 경험이 여러 번 있다. 어떤 글은 다 써놓고도 신문에 싣지 못해 고무판 아래서 색이 바랬다. 데스크가 허락하는 지면이 좁아 제 모습을 잃은 채 세상에 낯을 보인 기사도 적지 않다. 이럴 때마다, '언젠가 기회가 온다면' 이 글들을 '제대로 다시 쓰겠다'고 다짐했다.

포털이 제공하는 블로그나 카페, 미니홈피는 글을 쓰려는 사람들에게 한동안 새로운 기회였다. 내가 이 글을 쓰는 2019년 9월 현재 블로그나 카페의 기능은 제한적이다. 많은 운영자들이 남의 글을 갈무리하거나 사진을 저장하는 데 사용하는 것 같다. 그러나 여전히 깊이 있는 글을 쓰는 운영자(또는 필자)가 보인다. 나는 주로 대중교통을 이용해 긴 거리를 오갈 때나 커피숍 같은 데서 누군가를 기다릴 때 온라인 텍스트들을 찾아 읽는다. 이렇게 해서 좋은 글을 만나는 기쁨은 작지 않다.

나는 〈중앙일보〉에서 '조인스 블로그'를 운영할 때 적극적인 참가자에 속했다. 글과 음악과 그림에 대해 주로 쓰면서 여러 사용자들과 소통하였다. 이들 가운데 몇몇은 아직도 필자 겸 독자로서 서로가 만들어내는 콘텐트를 소비하고 있다. 블로그는 내가 〈중앙일보〉

에 미처 쓰지 못한 글을 담아주었다. 신문이 아니라 나의 글을 읽기 위해 찾아온 독자들과 소통하는 창구가 되었다. 블로그는 최근에 사진이나 동영상을 주로 올리는 페이스북과 더불어 내 생각과 글이 통과하는 터미널 역할을 했다.

나는 이제 기자가 아니다. 따라서 신문 지면을 발표 공간으로 사용하지 않는다. 신문과 잡지에 칼럼을 기고하지만 기자가 누리는 기회와 비교할 수는 없다. 어떻게 할 것인가. 내 정신의 기초는 문장에 있다. 내 이마의 안쪽은 모국어가 지나가는 프롬프터다. 글을 쓰지 않는 삶은 상상하기 어렵다. 나는 세상을 오감으로 받아들여 반추동물처럼 되새긴다. 기억의 어느 공간을 벌려 묵은 기억과 본능을 끄집어낸 다음 감각의 호소를 버무린다. 이를 재료 삼아 흰개미처럼 정신의 구조물을 지어 나간다. 그러니 나의 글은 어차피 야생일 수밖에 없는 우리 삶의 대지에 흙과 진액을 버무려 세운 탑이거나 저 높은 데 효수한 둥지 같은 것이다.

나는 더 이상 매스미디어 종사자가 아니다. 그리하여 지면을 떠났으되 블로그를 발언공간으로 사용할 것 같지는 않다. 블로그는 대안공간이 아니다. 내가 블로그를 계속해서 운영한다면 일종의 저장고나 기억장치(Storage)로서가 아닐까? 어찌됐든 나는 쉬지 않고 글을 쓸 테니까. 글쓰기란 멈출 수 없는 일, 생명활동, 운동[氣運生動]이니까. 다람쥐가 밤톨을 물어다 쌓듯 블로그나 문서작성기의 어두운 서랍 속에 생각과 말과 행위를 저장할 것이다. 삶이 그렇듯 글을 쓰는 일도 완전을 지향하는 몸짓이다. 또한 그 자체로서 완결된 행위다. 나의 글은 내가 쉼 없이 저작한 삶의 경험과 의미, 생명활동 전체와 등가일 수밖에 없다.

오랫동안 책은 내 언어의 집이었다. 그리하여 내가 사유하는 우주가 되었다. 시간은 그 안에서 한 점으로 압축되거나 무한으로 확장된다. 적어도 이번 생에서는 마지막 순간까지 책을 만들 것이다. 책은 내가 앞서 말한 탑이거나 둥지이거나 벌집 같은 존재로서 내가 쓴 글들의 동의어다. 그들과 같은 높이에서 시간과 정신이 실려 다니는 우주의 바람을 맞아 흔들리며 진동한다. 이번 책도 예외일 수 없다. 번데기를 품은 고치처럼, 흔들어보라, 소리가 난다.

이 책은 내가 〈중앙일보〉나 〈아시아경제〉에 쓴 신문기사들과 관계가 있다. 그러나 묵은 글을 끌어 모으지는 않았다. 나는 내 삶의 현재를 염두에 두고 기억 저편으로 멀어져간 생각의 실마리를 따라 잡고, 한때 선명했을 죽은 이의 얼굴을 인화하기 위해 노력하였다. 그리하여 간절하게 쓰고 싶었던 이야기, 과장하면 '숨겨 놓은 세상사 중 딱 한 가지 억울했던 그 일'(정채봉)을 나와 문장 사이의 고랑에 파종하였다. 그러니까 이 책은 한때 잊혔다가 갑자기 나타난 형제이거나 무덤을 열고 나온 나자로 같은 존재다.

사연 한 토막을 적어 둔다. 내가 책을 쓸 때마다 산파를 맡아준 글누림 출판사에서는 표지 디자인을 완성해 놓고 원고를 기다려 주었다. 아니, 사실은 내가 표지 디자인에 매혹되어 욕심을 냈다. 언제나 변함없는 호의로써 내가 쓰는 글을 받아 주시는 이대현, 최종숙 대표께 감사드리지 않을 수 없다. 이태곤 편집이사와 안혜진 디자이너, 문선희 과장 등 글누림 가족 여러분의 응원과 격려는 매 순간 힘이 된다. 나는 새 일터인 한국체육대학교 본관 2층, 육상 트랙이 내려다보이는 연구실의 창을 모두 열고 이 글을 쓴다.

2019년 가을
201호실에서

차례

팝콘과 콜라

Bm, F#7…

카탈루냐 풍경

아야 소피아

라울
따뷔랭

셰익스피어
&컴퍼니

비펠슈테트

펜웨이 파크

팝콘과
콜라

파라마운트 소녀의 수수께끼

이상(李箱)은 일제강점기에 나고 죽은 소설가, 시인이다. 소설 「날개」가 유명하고 「오감도(烏瞰圖)」나 「건축무한육면각체(建築無限六面角體)」 같은, 제목부터 이상한 난해한 시를 많이 남겼다. 그러나 그는 누가 읽어도 뜻을 헤아리고 감정을 공유할 만한 쉬운 글도 많이 남겼다. 「거울」 같은 시가 그렇다.

거울속에는소리가없소
저렇게까지조용한세상은참없을것이오

거울속에도내게귀가있소
내말을못알아듣는딱한귀가두개나있소

거울속의나는왼손잡이오

17

내악수를받을줄모르는-악수를모르는왼손잡이오

거울때문에나는거울속의나를만져보지못하는구료마는
거울아니었던들내가어찌거울속의나를만져보기만이라도했겠소

나는지금거울을안가졌소마는거울속에는늘거울속의내가있소
잘은모르지만외로된사업에골몰할게요

거울속의나는참나와는반대요마는
또꽤닮았소
나는거울속의나를근심하고진찰할수없으니퍽섭섭하오

이상은 1934년 10월 〈가톨릭 청년〉에 발표된 이 시에서 현실적 자아와 내면적 자아의 갈등, 즉 자의식의 분열을 드러낸다. 윤동주의 시 「참회록」에도 거울이 등장한다. 시인은 '파란 녹이 낀 구리 거울'을 밤이면 밤마다 닦는데, '그러면 어느 운석(隕石) 밑으로 홀로 걸어가는 슬픈 사람의 뒷모양'이 나타난다고 했다.

「참회록」에서 녹이 낀 구리 거울은 자신의 모습을 비춰 주는 점에서 자기 성찰의 매개체인 반면, 이상의 '거울'은 '거울 속의 나'와 '거울 밖의 나'를 만나게 하는 매개체인 동시에 단절시키는 양면성을 지닌 대상이다. 그러니 이상의 시는 거울의 속성에 본격적으로 접근하고 있다.

거울은 사물을 비춰 주지만 거울 속의 세계는 현실과 단절된 공간이라는 점에서 그 속성에 반영과 차단이라는 모순이 있다. 이 모순은 영화의 세계와도 일맥상통한다. 영화는 현실이나 현실을 살아가는 이들의 소망과 상상력을 스크린에 비추지만 관객에게 스크린 저편의 세계는 '갈 수 없는 나라'다.

이상은 영화를 좋아했다. 그의 몇몇 작품에 영화나 극장이 등장한다. 소설 「동해(童骸)」에는 친구와 단성사에서 만날 약속을 하는 장면이 나온다. 소설 속 주인공이 본 영화 제목은 알 수 없다. 일본영화일 가능성이 크다. 영화 속에서 배우가 이런 대사를 한다.

"우리 의사는 죽으려 드는 사람을 부득부득 살려가면서도 살기 어려운 세상을 부득부득 살아가니 거 익살맞지 않소."

이상은 폐결핵을 앓았다. 그는 1936년 새로운 삶을 꿈꾸며 도쿄에 가지만 이듬해 사상불온 혐의로 경찰에 체포된다. 도쿄 니시칸다 경찰서에 유치되었다가 병보석으로 풀려났으나 폐병이 악화돼 도쿄 제국대학 부속 병원에서 죽었다. 그의 나이 스물여덟 살이었다. 유해는 화장해 미아리 공동묘지에 안치했으나 후에 유실되었다.

이상은 폐결핵을 치료하기 위해 힘을 기울인 것 같지 않다. 소설가 박태원은 "그는 그렇게 계집을 사랑하고 술을 사랑하고 벗을 사랑하고 또 문학을 사랑하였으면서도 그것의 절반도 제 몸을 사랑하지는 않았다"면서 이상의 죽음은 그 본질에 있어서는 자살이라고 했다.

이상은 1933년 폐결핵 진단을 받은 다음 조선총독부 건축기사 일을 그만두고 백천온천으로 요양을 간다. 거기서 기생 금홍을 만난 이상은 서울로 돌아와 종로1가에 '제비'라는 다방을 차린 다음 그녀를 불러 마담 자리에 앉히고 동거를 시작했다. 「날개」는 이 때의 체험을 바탕으로 쓴 소설이라고 한다.

이상은 1935년 여름 평안남도 성천에서 요양한다. 이 시기에 쓴 「산촌
여정(山村餘情)」과 「권태」는 이상의 수필 중 최고를 다툰다. 「산촌여정」은
같은 해 총독부기관지 〈매일신보〉에 실렸다. 산촌을 찾은 도시인, 사금파
리처럼 예민한 시인의 감성이 짜릿하게 읽힌다. 이 수필에서도 영화에 대
한 이상의 관심이 드러난다.

> (학교) 마당에서 오늘 밤에 금융조합 선전 활동사진회가 열립니
> 다. 활동사진? 세기의 총아-온갖 예술 위에 군림하는 '넘버' 제8예술
> 의 승리. 그 고답적이고도 탕아적인 매력을 무엇에다 비하겠습니까?

이상은 여기서 '따불렌즈(double lens)', '후래슈빽'(flashback)', '스틸(still)',
'스폿트(spotlight)' 같은 용어를 사용해 영화 지식을 드러낸다. 그런데 그는
이 수필의 앞부분에서 이해하기 어려운, 수수께끼 같은 이야기를 한다. '파
라마운트 회사 상표처럼 생긴 도회 소녀가 나오는 꿈'을 꾸었다고. 수필 전
체로 보아 이상은 영화사의 로고를 떠올린 듯한데, 착각을 하지 않았을까?
파라마운트 로고는 만년설에 덮인 산봉우리다. 초창기에는 유타에 있
는 벤 로몬드 산을, 지금 사용하는 로고는 스위스의 마터호른을 모델 삼아
디자인했다고 한다. '소녀'가 등장한다면 필시 컬럼비아 영화사의 로고다.
소녀라기보다 횃불을 든 여성인데, 초창기 로고의 모델은 알 수가 없다.
현재 사용하는 로고는 제니 조셉이라는 여성이다. 로고에 들어갈 사진을
촬영할 때는 임신 중이었다고 한다.

미드나잇 인 파리

2017.06.30.

우리는 때로 한 순간에 영화에 사로잡혀 버린다. 감독들은 충격적인 장면이나 강렬한 대사, 반복되는 시퀀스 등을 사용해 관객을 포박한다. 알프레드 히치콕 같은 감독은 일단 관객을 움켜쥐면 절대 놓아주지 않는다. 영화 〈싸이코〉의 샤워부스 살인 장면을 한 번 보면 결코 뇌리에서 지워낼 수 없다.

영화를 장면의 예술이라고 한다면 배경은 미학적 알리바이가 된다. '영원의 도시'가 아니라면 어디서 〈로마의 휴일〉을 찍을 수 있겠는가. 마찬가지로 '파리에서 찍은 영화'라고 하면 우리 머릿속에 수많은 기억의 가능성이 스쳐간다. 〈개선문〉, 〈파리에서의 마지막 탱고〉, 〈카사블랑카〉, 〈아멜리에〉, 〈퐁네프의 연인들〉…. 로마가 그러하듯 파리는 스펀지와 같은 매력으로 인간의 영혼을 빨아들인다.

우디 앨런도 파리를 사랑한 감독이다. 그는 더할 것도 뺄 것도 없는 뉴욕 사람이지만 유럽의 고도(古都)를 사랑해서 로마와 파리를 배경으로 한 영화를 몇 편 찍었다. 〈로마 위드 러브〉, 〈미드나잇 인 파리〉. 로맨스와 코미디를 버무리고 페이소스를 곁들인 그의 영화는 곧 인생이 파노라마일 수밖에 없음을 알려준다. 〈미드나잇 인 파리〉에서 앨런은 남자주인공 길 펜더(오웬 윌슨)의 입을 빌려 자주 독백한다.

이 영화는 객석에 불이 꺼지자마자 관객의 미감(美感)을 사로잡는다. 파리의 풍경이 빠른 호흡으로 스쳐가는 가운데 느긋하면서도 아련하게 그리움을 불러일으키는 시드니 베쳇의 소프라노 색소폰 선율(Si Tu Vois Ma Mere)이 흐른다. 센강과 에펠탑, 몽마르트르와 물랭루주, 개선문과 샹젤리제, 사크레쾨르와 노틀담, 판테온과 루브르, 오후 한 때 쏟아지는 소나기, 담배를 피우며 길을 건너는 사나이…. 그리고 밤이 내린다. 베쳇의 연주도 끝났을 때 길, 그러니까 앨런이 말한다.

"믿을 수가 없어. 세상에 이런 도시는 다시 없을 거야!"

베쳇의 연주와 더불어 파리의 풍경이 흘러가고 길이 감탄하는 이 장면까지, 당신도 볼 수 있다. 유튜브를 열어 검색창에 영화 제목을 입력하고 거기 'intro'를 추가하면 된다. 짧은 버전은 3분 11초, 긴 버전은 4분 10초. 나른한 오후, 스마트폰이나 노트북의 모니터를 열어 즐기기에 안성맞춤이다. 가급적 빨리 보시길.

본드, 제임스 본드

2017.06.01.

    영화 007시리즈에서 주인공 역을 맡은 배우는 숀 코네리, 조지 라젠비, 로저 무어, 티머시 돌턴, 피어스 브로스넌, 대니얼 크레이그 등 여섯 명이다. 이 중에 영국 배우 로저 무어가 역대 최고의 007로 꼽힌다. 무엇보다 시리즈의 원작자인 이언 플레밍이 제임스 본드 역에 가장 잘 어울리는 배우라고 평가했으니까.

    훤칠한 키에 잘생긴 얼굴, 품격과 유머를 겸비한 말솜씨, 사람(특히 미녀)을 꿰뚫어보는 듯 매혹적인 눈동자, 군인답게 균형 잡히고 절도 있는 행동 등 제임스 본드 역을 맡기 위해 필요한 조건을 모두 갖춘 배우로 무어만한 사나이가 없다.

    007 영화의 시작을 알리는 신호가 몇 가지 있다. 우선 익숙한 테마곡. 우리의 '피겨여왕' 김연아 선수가 2010년 밴쿠버 동계올림픽에서 쇼트프로그램의 배경음악으로 사용했다. 그 다음은 '총열 시퀀스(Gunbarrel Sequences)'로서 총구멍 저편, 스크린의 오른쪽에서 왼쪽으로 걷던 본드가

획 돌아서며 권총을 발사하는 장면이다. 화면 가득 붉은 피가 주르륵 흐르면서 총구멍이 화면 바닥으로 내려오면 이제 시작이다.

무어는 1973년 〈죽느냐 사느냐〉로 007 시리즈에 데뷔한다. 총열 시퀀스에서 그는 007 중에 처음으로 중절모를 쓰지 않고 나온다. 그 전에는 숀 코네리와 그의 대역 밥 시몬스, 조지 라젠비 모두 중절모를 썼다. 무어가 벗은 중절모를 다시 쓴 007은 없다. 또한 무어는 오른손에 든 권총을 왼손으로 지지하는 두 손 사격을 한다. 무어가 007을 맡았을 때 나이는 마흔다섯 살이었다. 적지 않은 나이지만 그래도 007이 사용하는 월터 PPK는 600g 미만이어서 어지간한 남성이 두 손으로 들어야 할 만큼 무겁지는 않다.

영화가 진짜로 시작되는 곳은 임무를 전달받은 본드가 현장에 뛰어들어 자신을 소개할 때다. "본드, 제임스 본드(Bond, James Bond)." 이 장면에서 무어만큼 폼이 나는 배우도 다시없을 것이다. 그는 완벽한 귀족영어(King's English)를 구사했다고 한다. 이제 무어의 목소리는 필름에서만 들을 수 있다. 그는 지난달* 24일(한국시간) 스위스에서 세상을 떠났다. 베이비붐 세대의 007, 명복을 빈다.

* 2017년.

수학여행

2017.05.18.

젊은이들은 구봉서를 모를 테고, 베이비붐 세대라면 코미디언으로 기억할 것이다. 그러나 그는 코미디언이기 전에 일류 배우였고 뛰어난 아코디언 연주자였다. 특히 배우로서 쌓은 업적이 훗날 텔레비전 코미디로 거둔 성공에 가린 면이 없지 않다.

지금은 아니지만, 한동안 현충일이 되면 공영방송에서 〈돌아오지 않는 해병〉(1963)이라는 영화를 방영하곤 했다. 당대의 감독과 명배우가 총출동한 대작 영화다. 대종상 감독상, 대종상 녹음상, 청룡영화상 감독상, 청룡영화상 특별상, 대종상 신인기술상을 휩쓸었다.

제작진이 화려하다. 〈만추〉(1966), 〈삼포 가는 길〉(1975)을 연출한 이만희 감독이 메가폰을 잡고 장동휘, 최무룡, 이대엽, 독고성 같은 대배우들이 출연했다. 구봉서는 장동휘, 최무룡과 함께 주연을 맡았다. 그가 출연한 영화는 400편에 이른다.

구봉서의 대표작은 〈돌아오지 않는 해병〉과 1969년에 주연으로 출연한 〈수학여행〉이 꼽힌다. 문희, 황해, 장동휘, 안인숙, 양훈 등이 나온다. 손수레도 없는 섬마을 국민학교(초등학교)에 부임한 교사 김선행(구봉서)의 아이들에 대한 사랑과 헌신이 감동적이다.

학생은 다 합쳐 서른다섯 명. 김선행은 아이들이 잘못을 저질러도 화를 내거나 야단을 치지 않는다. 학생들의 소원은 '뭍'에 가보는 것. 김선행은 이들을 위해 수학여행을 계획한다. 마을 어른들이 반대를 하지만 아이들이 가축을 키워 모은 돈으로 결국 서울에 간다.

영화의 배경이 된 섬은 선유도다. 고군산군도 연결도로가 개통돼 육지와 통하는 길이 열리기 전까지 군산에서 배를 타고 들어가야 했다. 육지에서 멀기는 하나 가는 동안 뱃길이 아름답고, 철따라 나는 생선 맛이 귀해 다녀온 사람은 잊지 못하는 섬이다.

최근 전라북도와 군산 지역 신문을 인터넷으로 살펴보니 선유도가 불법 건축물과 불법 운송행위 등으로 몸살을 앓는 모양이다. '선유도상가협의회'가 주장하기로는 선유도에서 불법영업을 하는 식당과 민박업소가 열 곳을 넘는다고 한다.

서울역에 도착한 아이들이 '서울수학여행 선유도국민학교'라고 쓴 팻말을 들고 있다. 아이들은 연신 고개를 쳐들고 무언가를 올려다본다. 서울스퀘어 같은 빌딩도 없는데. 구봉서는 그들 뒤에 있다. 그러나 아이들은 저 하늘 너머 어디에서 쉬고 있을 구봉서를 찾는 듯하다.

타임 워프(time warp), 시간의 왜곡.

시네마천국

2017.04.27.

"인생은 네가 본 영화와 달라. 인생이 훨씬 힘들지. 몸이 무거우면 발자국도 깊단다. 사랑에 빠지면 괴로울 뿐이야. 막다른 골목이니까. 돌아오면 안 된다. 모조리 잊어버려야 해. 편지도 쓰지 마. 향수에 빠져서는 안 돼. 잊어라. 만일 못 참고 돌아오면 널 다시 만나지 않겠어. 알겠지?"

영화〈시네마천국〉에 나오는 알프레도(필립 느와레)는 홀어머니 슬하에서 자란 토토(어린이일 때는 살바토레 카스치오, 청년 시절은 마코 레오나디, 성인은 자크 페렝이 연기했다)에게 아버지 같은 존재다. 조제 바스콘셀루스가 쓴『나의 라임오렌지나무』에서 포르투카가 제제에게 그러했듯이. 알프레도와 토토가 작별하는 장면은 마음을 아프게 한다.

일류 감독으로 성공해 로마에서 살며 메르세데스를 타고 다니게 될 때까지 토토의 삶은 고단했으리라. 알프레도의 당부는 그의 삶에 나침반이 됐을 것이다. "나약한 사람은 한 곳에만 애정을 준다. 강한 사람은 사랑을 세계 곳곳으로 확대한다. 그러나 완벽한 사람은 모든 곳에서 애정의 불을 끈다."(에리히 아우어바흐) 토토는 알프레도의 부음을 듣고 고향(시칠리아)으로 돌아간다.

영화의 배경은 '잔카르도'라는 마을이다. 잔카르도는 지어낸 지명이고, 실제는 '팔라조 아드리아노'다. 극장 건물만 세트였다. 아역을 맡은 살바토레의 고향이라고 한다. 이 영화의 명장면 중 하나인 여름밤 야외상영 장면은 '체팔루'에서 찍었다. 시칠리아 섬 북쪽, 팔레르모에서 동쪽으로 70㎞ 정도 떨어져 있다. 영화에서는 밤 풍경만 보이지만 낮에도 아름다운 곳이다.

알프레도의 당부를 토토와 함께 관객도 듣는다. 그리하여 이 당부가 '예언'임을 직감한다. 우리 가운데 누구도 고향에 돌아가지 못한다. 고향은 추억과 그리움의 덩이줄기를 품은 채 우리 기억과 마음속에 잠복했을 뿐이니까. 그리하여 고향은 결코 다시 돌려볼 수 없는 필름의 기억이자 유년의 꿈이다. 이 영화를 보고 토머스 울프가 쓴 소설 「그대 다시는 고향에 돌아가지 못하리」를 떠올림은 자연스러운 일이다.

울프는 어니스트 헤밍웨이, 스콧 피츠제럴드와 함께 20세기 초 미국 문학의 황금기를 장식한 인물이다. 폐가 나빠 일찍 죽었는데, 서른여덟을 일기로 요절하기 직전에 「그대 다시는 고향에 돌아가지 못하리」를 탈고했다. 책은 그가 죽은 다음 출판되었다. 지난해 미국에서 만들어 최근 국내에서 개봉한 〈지니어스〉는 울프의 이야기를 다룬 영화다.

〈상하이에서 온 여인〉과 거울

2017.04.20

일제강점기에 활동한 시인 이상(李箱)은 그의 시 「거울」에서 '거울 속의 나'가 자신과 반대지만 꽤 닮았다고 썼다. 시인이 거울 앞을 떠나면 '거울 속의 나'는 제 일을 한다. 윤동주는 「참회록(懺悔錄)」에서 거울을 닦는다.

파란 녹이 낀 구리 거울 속에
내 얼굴이 남아 있는 것은
어느 왕조의 유물이기에
이다지도 욕될까.

나는 나의 참회(懺悔)의 글을 한 줄에 줄이자.
─ 만(滿) 이십사 년 일 개월을
무슨 기쁨을 바라 살아 왔던가.

내일이나 모레나 그 어느 즐거운 날에

나는 또 한 줄의 참회록(懺悔錄)을 써야 한다.

- 그 때 그 젊은 나이에

왜 그런 부끄런 고백(告白)을 했던가.

밤이면 밤마다 나의 거울을

손바닥으로 발바닥으로 닦아 보자.

그러면 어느 운석(隕石) 밑으로 홀로 걸어가는

슬픈 사람의 뒷모양이

거울 속에 나타나온다

이상의 거울은 '거울 속의 나'와 '거울 밖의 나'를 만나게 해주는 매개체이자 단절의 도구다. 「참회록」에서 윤동주의 거울은 자기 성찰의 매개체다. 그런 의미에서 이상의 거울은 이미지를 확장하는 폭이 크고, 그만큼 매혹적이다. 그의 상상력은 마셜 매클루언과 오스카 와일드에게 가 닿는다.

매클루언의 '마취된 나르키소스'. 나르키소스는 물낯(거울)에 비친 자신을 다른 사람으로 잘못 알고 반해버렸다. '물낯이라는 수단에 의한 자기 자신의 확장'이다. 다음은 와일드의 재치. 나르키소스가 죽자 호수가 애도한다. 요정들이 위로하며 묻는다. "그가 그렇게 아름답던가요?" "그가 아름다웠다고? 몰랐는데. 나는 그의 눈에 비친 나의 아름다운 모습을 보았을 뿐이야." 극한의 자기애(自己愛)다.

거울은 예술가들을 매혹시켰다. 영화도 예외는 아니다. 거울은 오래전에 스크린을 점령했다. 찰리 채플린이 1928년에 만든 〈서커스〉에서는 본

격적으로 활약한다. 충무로에서는 2003년 여름 공포영화 〈거울 속으로〉
가 개봉됐다. 현대 영화의 영상언어를 한 차원 끌어올린 예술가 오손 웰스
의 〈상하이에서 온 여인〉(1947)을 빼놓을 수 없다.

뱃사람 마이클이 강도를 만난 미녀 엘자를 구한다. 그는 그녀에게 반한
다. 하지만 그녀는 갑부 베니스터의 부인이다. 베니스터는 감사의 뜻으로
마이클을 선원으로 채용해 지중해 여행에 동행한다. 여행이 편했을 리 없
다. 영화의 끝부분, '거울 방'에서 벌어진 총싸움 장면은 수없이 많은 감독
이 베낀 명장면이다.

오데사 계단의 유모차

2017.04.06.

검은 베일을 쓴 젊은 여인이 총탄에 맞아 피를 흘리며 쓰러진다. 그녀
가 끌던 유모차가 계단 아래로 구르기 시작한다. 오데사 계단의 학살. 영
화 〈전함 포템킨〉의 하이라이트다. 세르게이 에이젠시테인이 러시아 혁
명 20주년을 기념해 1925년에 만든 이 영화는 정치적 선전물의 성격이
강한 작품이다. 그러나 계단 신으로 압축되는 에이젠시테인의 미학은 작
품에 영원한 생명을 불어넣었다.

영화의 배경은 1905년 6월 27일에 발생한 반란 사건이다. 러시아 최강
의 전함 포템킨 호의 수병들은 썩은 고기가 급식되자 분노한다. 그들은 반
란을 일으켜 전함을 장악했다. 수병들이 오데사 항에 입항하자 시민들이
환영하기 위해 부두로 나온다. 그러나 황제의 진압군이 출동, 총칼을 휘둘
러 수많은 시민이 희생된다. 이 장면을 에이젠시테인의 몽타주 기법이 현
란하게 수놓는다.

몽타주(montage)는 따로 촬영한 화면을 떼어 붙여 새로운 장면이나 내

용을 만드는 기법이다. 에이젠시테인은 총을 겨눈 채 저벅저벅 계단을 걸어 내려가는 황제의 군대, 칼을 휘두르는 카자흐 기병대, 깨어져 구르는 안경, 여인의 얼굴에 흘러내리는 선혈 등을 병치해 관객들의 선택을 유도한다. 수많은 감독들이 에이젠시테인에게 경의를 표하며 이 장면을 오마주했다. 〈언터처블〉, 〈여인의 음모〉, 〈바나나공화국〉, 〈케밥 커넥션〉 등이 그런 작품이다.

유모차에 실려 계단을 굴러 내려간 아기는 어떻게 되었을까. 영화를 보아서는 생사를 확인하기 어렵다. 유모차가 계단 끝에 이르러 막 뒤집어지려는 순간 카자흐 병사 하나가 장검을 내려친다. 그런데 다음 장면에서는 안경을 쓴 여성이 피를 흘리며 비명을 지른다. 사실 유모차를 탄 아이는 영화 밖에서 순조롭게 성장해 훗날 오데사 대학의 교수가 된다. 바로 물리학 박사 아브람 글라우버만이다.

오데사의 계단은 원래 '리슐리외 계단'이나 '거인의 계단' 등으로 불렸다. 에이젠시테인의 영화는 계단의 이름을 바꾸어버렸다. 오데사의 시민들은 '포템킨 계단'이라고 부른다. 흑해를 여행하는 크루즈의 여행안내 지도도 포템킨 계단으로 소개하고 있다. 오데사의 역사는 러시아가 1792년에 건설한 요새에서 시작됐다. 도시의 이름은 고대 그리스의 식민도시 오데소스(Odessos)에서 가져왔다.

80일간의 세계일주

프랑스 사람 쥘 베른은 인간이 아직 하늘을 날거나 깊은 바다에 들어가기 전에 우주, 하늘, 해저 여행 이야기를 썼다. 라이트 형제가 역사상 처음으로 동력 비행기를 조종하여 지속적인 비행에 성공한 해는 1903년이다. 인간이 심해에 마음먹고 들어간 때는 1966년이다. 이 해 1월 23일에 자크 피카르와 돈 월시가 미국 해군 소속 '트리에스테'를 타고 마리아나 해구의 수심 1만 916m까지 잠수했다.

현대인의 상상 세계를 극적으로 확대한 베른을 '과학 소설의 아버지'라고 부른다. 베른과 어깨를 겨룰 만한 작가는 휴고 건즈백, 허버트 조지 웰스 정도다. 건즈백은 「랄프 124 C41 플러스-2660년의 로맨스」(1912)에서 형광등 · 플라스틱 · 레이더 · 테이프 레코더 · 텔레비전 등을 예언했다. 그의 이름을 딴 휴고상은 과학소설 최고의 상으로 꼽힌다. 웰스는 『타임머신』(1895), 『투명인간』(1897), 『우주전쟁』(1898) 등을 썼다.

베른은 조금 특별한 사람이다. 그가 영화와 애니메이션 등 현대 예술

장르에 미친 영향은 매우 크다. 베른이 『해저 2만 리』(1869)에서 창조한 네모 선장은 가상 세계의 슈퍼스타다. 하지만 그는 우주와 과학의 세계가 아니라 대지와 대양이라는 아날로그의 세계에서도 상상력을 발휘했고, 독자에게 최고 수준의 지적 쾌감을 제공할 줄 알았다. 『80일간의 세계일주』 (1873)는 우리에게 『해저 2만 리』 이상으로 깊은 인상을 남겼다. 이 소설은 1956년 마이클 앤더슨이 감독하고 데이빗 니븐이 주연을 맡은 같은 제목의 영화로 만들어졌다. 영화는 아카데미 작품상, 촬영상, 편집상, 음악상, 각본상을 휩쓰는 성공을 거두었다.

『80일간의 세계일주』는 영국 신사 필리어스 포그가 클럽 친구들과 2만 파운드 내기를 걸고 프랑스인 하인 파스파르투와 함께 80일 만에 세계를 일주한다는 내용이다. 모험을 즐기며 꼼꼼하고 감정을 잘 드러내지 않는 포그는 온갖 어려움을 이겨내고 내기에서 이긴다. 시한보다 하루 늦었지만 지구 반대편의 시차로 인한 착오였음이 밝혀져 아슬아슬하게 클럽에 도착하는 장면이 마지막 하이라이트다. 1936년에 프랑스의 시인이자 소설가인 장 콕토와 그의 친구 마르셀 킬은 베른 탄생 100주년을 기념해 80일간 세계일주를 한 다음 그 기록을 책(『다시 떠난 80일간의 세계일주Mon premier voyage:Le tour du monde en 80 jours』)으로 남겼다.

미스터 포그의 여행은 어디까지나 베른의 머릿속을 종횡한 모험이다. 콕토는 현실의 세계를 누볐다. 베른의 상상과 콕토의 체험 사이를 한 여성의 기적 같은 도전이 가로지른다. 1890년 오늘, 미국 기자 넬리 블라이가 세계일주를 마치고 뉴욕으로 돌아갔다. 스물다섯 살 처녀는 4만 5000㎞에 이르는 여행을 72일 6시간 11분 14초에 마쳤다. 1889년 11월 14일에 뉴욕을 떠나 영국, 프랑스, 이탈리아와 수에즈 운하를 거쳐 스리랑카의 콜롬보, 홍콩, 페낭 반도, 일본을 거쳐 다음 해 1월 25일에 돌아갔다. 소속사는 여행 기획을 남성 기자에게 맡기려 했지만 어림없었다. 넬리는 으름장을 놓았다.

"남자를 보내면 같은 날 다른 신문사 대표로 출발해 그 남자를 이겨버리겠다."

넬리는 보통 여성이 아니었다. 그는 1885년 〈피츠버그 디스패치〉에 실린 「여자아이가 무슨 쓸모가 있나(What Girls Are Good For)」라는 칼럼을 읽고 격분해 '외로운 고아소녀'라는 가명으로 반박문을 보냈다. 그의 원래 이름은 엘리자베스 코크레인인데, 이 일을 계기로 같은 신문의 기자가 되었다. 넬리의 활약은 눈부셨다. 특히 1887년 뉴욕 블랙웰스섬 정신병원에 잠입해 정신병원의 끔찍한 환경과 환자 학대를 고발한 기사는 큰 반향을 일으켰다. 이 보도를 계기로 미국 정부는 병원의 상황을 개선하고 의료 시스템을 개선했다. 이 업적은 넬리에게 탐사보도의 창시자라는 명예를 안겼다.

넬리 블라이는 1895년 사업가인 로버트 시먼과 결혼했다. 그녀의 나이 서른하나, 시먼은 일흔세 살이었다. 남편의 건강이 나빠지자 언론계에서 은퇴해 남편의 일을 넘겨받았다. 시먼은 1904년에 숨을 거두었다. 넬리는 세계1차대전이 터지자 전선으로 달려가 유일한 여성 종군기자로 활약했다. 쉰다섯 살에 미국에 돌아가 칼럼을 쓰고 고아들을 돌보다 1922년 1월 27일 뉴욕의 성 마르코 병원에서 숨을 거두었다.

전쟁이 낳은 괴물, 고다이라 요시오

2018.10.05

〈전쟁과 한 여자(戰爭と一人の女)〉는 일본 감독 이노우에 준이치가 만든 영화다. 에구치 노리코와 나가세 마사토시가 주연해 2013년 8월 15일에 개봉하였다. 원작은 사카구치 안고(坂口安吾)가 같은 제목으로 쓴 소설이다. 영화를 소개한 글이 있다.

"전쟁 중 절망과 허무함 속에 허덕이는 알코올중독 작가와 성욕을 느끼지 못하는 젊은 매춘부, 여기에 전쟁의 트라우마에 시달리며 끊임없이 살인과 강간으로 여성을 유린하는 귀환 병사, 이들을 통해 전쟁이라는 것이 얼마나 인간을 파괴하고 망가뜨려 놓는지에 대해 이야기한다. 또한, 극 중 일본에서는 다루기 힘든 일본의 전쟁 책임론과 천황비판에 대한 통렬하고 직접적인 묘사는 일본 영화계는 물론 사회, 문화, 정치의 뜨거운 감자가 되기도 했다."

영화의 배경은 패망 직전의 일본이다. 미군의 폭격이 거듭되고 인간의 거처는 무너지며 거리에는 시체가 쌓여간다. 이 삭막한 공간을 두 시선이

더듬어 나간다. 몸을 파는 여자와 전쟁에서 한 팔을 잃은 남자. 두 사람은 서로 다른 이유와 방법으로 성에 집착한다. 여자는 살아있으며 사랑받을 수 있음을 확인하기 위하여, 남자는 보상 심리와 트라우마에 사로잡혀.

영화는 남녀의 성에 대한 천착에서 전범국가 일본에 대한 반성으로 나아간다. 그래서 '호전적인 일본 정치판과 극우주의자들에게 전쟁이 얼마나 참혹한지를 보여주는 영화'라는 평을 들었다. 전쟁 중에 가장 약한 존재는 여성과 아이들이다. 여자는 미군에게 몸을 판다. 그리고 다짐한다. 미군이 승리하면 '반드시 혼혈아를 낳겠다'고. 전쟁이 끝나고 새 질서가 자리 잡는 중에도 여성은 여전히 약한 존재다.

영화에서 강간과 살인을 일삼는 악마, 한 팔을 잃은 병사는 고다이라 요시오(小平義雄)라는 실존 인물을 모델로 삼았다고 한다. 그는 전쟁이 낳은 괴물로, 1923년 6월에 해군에 입대해 중국 침략 전쟁에 참가했다. 여성을 수없이 강간 · 살해하고 임신부의 배에 칼을 찔러 넣은 범죄자다. 1924년 5월에 기관 병장으로 퇴역한 그는 희대의 살인귀가 되어 최소한 일곱 차례 여성을 강간 · 살해했다.

고다이라는 체포되어 조사를 받을 때 "전쟁 때 나보다 끔찍한 일을 한 사람들을 많이 알고 있는데, 평화로운 때에 나만큼 심한 짓을 한 사람은 없다"고 했다. 영화 속에서 소리친다. "천황 폐하의 명령으로 살인 · 강도 · 강간을 했다. 도조 히데키는 A급 전범이 됐는데 어째서 천황은 전범이 아니냐." 그는 1948년 11월 16일 사형선고를 받았다. 사형은 이듬해 10월 5일 미야기 교도소에서 집행되었다.

이노우에 감독은 영화가 개봉된 해에 우리 언론과 인터뷰를 했다. 그는

"전쟁과 강간은 자연스럽게 맞물리는 범죄다. 영화를 보고 일본군 위안부 문제가 떠오를 수 있다. '기억나지 않는다. 증거가 없다'며 발뺌하는 일본 정부의 태도는 옳지 않다"고 했다. 시나리오를 쓴 아라이 하루히코도 "역사는 끊임없이 이어진다"며 일본 정부의 책임을 강조했다. 이렇게 정신이 맑은 사람은 일본에 많지 않고, 그나마 목소리가 날로 잦아드는 듯하다.

종무지와 덕혜

2016.08.26.

영화 〈덕혜옹주〉는 매력적인 배우 손예진 씨의 뛰어난 연기와 관객동원능력을 확인시켜주었다. 그런데 이 영화는 '역사왜곡' 시비로 인해 영화의 작품성과는 별개로 관심을 모았다. 가장 비판받은 부분은 덕혜옹주를 독립운동가처럼 표현했다는 점이다. 이 비판에는 근거가 없지 않다.

영화 속의 덕혜옹주는 일본옷(기모노) 입기를 거부하고 망명을 시도하며 동포 앞에서 조선인으로서 긍지를 잃지 말라고 연설한다. 기록에 없는 얘기다. 옹주는 일신소학교에서 기모노를 입고 공부했다. 한글학교를 세운 적도 없다. 영화는 옹주가 광복 직후 이승만 정부가 귀국을 막자 그 충격 때문에 조현병(정신분열증)을 앓는 것처럼 묘사했다. 그러나 옹주의 조현병은 어머니(양귀비)가 죽은 이듬해(1930년)부터 나타났다. 열여덟 살이었다. 정신분열증은 자연인 이덕혜를 불행하게 만든 가장 큰 원인이었을 것이다.

나는 2015년 12월 25일 대마도에 갔다. 부산에서 배를 탔다. 작고 조용한 마을, 아늑한 바닷가에서 쉬었다. 덕혜옹주를 소재로 영화를 만들고 있다는 사실을 이때 알았다. 대마도는 옹주와 인연이 각별한 곳이다. 옹주의 남편인 소 다케유키(宗武志) 백작 가문의 근거지이다. '덕혜옹주결혼봉축비'는 한국인 관광객이 반드시 들르는 곳이다.

관광 가이드로 일하는 한국인을 비롯한 대마도 사람들이 걱정을 했다. 영화가 일본과 소 다케유키를 오로지 악(惡)으로만 묘사할까봐. 특히 소 다케유키를 극단적으로 나쁜 인물로 표현할까 우려했다. 한국에는 그가 아내를 정신병원에 처넣은 뒤 이혼해 버렸다고 알고 있는 사람이 많다. 내가 대마도에서 만난 사람들은 "백작이 옹주를 극진히 보살폈다는 기록이 많습니다"라고 했다.

소 다케유키. 그는 '종무지'라는 이름으로 조선인들에게 첫 선을 보인다. 한자 이름을 우리의 독음으로 읽은 것이다. 동아일보는 1930년 10월 31일자 2면에 옹주의 정혼 사실을 보도했다. 종무지는 11월 초순에 옹주와 처음 대면한다고 했다. 11월 23일자 2면에 양가가 합의했다는 기사가 나온다. 1931년 5월 9일자 2면에는 8일 오전 결혼식을 했다는 소식이 있다.

결혼을 둘러싼 분위기가 어땠는지 분명하지 않다. 영왕의 부인 이방자 여사가 1984년 8월 13일자 경향신문에 쓴 회고록에 따르면 1930년 가을에 종무지와 옹주의 결혼이 추진될 때 영왕 내외가 매우 분개했다고 한다. "옹주의 병을 고치는 것이 급한 일"이라고 생각했다는 것이다. 영왕은 옹주를 일본인과 결혼시키려는 '저들'의 속셈을 못마땅해 했다고 한다. 이 여사도 "옹주가 소망대로 공부를 마치고 조선에 가서 교사생활을 하며 조선사람과 결혼해 사는 것이 행복할 것 같았다"고 썼다.

옹주의 조현병은 매우 심각했다. 이방자 여사는 1931년에 옹주의 병세가 좋아져 "몽롱했던 정신이 맑아지고 사람을 알아보고 식욕도 좋아졌다"고 적었다. 옹주는 결혼 얘기를 듣고 사흘 동안 식음을 전폐하고 울었다고 한다. 이 여사는 결혼식 날 하얀 드레스를 입은 옹주를 보고 "나도 모르게 눈물이 나왔다"고 했다. 동병상련이었을 수 있다.

결혼식을 전후해 찍은 사진을 보면 종무지는 훤칠한 미남이다. 나중에 레이타쿠대학의 영문과 교수로 일한 영문학자이자 시인이었다. 그는 옹주와의 일에 대해 한마디도 남기지 않았다. 옹주와 결혼한 1931년부터 이혼한 1955년, 그리고 딸을 잃는 1956년까지 25년 세월을 '인생의 공백기'라고 했다. 옹주가 귀국한 뒤인 1972년 낙선재를 방문했지만 옛 아내를 만나지 못했다.

몇 조각 편린이 반짝인다. 1932년 8월 14일, 종무지와 옹주 사이에 딸이 태어난다. 이름은 정혜(正惠·마사에). 옹주의 이름 중 한 자(惠)가 들어갔다. 딸의 이름에서 종무지의 마음을 본다면 억지일까. 그는 딸을 극진히 사랑했다. 그림을 잘 그려서 1983년 7월 6일부터 12일까지 도쿄 긴자의 마츠자카야 백화점에서 전시회를 열었는데 딸의 어린 시절 초상화 넉 점을 걸었다. 섬세한 붓놀림에 사랑이 가득 담겼다. 그러나 딸은 아버지에게 영원한 아픔을 남기고 떠났다.

정혜는 1955년 일본인과 결혼했는데 이듬해 8월 26일 유서를 남기고 가출한다. 시신은 발견되지 않았다. 종무지는 죽을 때까지 딸의 사망신고서를 내지 않았다. 작은 항아리에 진주 한 알을 넣고 상자에 담아 장례식을 갈음했다. 1976년 7월, 그는 「진주」라는 시를 발표한다. "여름 산 푸른 잎 우거진 길을 넘어갔으리. …그날 그 언저리에 비가 내렸으리라. / 조금만 더 가면 길이 끊기니 … 하늘로 날아갔을까, 하얀 비둘기처럼…"

종무지는 1985년 4월 22일에 삶을 마친다. 생전에 「사미시라(さみしら)」라는 시를 남겼다. 1956년 4월에 출간된 종무지의 첫 시집 『해향(海鄕)』에 실렸다. '사미시라'는 외로움, 쓸쓸함을 뜻한다고 한다. 『대한제국 마지막 왕녀 덕혜옹주』를 쓴 혼마 야스코(本馬恭子)는 이 시를 종무지가 덕혜옹주를 그리며 쓴 시라고 확신했다. 추려 읽는다.

"미쳤다 해도 성스러운 신의 딸이므로 / 그 안쓰러움은 말로 형언할 수 없다. … 빛바랠 줄 모르는 검은 눈동자 … 나의 넓지 않은 가슴 한편에 / 그 소녀가 들어와 자리 잡은 지 이미 오래인 것을 … 네 눈동자가 깜빡거릴 때의 아름다움은 / 칠월칠석날 밤에 빛나는 별 같았다. … 언젠가 너를 만나고 싶다고 / 정처 없이 나는 방황하고 있다. // 봄이 아직 일러 옅은 햇볕이 / 없어지지 않고 있는 동안만 겨우 따뜻할 때, / 깊은 밤 도회지의 큰길에 서면 / 서리가 찢어지듯 외친다. 아내여, 들리지 않니."

「사미시라」는 30연 120행으로 되어 있다. 혼마는 백낙천의 「장한가(長恨歌)」 역시 120행으로 되어 있음을 깨닫고 깜짝 놀란다. 그는 썼다. "'한(恨)'이란 … 슬픔과 괴로움의 감정이다. … '장한'은 '영원한 한'이라는 의미다. 덕혜옹주와의 비극을 스스로 노래한 시인 소 다케유키의 노래이며 절창(絕唱)"이라고.

제6회 스웨덴 영화제

2017.11.02.

1992년의 하지 무렵, 나는 스톡홀름에 있었다. 기차를 타고 남쪽으로 한 시간 거리에 있는 노르체핑에 다녀온 날 새벽, 스톡홀름 중앙역을 나오면서 마주친 광경을 잊을 수 없다. 백야(白夜)는 절정이었고, 모든 풍경은 실루엣이었다. 체격이 유난히 큰 스칸디나비아 인들은 환영처럼 다가왔다 길 저편으로 사라져갔다.

서울을 떠난 지 두 달. 꿈도 외국어로 꾸었다. 일요일이었으리라. 숙소 침대에 누워 흰 구름이 떠가는 창밖의 하늘을 바라보던 오후였으므로. 주인집에서 빌린 라디오에서 골드베르크 변주곡이 흘러나왔다. 글렌 굴드가 중얼거렸다. 고독감 때문에 미쳐버릴 것 같았다. 싸늘한 방 안에 무언가를 가두듯 방문을 쾅 닫고 뛰쳐나갔다. 그리고 중앙역으로 달려가 웁살라로 가는 완행열차를 집어탔다.

석양 무렵, 사람 허리까지 자란 덤불 사이로 사슴과 들토끼가 기차를 따라 달렸다. 머릿속에서는 기차의 덜컹거리는 소음에 섞여 골드베르크 변주곡의 아리아가 끊이지 않고 흘렀다. 웁살라 역에 내렸을 때는 푸른빛이 감도는 저녁이었다. 웁살라 교회의 종소리가 저녁 하늘에 먹물처럼 번졌다. 영화감독 잉마르 베리만의 영혼이 배회하는 오래된 골목을 어둡도록 쏘다녔다.

베리만이 찍은 영화는 대부분 스웨덴이 배경이다. 특히 1982년 12월 17일에 개봉, 1983년 아카데미 최우수 외국어 영화상을 받은 〈화니와 알렉산더(Fanny och Alexander)〉는 베리만의 고향 웁살라에서 찍었다. 1997년에 나온 텔레비전 영화 〈어릿광대 앞에서〉도 웁살라가 배경이다. 스웨덴의 영화는 생소한 느낌을 주지만 사실은 우리 가까이 있다. 그레타 가르보, 잉그리드 버그만 같은 대배우가 모두 스웨덴 사람이다.

〈엘비라 마디간〉을 어떻게 빼놓을 수 있겠는가. 귀족 출신의 젊은 장교 식스틴과 서커스단에서 줄 타는 소녀 엘비라. 모차르트의 협주곡 선율에 실린 정열적이고 행복한 사랑은 자살로 막을 내린다. 첫 장면부터 마지막 장면까지 아름답다. 식스틴과 엘비라를 죽음으로 인도하기 위해 허공에 메아리치는 총성은 충만한 황금빛이다. 〈오베라는 남자〉(2016), 〈렛 미 인〉(2015), 〈창문 넘어 도망친 100세 노인〉(2014) 등이 최근에 나온 스웨덴 영화다.

스웨덴 영화에 관심이 있다면 올해 6회째를 맞은 '스웨덴 영화제'에 가 보기를 권한다. 지난 1일* 서울의 아트하우스 모모에서 시작됐다. 3일부터 부산 영화의 전당, 5일부터 광주극장에서 각각 일주일 동안 영화를 상

* 2017년 11월.

영한다. 주한스웨덴대사관, 스웨덴 대외홍보처, 스웨덴영화진흥원이 주최하는 이번 영화제의 테마는 '다르지만 괜찮아-We are family'다. 다인종과 다민족 공동체, 대안 가족, 확대 가족을 다룬 영화들을 볼 수 있다.

예를 들어 〈미나의 선택〉은 밑바닥 생활을 하는 여성이 싱글맘과 또 하나의 가족을 이루는 내용이다. 〈마사와 니키〉는 이민 가정과 입양 가정에서 자란 아프리카계 스웨덴 소녀들이 힙합 댄스 챔피언이 되는 이야기다. 〈크리스마스 이즈 커밍 아웃〉에는 이민자 가정에서 자란 청년과 동성 결혼을 하려는 아들 때문에 고민하는 부모가 등장한다. 〈화이트 피플〉은 불법 이민자들의 현실을, 〈내 목숨을 구해준 소녀〉는 시리아 난민들의 참상을 담은 다큐멘터리다.

비토리오 에마누엘레 2세 기념관

2015.10.05.

"살바토레 씨 부탁합니다. 그런 사람이 없다고요? 그래요. 그 사람의 어머니예요. 시칠리아에서 거는 거예요. 하루 종일 전화해도 안 받더군요. 지금 없는가 보군요. 전화번호를 전해 주시겠어요? 656-220-56. 고마워요."

아들은 로마에 있다. 이름은 살바토레 디 비타, 직업은 영화감독이다. 그는 담배를 문 채 메르세데스를 운전한다. 베네치아 광장을 빠져나오는 길이다. 등 뒤로 흰 대리석 건물이 멀어져 간다. 주세페 토르나토레 감독이 만들어 1988년에 개봉한 영화, 〈시네마 천국〉은 그렇게 시작된다.

살바토레의 등 뒤로 사라져간 건물은 비토리오 에마누엘레 2세 기념관이다. 비토리오 에마누엘레 2세는 19세기 중엽까지 유럽 열강의 지배를 받던 이탈리아를 수복하고 통일을 완수한 인물이다. 기념관은 베네치아 광장과 카피톨리노 언덕 사이에 있다. 주세페 사코니가 설계해 1911년에 완공했다.

비토리오 에마누엘레 2세 기념관은 로마에서 찍은 영화에 자주 나온다. 〈로마의 휴일〉(1953)에서 그레고리 펙은 오드리 헵번을 스쿠터에 태우고 이 건물 앞을 달린다. 〈건축가의 배〉(1987)에도 기념관이 보이고 우디 앨런이 만든 〈로마 위드 러브〉(2012)도 기념관 앞 베네치아 광장에서 시작된다.

여름의 끝자락에 얻은 휴가를 로마와 주변 도시 몇 곳에서 보냈다. 로마 여행이 처음은 아니었다. 그러나 내 기억 속의 로마는 '출장 지역'이다. 일정은 대개 '공항-숙소-취재-숙소-공항'이었다. 운이 좋은 날에야 달리는 차창 밖으로 "여기가 어디, 저기는 어디"라는 식으로 구경을 했다.

휴가는 베네치아 광장에서 시작됐다. 버스에서 내린 나는 비토리오 에마누엘레 2세 기념관을 향해 카메라의 첫 셔터를 눌렀다. 그때 머릿속에 그동안 본 영화의 장면들이 '차르륵-!' 소리를 내며 스쳐갔다. 서울에 돌아온 뒤 로마를 배경으로 찍은 영화를 여러 편 보았다. 〈시네마 천국〉이 시작될 때 기념관이 등장한다는 사실을 처음 알았다.

영화평론가 한창호는 잡지에 기고한 글에서 "로마의 거리를 걸을 때는 꿈속을 걷는 기분이 된다. 기원전 로마제국의 폐허와 르네상스의 걸작들을 동시에 만나기에 차라리 비현실에 가깝다"고 썼다. 그래서 로마가 현실의 논리와 이성, 그 너머의 세상을 상상하게 만드는 마법의 도시로 비친다는 것이다.

지나간 시대의 우리 영화를 보자. 신성일 씨가 엄앵란 씨와 함께 출연한 〈맨발의 청춘〉(1964)에 주한미국대사관 건물과 서울시청사가 보인다. 시청은 〈로맨스 빠빠〉(1960)와 〈하녀〉(1960)에도 나온다. 〈맨발의 청춘〉에 나오는 중부경찰서는 유현목 감독이 만든 영화 〈오발탄〉(1961)에서도 보인다. 〈마부〉(1961)에는 옛 중앙청이 등장한다.

　서울에는 기념할 만한 건물이 많지 않다. 대형 건축물은 일제강점 이후의 소산이거나 상당수가 복원을 거쳤다. 과거의 영화감독들이 배경을 찾기 힘들었겠다는 생각이 든다. 그러나 비토리오 에마누엘레 2세 기념관도 사실은 이제 100년을 넘긴, 유럽 기준으로는 '새 건물'이다. 대본이 좋고 영상이 아름답다면 소재의 부족은 극복할 수 있을 것이다.

　잘 찍은 영화는 한 도시를 꿈꾸거나 그리워하게 만든다. 그러므로 나는 서울에서 할리우드의 상업영화를 찍는 데 반대하지 않는다. 가능하다면 범죄와 폭력보다는 사랑과 낭만의 무대가 되면 좋겠다. 나는 이스탄불을 좋아하는데, 리암 니슨이 주연한 〈테이큰2〉(2012)에는 살벌한 범죄 현장으로 나와 안타깝게 느꼈다.

　나의 휴가는 스페인 광장에서 끝났다. 헵번이 햇살을 즐기며 젤라또를 맛본 그 계단에서. 일을 하러 로마에 갔을 때 나는 트레비 분수에 동전을 던지지 않았다. 이번에는 던지고 싶었다. 로마에 다시 가고 싶었으므로. 그러나 공사 중이어서 던지지 못했다. 나는 준비한 동전으로 젤라또를 사 먹었다.

영화 〈암살〉과 '블랙 셉템버'

2015.09.03.

　1972년 9월 5일은 화요일이었다. 독일(당시에는 서독)에서 뮌헨올림픽이 열렸다. 새벽 네 시, 괴한 여덟 명이 올림픽선수촌의 담을 넘었다. 운동복 차림이었다. 자동소총과 수류탄으로 무장한 이들은 이스라엘 선수 스물여덟 명이 묵는 숙소로 뛰어들었다. 총성에 비명이 섞이고, 놀란 이스라엘 선수들이 창문을 통해 피신했지만 두 명이 죽고 아홉 명이 인질로 잡혔다.

　괴한들은 자신들이 '검은 9월단(Black September)' 소속이라고 했다. 검은 9월단은 팔레스타인 해방기구(PLO)의 극좌 게릴라 조직이다. 이들은 이스라엘이 억류한 팔레스타인 포로를 석방하라고 요구했다. 독일 경찰이 협상을 시도했으나 실패했고 결국 총격전이 이어졌다. 인질 아홉 명이 모두 숨졌고 테러범들도 사살 또는 생포됐다.

　이 사건은 피의 보복, 테러의 악순환을 낳았다. 각국은 대(對)테러 전문부대의 필요를 절감해 다양한 형태의 대테러 전문 특수부대를 양성했다. 독일 경찰은 직할 조직 'GSG-9'을, 독일 연방군은 특수부대 'KSK'를 창설

해 운용하고 있다. 가장 강하게 반응한 나라는 이스라엘이다. 이스라엘 공군은 뮌헨 테러 직후 레바논 영내의 팔레스타인 난민 캠프를 폭격해 수많은 민간인을 죽였다.

이스라엘은 이른바 '신의 분노' 작전을 수립해 검은 9월단의 지도자들을 암살했다. 6년 3개월에 걸친 이 작전을 이끈 인물은 모사드 요원 마이크 하라리다. 그는 1972년 연말에 리비아 대사관의 직원으로 위장 취업한 아델 즈와이테르를 암살했다. 이듬해 검은 9월단의 책임자 아부 유세프, 1979년에는 지도부 요인 중 유일한 생존자인 작전사령관 하산 알리 살라메를 차례로 죽였다. 검은 9월단은 붕괴됐다. 하라리는 지난해* 9월 텔아비브에서 죽었다.

2005년에 개봉한 스티븐 스필버그 감독의 영화 〈뮌헨〉은 이스라엘이 뮌헨 테러 이후 수행한 암살 작전에서 소재를 구했다. 스필버그 감독은 영화를 제작한 동기를 밝혔다. "그날 내가 보던 텔레비전 상표까지 정확하게 기억한다. 생중계되던 뮌헨올림픽 테러 사건의 현장은 20대 청년이었던 내게 지울 수 없는 인상을 남겼다. 그 이후 〈9월의 어느 날〉이란 뮌헨 올림픽 테러 사건을 다룬 다큐멘터리를 보고 사건의 진실에 대해 더 많은 관심을 가지게 됐다."

영화 뮌헨은 피해자와 가해자를 모두 인간적으로 그렸다는 평가를 받았다. 스필버그 감독은 영화 〈뮌헨〉이 세계 평화를 위한 기도라며 이스라엘의 이해를 구했다. 뮌헨 테러 희생자들의 유족들에게 가장 먼저 영화를

* 2015년.

보여주는 배려도 했다. 유족들은 '비극을 전하는 좋은 작품'이라고 했다. 반면 모사드는 "사실과 다르다"고 비판했다. 모사드는 "게릴라를 암살한 목적은 보복이 아니라 추가 테러를 방지하기 위해서였다"고 주장했다.

나는 누적관객 수 1,000만 명을 훌쩍 넘었다는 영화 〈암살〉을 8월*이 저물 무렵에야 보았다. 암살을 사전은 '정치적 영향력이 있는 사람을 비합법적인 방법으로 비밀리에 살해하는 행위'라고 정의한다. 암살을 뜻하는 영어 어새시네이션(assassination)은 아랍어 하시신(hashishin)에서 나왔는데, 하시신이란 '하시시(마약)를 먹은 사람'이라고 한다. 그러니까 암살은 맨 정신을 갖고는 해낼 수 없는 힘든 일일 것이다. 주인공인 저격수 안옥윤(전지현)이 타깃을 정확히 식별하기 위해 왼쪽 알이 깨진 안경을 꺼내 쓰는 장면은 그래서 더 싸늘하다. 암살은 권력에 의하거나 권력을 대상으로 한다. 어떤 경우든 불안과 긴장의 원인이 된다. 특히 혁명이나 쿠데타와 관계가 있다.

영화 〈암살〉에 대한 열광은 권력에 대한 혐오 때문이라는 해석이 있다. 나는 그 이상이라고 본다. '이대로는 도무지 안 되겠다'는, '뭔가 한 번 와장창 뒤집어져 버렸으면 좋겠다'는 보통 사람들의 기대를 반영했으리라고 상상한다. 혁명에 대한 갈망. 물론 그들은 직접 나설 생각이 없다. 나처럼 키보드나 두드리면서 속으로 중얼거리는 힘없고 순진한 사람들이다. 그러니까 관객이다. 영화에 대해서든 테러에 대해서든 열광이란 우리 영혼의 폐허에 서식한 신기루가 아닐까.

* 2015년.

충무로

2018.01.26.

'현지 촬영(Location)'은 스튜디오 밖에서 영화를 촬영하는 기법이다. 영화를 만드는 데서 근본에 속하는 행위다. 최초의 영화로 흔히 〈열차의 도착〉을 꼽는데, 이 영화야말로 현지 촬영의 산물이기 때문이다. 프랑스의 오귀스트와 루이 뤼미에르 형제는 1895년 12월 28일 프랑스 파리의 그랑 카페에서 영화를 공개했다. 줄거리도 없이 열차가 도착하는 장면만 50초 동안 보여줬다. 그래도 정말 기차가 들이닥치는 줄 알고 놀라 달아난 관객이 있었다고 한다.

시작이 현장이었으니 영화는 문 밖의 예술일 수밖에 없다. 그러므로 촬영지 선정은 성패를 가르는 중요한 변수다. 성공한 영화의 촬영지는 곧잘 관광명소가 된다. 〈로마의 휴일〉을 본 사람은 대개 트레비 분수에 동전을 던지고 스페인 계단에서 젤라또를 먹고 싶어 한다. 텔레비전 드라마를 찍은 세트도 관광 자원이 된다. 경기도 의정부시는 인기 드라마 〈응답하라

1988〉의 세트를 철거하는 문제를 놓고 한동안 고심했다고 한다.

평창동계올림픽 개막을 앞두고 남북 사이에 접촉이 잦다. 남북이 모이면 늘 얘깃거리가 나온다. 남과 북의 사람들이 만나 벌이는 일을 담은 영화가 자주 나오는 것도 그래서일 것이다. 냉전의 시대에 영화 속 북측 사람들은 '그래 봐야 결국은 적'이다. 요즘은 남북이 한 편이 돼 공동의 적과 싸우는 형태로 발전했다. 〈공조〉(2016)나 〈강철비〉(2017)가 그렇다. 매력적인 북측 인물(〈공조〉에서는 현빈 · 〈강철비〉에서는 정우성)이 등장한다.

인터넷에 〈공조〉의 촬영지를 소개하는 글이 자주 보인다. 서울 신당동 · 이태원 · 송파, 경남 남해 · 울산 그리고 부산. 그러나 대부분 충무로 신을 빠뜨렸다. 영화가 시작되고 30분 지날 즈음 현빈이 표적인물인 이동휘를 추격하는 장면이다. 현빈은 T호텔 옆 골목에서 튀어나와 호텔 지층에 있는 〈아시아경제〉 교육센터 앞에서 택시를 타고 명보극장 네거리 쪽으로 질주한다. 현빈이 떠난 자리에 곧 유해진이 등장해 휴대전화를 건다.

충무로는 우리 영화의 고향이고 상징이다. 그래서 영화계를 '충무로'라고 하고, 신인 배우를 '충무로의 샛별'이라고 한다. 충무로를 걷다 보면 자주 옛 영화에 출연한 베테랑 배우들과 마주친다. 충무로역에서는 배우 안성기가 녹음한 안내 방송을 들을 수 있다. 〈아시아경제〉는 옛 스카라극장 자리에 지은 아시아미디어타워의 10층과 11층을 사용한다.

벤

2017.10.19.

"오늘은 저의 친구 박아무개의 생일이에요. 축하곡으로 마이클 잭슨의 〈벤(Ben)〉을 신청합니다."

부자들이 모여 사는 동네도 골목은 어두웠다. 먼지 쌓인 갓 아래 백열 등이 깜박이던 시절이었다. 긴 그림자를 끌며 돌아오는 가장(家長). 그의 걸음마다 땀내가, 때로는 술내가 고였다. 그의 뒤를 통금(通禁)이 재촉했다. 녹슨 철문이 덜컹 소리를 내며 닫히면 비로소 고단한 하루가 마지막 숨을 몰아쉬었다.

겨울이면 외풍이 심해 연탄불이 달군 아랫목 이불 아래 엎드려 숙제를 했다. 라디오는 가끔 주파수 동조가 되지 않아 웅웅거렸다. 〈벤〉은 영화음악인데 1972년에 나왔다. 그러니 '별이 빛나는 밤에'는 이종환이 진행했으리라. '밤을 잊은 그대에게'는 양희은 아니면 서유석, 혹은 황인용이었을 테고.

'벤, 나만의 친구가 있으니 외롭지 않아. … 모든 사람이 네게 등을 돌려도 그들이 하는 말은 듣지 않아. 나처럼 널 보지 않으니까 ….'

뉴스진행자 손석희가 지난 6월 8일* '앵커 브리핑'에서 이 영화와 노래 얘기를 했다. "벤은 영화에 등장하는 쥐의 이름입니다. 사람과 쥐의 우정과 배신… 그리고 복수… 이 영화는 공포영화였습니다." 그는 몇 마디 덧붙였다. 〈벤〉은 속편(續篇)이고, 한 해 전에 나온 〈윌라드〉가 1편이라는 것이다.

'외로운 소년 윌라드가 벤이라는 쥐와 지내며 교감하지만 반목과 배신이라는 우여곡절 끝에 죽임을 당한다는 공포영화….'

기자는 얼마 전 반려견을 잃었다. 그 뒤로 오랫동안 영화와 노래와 손석희의 말을 생각했다. 반려견은 식구였지만 녀석을 싫어한 손님도 적지 않았다. 같은 개를 놓고도 사람마다, 상황마다 시선과 태도에 차이가 있다. 누군가에게 개는 그냥 음식 재료다. 최근 개를 식용할 목적으로 전기 도살한 농장주에게 법원이 무죄를 선고하자 동물보호단체들이 반발했다는 신문 보도도 있었다.

1편은 몰라도 2편은 알았기에, 누가 잭슨의 노래를 축하곡으로 신청하면 비웃었다. '임마, 벤은 불에 타 죽은 쥐란 말야….' 그러나 얼마나 부당한 짓이었던가. 지금 와서 생각하니 방송국에 엽서를 보내 마이클 잭슨의 노래를 친구의 생일 축가로 신청한 그 시절 하이틴들이 영화를 몰랐든 알았든, 잘못을 가릴 일은 아니었다. 대개 쥐를 싫어하지만 쥐와 친구가 된 소년도 있을 것이다.

* 2017년.

겔리볼루 전역

2017.09.21.

차나칼레 보아스는 에게해와 마르마라 해를 잇는 터키의 해협이다. 헤로도토스는 헬레스폰토스라고 썼고, 우리는 흔히 다르다넬스 해협으로 알고 있다. 길이는 61㎞에 이르지만 폭은 1~6㎞에 불과하다. 평균 깊이 55m, 가장 깊은 곳은 81m라고 한다. 보스포루스와 더불어 터키를 아시아와 유럽으로 나눈다.

다르다넬스를 차나칼레(Canakkale)라고 부름은, 산토리니를 티라라고 부를 때의 마음가짐에서 비롯한다. 그리스 사람들 가운데 상당수는 그들의 섬을 이탈리아식으로 부르기를 꺼린다. 2004년 아테네 공항에는 산토리니로 가는 비행기가 없었다. 티라행뿐. 또한 다르다넬스가 차나칼레라면 겔리볼루(Gelibolu)가 갈리폴리(Gallipoli)보다 앞섬은 당연한 일이다.

겔리볼루 야르마다스는 터키의 유럽 지역과 동부 트라키아에 있는 반도이다. 서쪽에 에게해, 동쪽에 차나칼레 보아스가 있다. 제1차 세계대전이 한창이던 1915년 4월 25일부터 1916년 1월 9일까지 이곳에서 50만

명 이상이 죽거나 다친 참혹한 전투가 벌어진다. 독일의 지원을 받은 오스만 제국이 영연방과 프랑스 연합군의 침략에 맞섰다. 전쟁사에 길이 남을 '겔리볼루 전역(戰役)'이다.

역사를 살피면 언제나 침략자가 차나칼레 보아스를 건넜음을 알 수 있다. 페르시아의 크세르크세스는 동쪽에서 서쪽으로, 마케도니아의 알렉산드로스는 서쪽에서 동쪽으로. 그런데 1915년 영국의 풋내기 해군장관 윈스턴 처칠은 이곳에 군대를 상륙시키려 했다. 성공했다면 지중해에서 흑해에 이르는 물길을 장악해 독일과 오스만 동맹의 허리춤을 움켜쥐고 동맹국인 러시아와 통할 수 있었다.

늙은 제국 오스만의 숨이 멎어가던 시절. 처칠은 자신만만했고 계획은 웅대했다. 세계최강의 영국 전함을 동원, 함포사격으로 오스만군의 해안 포대를 초토화한 다음 지상군을 투입할 예정이었다. 하지만 전투는 처칠이 상상한 대로 전개되지 않았다. 무엇보다도 오스만 병사들의 투혼이 초인적이었다. 영국-프랑스 연합군이 1915년 2월 19일과 25일, 3월 25일에 포화를 퍼부었으나 오스만 포병의 반격으로 전함 세 척을 잃었고 세 척은 대파됐다.

처칠은 작전 실패에 책임을 지고 물러났다. 차나칼레와 겔리볼루는 처칠의 굴욕을 상징하는 말이 되었다. 연합군은 4월 25일에 호주와 뉴질랜드를 주축으로 한 영연방 및 프랑스군 7만 명을 겔리볼루에 쏟아 부었다. 멜 깁슨과 마크 리가 출연한 영화 〈갈리폴리〉(1981)의 배경이 되는 시기다. 호주 병사 8,587명이 전사하고 1만 9,367명이 다쳤다. 호주에 사는 아버지가 이때 죽거나 실종된 세 아들을 찾아 나서는 영화가 러셀 크로 주연의 〈워터 디바이너〉(2014)다.

　이 영화들은 호주 젊은이들의 죽음을 꽃잎이 지는 듯 애잔하고도 아름답게, 아니면 사뭇 비극적으로 묘사한다. 하지만 훈련이 충분하지 않은 젊은 병사들이 무작정 돌격하려다 떼죽음을 당한, 철저히 실패한 작전이었을 뿐이다. 지휘관들은 우유부단하고 무책임했다. 또한 호주군도 뉴질랜드군도 영연방의 군대로서 침략군이었다. 당시 이들 젊은이들 사이에는 입대 열풍이 불었다고 한다. 그러나 오스만의 젊은이들은 죽기를 각오하고 겔리볼루를 지켜냈다.

　이 영화들의 반대편에서 겔리볼루 전역을 다룬 영화는 대부분 터키에서 만들었다. 〈갈리폴리: 최악의 상륙작전〉(2012), 〈차나칼레 욜룬 소누〉(2013), 〈갈리폴리 상륙작전〉(2015) 등이다. 우리 영화 〈돌아오지 않는 해병〉(1963)을 떠올리게 만드는, 터키인들의 애국심이 철철 넘치는 영화들이다. 모두 동영상을 빌리거나 사서 볼 수 있고, 스토리는 뻔해도 영상이 아름다워 시간이 아깝지 않다.

　에게해에서 이스탄불을 향해 차나칼레 보아스를 항해하다 보면 해안에 새긴 글귀가 눈에 들어온다. "멈추어라 나그네여! 그대가 알지 못하고 와서 머무르는 이 땅은 한 시대가 가라앉은 곳이다…."

메두사의 무덤

2017.09.07.

메두사(Medusa)는 그리스 신화에 나오는 괴물이다. 고르고 자매 중에 막내로 미모가 출중했다. 그러나 아테나 여신의 신전에서 바다의 신 포세이돈과 사랑을 나누다 여신에게 들키는 바람에 저주를 받는다. 그의 몰골은 끔찍하게 변하여 머리카락 한 올 한 올이 모두 뱀의 형상을 하고 꿈틀거린다.

여신은 메두사를 직접 보는 사람이 돌로 변하도록 마법까지 걸어 놓았다. 영웅 페르세우스가 메두사의 목을 친다. 얼굴을 직접 보지 않으려고 청동 방패에 비친 모습을 보면서 단칼에 베었다. 메두사의 잘린 목은 아테나의 방패를 장식했다. 방패의 이름이 아이기스(Aegis:이지스)다.

메두사가 등장하는 신화는 늘 끔찍하다. 영화 속이라 달라질 것은 없다. 지난해* 나온 영화 〈인페르노(Inferno)〉에도 메두사가 등장한다. 론 하워드

* 2016년.

60

가 감독한 이 영화에서 톰 행크스는 괴로운지 짜증이 났는지 분간 못할 표정으로 여기저기 뛰어다닌다. 액션은 형편없다.

영화는 '지구에 인간이 너무 많으니 솎아내야 한다'는 과학자의 광기를 밑천 삼아 전개된다. 바이러스를 퍼뜨려 사람을 몰살시킬 참인데, 그 장소는 예로부터 동서양이 엇갈리는 이스탄불의 지하저수지(예레바탄 사라이:Yerebatan Sarayi)다. 이곳에 메두사의 머리 조각이 두 개 있다. 하나는 거꾸로, 하나는 옆으로 처박힌 채 기둥을 받치고 있다.

이스탄불은 기독교를 공인한 콘스탄티누스 황제가 동로마제국의 도읍으로 삼은 곳이다. 그래서 옛 이름이 콘스탄티노플이다. 기독교가 로마의 국교가 되자 한때 성경과 같았을 신화는 미신으로 전락했다. 메두사는 본보기가 되어 지하저수지 바닥에서 돌기둥을 떠받치는 신세가 됐다. 그러니 예레바탄 사라이는 메두사의 무덤과 다름없다.

영화를 심하게 찍었나보다. 이스탄불의 지하저수지는 이곳저곳 파손되어 2017년 8월의 마지막 주까지 보수 공사를 하고 있었다. 이곳에 살던 물고기들은 따로 저수조를 만들어 옮겨 놓았다. 할리우드의 횡포는 단지 터키의 문화재를 훼손한 데 그치지 않는다. 〈테이큰2〉(2012) 〈미션 이스탄불〉(2008) 〈007 스카이폴〉(2012)에 등장하는 이스탄불은 언제 살인과 범죄가 벌어질지 알 수 없을 만큼 으스스하다.

하지만 실제 이스탄불은 아름답고 고상한 비잔틴과 오스만 제국의 고도로서 존중받아 마땅한 곳이다. 필자가 이스탄불 시장이라면 절대 할리우드 영화를 못 찍게 할 것이다.

나는 비밀을 안다

2004.09.06-blog

오늘 아침 출근해서 중앙일보 집배신 단말기를 열려고 하니까 '비밀번호의 유효기간이 지났으니 새 비밀번호를 입력하라'는 지시문이 등장합니다. 아마도 보안을 위해 일정 기간이 지나면 새로운 비밀번호를 사용하게 하는 것 같습니다. '비밀'이라는 말… 이 말이 지닌 뉘앙스를 어떻게 받아들이시나요? 뭔가 그늘지고 음습하다거나 말 그대로 비밀스럽게 느껴지지는 않습니까?

알프레드 히치콕의 영화에도 비밀이라는 단어가 들어간 영화가 보이네요. 물론 우리말로 번역한 제목인데, 두 편입니다. 〈비밀첩보원〉(1936)과 〈나는 비밀을 안다〉. 〈비밀첩보원〉의 원래 제목은 〈Secret Agent〉이고 〈나는 비밀을 안다〉의 원래 제목은 〈The Man who knew too much〉입니다. 히치콕은 〈나는 비밀을 안다〉를 두 번 찍었습니다. 1934년과 1956년.

최근에는 일본 영화 〈비밀〉(1999)이 국내에 수입돼 상영됐지요? 우리나라 영화 가운데는 〈건축무한육면각체의 비밀〉(1998)이라는 작품도 있지요. 〈있잖아요 비밀이에요〉(1990)라는 영화도 있기는 합니다만 '비밀'이라는 낱말이 들어간 영화 가운데는 스릴러물이 많네요. 스릴러 영화, 즉 서스펜스 영화는 현대 영화 장르에서 매우 큰 비중을 갖게 되는데요, 상업주의 영화가 세력을 넓혀 갈수록 영향력이 강해지겠지요. 그런데 여러분은 서스펜스를 뭐라고 생각하십니까? 히치콕은 이렇게 말합니다.

우리가 앉아있는 식탁 밑에 폭탄이 있다고 상상해 봅시다. 아무 일도 일어나고 있지 않다가 갑자기 '쾅'하고 폭탄이 터집니다. 관객들은 놀라게 됩니다. 그러나 이 경우 놀라기 이전까지도 관객들에게 특별한 중요성이 없는 일상적인 장면만을 보여주었습니다. 자, 이제 서스펜스를 유발하는 상황을 살펴봅시다. 폭탄이 식탁 밑에 있는데 관객들은 그 사실을 '알고' 있습니다. 무정부주의자들이 그 곳에 폭탄을 설치하는 것을 보았기 때문입니다. 관객들은 그 폭탄이 1시 정각에 터질 것이라는 것을 알고 있는데, 마침 벽에는 시계가 걸려있습니다. 관객들은 시계가 1시 15분 전을 가리키는 것을 봅니다. 이러한 상황에서는 똑같은 무해 무익한 대화에도 끌리기 마련입니다. 관객들이 그 장면에 참여하고 있기 때문입니다. 관객들은 화면 속의 인물들에게 '그런 사소한 대화나 할 때가 아니야, 식탁 밑에 있는 폭탄이 곧 터질 거란 말이야!'하고 경고하고 싶어 안달하게 됩니다. 앞의 경우 관객들은 폭발 순간에 15초간의 '놀라움'을 맛보게 됩니다. 나중 경우엔 15분간의 '서스펜스'를 맛볼 수 있습니다.

－프랑수와 트뤼포, 『히치콕과의 대화』 중에서.

서스펜스의 본질에 대한, 이보다 더 강렬하고 적확한 설명이 있을까요?

저는 비밀번호를 꽤나 길게 입력하는 편입니다. '야후'에는 열세 자, 우리* '제이-넷'에는 일곱 자 또는 여덟 자를 사용합니다. 조금씩 바꾸면서 사용하기 때문에 어떤 때는 헷갈리거나 잊어버려서 낭패를 겪기도 합니다. '비밀'에 발목을 잡혀 수렁 속으로 끌려드는 경우라고 하겠습니다. 오늘 아침 비밀번호를 바꾸어 입력하면서 그 전에는 한 번도 해보지 않았던 생각을 했습니다. '아, 비밀에도 유효기간이라는 것이 있나 보지?'라는 생각입니다.

정말 유효기간이 있겠느냐고요? 그 기간이라는 게 사람 정하기 나름이라고요? 어려운 질문입니다. 있기도 하고 없기도 합니다. 그러나 1980년대 초반 어느 외투 광고에 등장했던 카피처럼, "싸나이에게는 누구에게도 말하고 싶지 않은 비밀"이 있지 않습니까? 흐르는 강물에 꽃잎을 띄우는 멋진 사나이의 등 뒤로 흐르던 이 카피… 멋있었습니다. 여자에게는 그런 멋진 비밀이 없는 줄 아느냐고요? 왜요, 있겠죠.

한 가지는 분명합니다. 그 비밀이란 것을, 세상 그 누구도 모르는 그 비밀을, 다른 사람은 몰라도 '나'는 안다는 것입니다. 그래서 비밀은 크나큰 두려움일 수도 있고 나눌 수 없는 즐거움이 되기도 합니다. '나는 비밀을 안다'는 이 제목은, 그래서 'The Man who knew too much'보다 멋집니다.

* 필자는 2012년 1월까지 중앙일보 기자로 일했다.

쌍문동에서 잘 놀았다

2016.01.22.

오늘 밤에는 쌍문동에 가지 않는다. 드라마 속 쌍문동은 철거되어 사라졌다. 의정부에 지었다는 세트는 헐릴 운명이다. 시에서 관광자원으로 개발하려고 했지만 드라마를 찍기 위해 투자한 기업과 의견이 맞지 않았던 모양이다.

나는 드라마를 즐겨 보지 않는다. 내 기억 속에 남은 드라마는 '연속극'들이다. 1970년대의 어머니가 눈물을 훔치면서 시청한 〈아씨〉나 〈여로〉가 드라마에 대한 내 기억을 지배한다. 기자가 된 뒤로 텔레비전은 뉴스 아니면 스포츠 중계를 보는 데 사용했다.

그런 점에서 지난 가을에서 겨울에 이르는 기간(2015년 11월 6일부터 2016년 1월 16일까지)은 나의 텔레비전 시청 역사에 한 획을 그은 시기이다. 나는 매주 금요일 일찍 퇴근을 하면 거실에 있는 텔레비전의 전원을 켜고 상업방송에서 방영하는 프로그램을 시청했다. '먹방'과 '드라마'를.

만재도에 간 차승원 씨의 신들린 요리 실력이 나의 시선을 붙들어 맸다. 나는 바다를 좋아하고 요리, 더 정확하게는 먹는 데 관심이 많다. 노후를 바다가 있는 지방 도시에서 보내고 싶다. 텔레비전에 등장하는 외딴섬과 싱싱한 바다가 나를 매혹했다.

만재도 어촌 마을에 있는 작은 집에서 차승원 씨와 유해진 씨가 전등을 끄고 누우면 나도 텔레비전의 전원을 껐다. 그런데 불쑥 '1988년'이 등장하고 거기다 대고 '응답하라'는, 제목이 그런 드라마가 이어졌다. 우연히 첫 회를 다 보았는데 결국 '완주'했다.

식구들 이야기, 친구들 이야기, 어둑한 골목길에서 나누는 사랑의 이야기가 쉴 사이 없이 이어졌다. 말을 느리게 하는 천재 기사(棋士)가 여주인공과 사랑을 완성했는데, 나로서는 '어남류'든 '어남택'이든 상관없었다. (정환이가 안되기는 했다. 미적거리면 다 저렇게 된다)

드라마가 끝나자 이런저런 비판도 나왔다. 하지만 완성도를 따지면 남아날 드라마가 어디 있는가. 나는 쉬는 날 오전 동네 목욕탕에서 주인이 틀어놓은 드라마를 볼 때가 있다. 어깨너머로 풍월을 익힌 나는 왜 진실이 배우의 독백으로 드러나고 반드시 그걸 엿듣는 사람이 있는지 이해하지 못한다.

나는 연극영화학의 전통이 강력한 대학교를 나왔다. 국어국문학과와 연극영화학과 학생들은 시나리오나 희곡과 같은 장르를 함께 공부했다. 거장 유현목 감독, 희곡작가 김흥우 교수가 가르쳤다. 함께 공부한 선후배나 동료 가운데는 나중에 배우나 연출자로 성공한 사람이 적지 않다.

누구든 비판할 수 있고, 그들의 비판은 크게 틀리지 않았다. 다만 나는 작품의 완성도 따위에 주목하지 않았을 뿐이다. 주인공들이 쌍문동을 떠나던 날 나도 드라마와 작별을 고했다. 텔레비전의 전원을 끈 다음, 나의 눈과 귀에는 선명한 기억이 아로새겨졌다. 쌍문동의 어머니들이 아이들을 부른다.

"아무개야~! 밥 먹어어~!"

소설가 최인호 선생이 수필집 『산중일기』에 썼다.

> 해가 떨어질 무렵이면 어머니가 골목길에 나와 이렇게 소리 지르 곤 하셨다. "얘들아 밥 먹어라. 그만 놀고 들어오너라." 그러면 우리 는 흙먼지 털고 집으로 돌아오곤 했다. "내일 또 만나서 놀자." 기약 없는 작별 인사를 나누면서. 우리의 인생이 바로 그런 것이 아닐까?

쌍문동의 드라마는 나를 과거의 한 시기로 초대했다. 천재 기사 최택 사범과 마찬가지로 나도 그 시절로 꼭 돌아가고 싶지는 않다. 과거로의 회 귀는 죽음과 종말을 닮았음을 우리는 안다. 그 끝이 영겁이거나 미지이기 에, 과거로의 회귀는 또한 종말을 향한 여행이다. 어느 길을 가든 우리는 영원을 향한 문, 그 앞에서 한 여인을 만난다.

어머니!

이지 라이더

2019.05.17.

　청년 둘이 오토바이를 타고 미 대륙을 가로지른다. 와이어트와 빌리. 귀에 익은 이름이다. 와이어트는 서부 시대를 수놓은 전설의 보안관 와이어트 어프를 떠올리게 한다. 영화 〈오케이 목장의 결투〉(1957)에서 버트 랭커스터, 〈툼스톤〉(1993)에서는 커트 러셀이 맡은 캐릭터다. 빌리는 서부의 무법자 빌리 더 키드를 생각나게 한다. 뉴욕에서 태어나 21년을 살면서 스물한 명의 목숨을 빼앗았다. 와이어트도, 빌리도 역사에 이름을 새긴 실존 인물이다.

　와이어트와 빌리는 가죽옷을 입었다. 와이어트는 미국 국기로 장식한 모던 스타일, 빌리는 전통적인 카우보이 스타일이다. 거기다 인디언 목걸이 장식을 했다. 현대를 달리는 카우보이들은 말 대신 오토바이를 탄다. 특히 와이어트는 보통 오토바이가 아니라 '초퍼'를 탄다. 앞 포크가 몹시 길어 바퀴가 저 앞에 있고 핸들을 잡으려면 어깨 위로 손을 올려야 한다. 저 유명한 '캡틴 아메리카(Captain America)'다.

와이어트와 빌리는 히피 청년이다. 마약을 팔아 만든 노자로 동부를 향해 달린다. 두 사람은 히피족 히치하이커를 만나 그가 속한 히피 공동체 사람들과 어울리며 자유를 만끽한다. 어느 지역에서는 축제 퍼레이드에 참가했다가 오토바이를 몰았다는 이유로 구치소에 수감된다. 거기서 만난 주정뱅이 변호사 조지도 여행에 합류한다. 여정은 순탄치 않다. 숲속에서 잠을 자다 정체를 알 수 없는 이들의 폭력에 휘말려 조지가 죽는다. 와이어트와 빌리에게도 충격적인 최후가 기다리고 있다.

1936년 5월 17일에 태어난 영화감독 데니스 호퍼가 연출해 1969년에 개봉한 〈이지 라이더(Easy Rider)〉. 아메리칸 뉴 시네마의 대표작으로 당대 미국 사회의 단면을 들췄다는 평가를 받았다. 아메리칸 뉴 시네마는 1960년대 후반부터 1970년대 초반까지 기성세대로부터의 단절이나 미국 사회의 부정적 현실을 문제로 다룬 영화다. 〈우리에게 내일은 없다〉(1967) 〈이지 라이더〉 〈미드나이트 카우보이〉(1969) 등이 손꼽힌다. 호퍼는 아서 펜, 존 슐레진저, 프랜시스 포드 코폴라와 함께 이 장르의 거장이다.

아메리칸 뉴 시네마의 시대는 베트남전쟁, 존 F 케네디와 마틴 루서 킹의 암살 등이 연이어 발생하면서 청년 세대를 분노와 절망에 빠뜨린 시대다. 젊은이들은 소비 자본주의와 사회적 관습에 반기를 들며 그들만의 문화를 추구한다. "호퍼는 자연으로의 회귀를 외친 히피 문화의 감성을 〈이지 라이더〉에 고스란히 담았다."(안시환) 영화는 뉴욕의 빅맨 극장에서 1969년 7월 14일 개봉했다. 흥행은 대박을 터뜨렸다. 50만 달러를 들인 영화가 수익 1900만달러를 냈다.

〈이지 라이더〉는 전통 서부극에 대한 패러디이자 반역이다. 와이어트와 빌리라는 이름은 미국 문화의 양면을 상징한다. 이들은 금과 자유를 찾아 서부로 간 개척자들의 길을 반대로 달린다. 오토바이는 범죄나 무법자가 아니라 반항하는 젊음을 대변하는 문화적 아이콘이다. 잔인할 정도로 비극적인 결말은 젊음의 패배와 기성 질서의 승리를 보여주는 듯하다. 그러나 젊음은 영원한 생명으로 되살아나며 언제나 마지막 승자임을 역사가 증명한다.

백장미

2019.02.22

한스 숄과 소피 숄은 남매다. 크리스토프 프롭스트는 그들의 동지고. 죽음을 앞둔 이들이 담배를 나눠 피운다. "죽음이 이렇게 간단한 줄 몰랐어." 크리스토프가 작별을 고한다. "하늘에서 만나자." 소피가 가장 먼저 끌려갔다. 사형대까지 40여m. 그는 허리를 꼿꼿이 세우고 머리를 치켜든 채 개선장군처럼 걸었다. 다음은 한스였다. 그가 외쳤다.

"자유 만세!(Es lebe die Freiheit!)"

1943년 2월 22일 오후 5시, 독일 젊은이 셋이 차례로 죽는다. 이들은 1943년 2월 18일 뮌헨대학 구내에 히틀러와 나치를 규탄하는 전단을 뿌렸다. 전단은 치명적인 내용을 담고 있었다.

"한 나라의 국민으로서 무책임한 어둠의 충동에 빠진 통치자에게 아무 저항도 하지 않고 무기력하게 '지배'당하는 것보다 더 치욕적인 일은 없습니다. 지금은 어둠으로 뒤덮여 있지만, 극악무도한 범죄가 밝은 햇살 아래 낱낱이 드러날 날이 올 것입니다."

젊은이들은 게슈타포에게 붙들려 잔인한 고문과 취조, 재판을 받았다. '인민법정'은 국가반역죄와 이적죄로 사형을 선고했다. 항소 절차 없이 형이 집행됐다. 체포에서 처형까지 나흘밖에 걸리지 않았다.

마크 로테문트 감독이 만든 영화 〈소피 숄의 마지막 날들〉(2005)은 숄 남매와 크리스토프의 이야기다. 자유와 정의를 위해 역사의 제단에 목숨을 바친 젊은이들은 독일의 양심을 대변한다. 이들의 이야기는 낯설지 않다. 군사독재 시대를 경험한 지성이라면 대부분 『아무도 미워하지 않는 자의 죽음』을 읽었을 테니.

이 책은 한스의 누나요 소피의 언니인 잉게 숄이 쓴 소설이다. 소설의 원래 제목은 『백장미(Die Weisse Rose)』. 숄 남매와 친구들이 만든 지하단체의 이름이 '백장미단'이었다. 잉게는 동생과 친구들이 자유와 인간의 존엄을 지키기 위해 감행한 저항, 죽음에 이르기까지의 과정을 사실적인 필치로 적어나간다.

젊은이들은 죽음 앞에서 의연했다. 그 모습을 보고 감명을 받은 간수들은 규정을 어겨가면서까지 셋이 마지막으로 담배를 피우며 몇 마디 말을 주고받을 수 있도록 배려했다. 물론 이들은 강철 같은 언어를 말할 줄도 알았다. "오늘은 당신이 우릴 목매달지만 내일이면 당신의 차례가 될 것"이라고 경고한 한스처럼. 또한 그들은 믿었다.

"이건 헛된 일이 아니야."

그들이 죽은 지 얼마 지나지 않아 연합군 비행기가 백장미단의 여섯 번째 전단지 수백만 장을 독일 상공에 뿌린다. 그날 베를린의 하늘은 1943년 2월 18일 오전, 전단을 품은 소피가 학교에 들어서기 전에 올려다본

뮌헨의 마지막 하늘처럼 눈부시게 맑았다.

솔 남매와 친구들은 한때 충실한 히틀러 유겐트의 단원이었다. 이들은 어느 날 울름 대성당의 주교 그라프 폰 갈렌 신부의 강론을 듣는다. 갈렌 주교는 나치의 반종교적 태도와 정신지체아 집단 학살을 거침없이 비판하면서 죄 없는 사람을 죽여서는 절대로 안 된다고 역설했다. 그의 메시지는 솔 남매의 영혼을 움직였다.

그래. 엄혹한 시대일수록 누군가 깨어 있어야 한다. 그리고 깬 자는 말해야 한다. 백장미단이, 그리고 총칼과 독재의 시대를 견뎌낸 우리의 역사가 이 사실을 증명한다.

Bm,

F#7…

에셴바흐와 모차르트, 그리고 소설가 한수산

2016.01.08

내가 초등학교에 다닐 때, 신혼부부가 우리 집 문간방에 세 들어 살았다. 새댁이 가끔 피아노를 쳤다. 어느 날 슬쩍 들여다보니 마루로 통하는 문 앞에 업라이트피아노가 서 있었다. 내 아버지는 말씀이 적고 소음을 싫어하셨다. 그러나 새댁이 피아노를 치면 읽던 책을 덮고 귀를 기울이셨다.

대학생이 되어 문학을 평생의 업으로 삼기로 결심했을 때, 음악이 책갈피로 스며들었다. 시간이 나면 동국대학교 후문 앞에 있던 '시공', 종각 뒤에 있던 '에로이카'에 가서 음악을 들었다. 이때 어린 날 새댁이 연주한 음악이 모차르트의 피아노 소나타라는 사실을 알았다. 제11번 A장조, 쾨헬 번호 331.

나는 모교의 전통을 훈습하여 시를 쓰고 있다. 그러나 대학에 진학할 때는 소설가가 될 꿈을 품었다. 당시 스타 소설가 중에 한수산 씨도 있었다. 그가 쓴 『부초』는 베스트셀러다. 나는 그의 문장과 그가 쓴 소설의 정서가 좋았다. 한 씨는 1981년에 터진 필화사건으로 문단 밖의 역사에도 이름을 남겼다.

'한수산 필화 사건'은 한수산이 어느 일간신문에 연재한 소설 「욕망의 거리」와 관련이 있다. 소설에 등장하는 군인이나 베트남 전쟁 참전 용사에 대한 묘사가 군부 정권의 비위를 거슬렀다. 작가와 신문사 관계자, 문단 동료들이 보안사령부로 끌려가 고문을 당했다.

충격을 받은 한수산 씨는 글쓰기를 중단하고 일본으로 떠나 여러 해 동안 머물렀다. 그리고 한참이 지난 뒤 나는 한 씨가 쓴 수필을 통하여 어린 날의 피아노 선율과 모차르트를, 그리고 피아노 연주자 크리스토프 에셴바흐를 만났다. 한 씨는 고초를 치르고 나와 제주도에 가는데, 거기서 에셴바흐의 연주를 들었다고 했다.

"에셴바흐가 들려주던 모차르트의 소나타 k 331. 그 1악장 앞에 무릎을 꿇으면서 나는 눈물 가득한 눈으로 물었다. 다시 글을 쓸 수 있을까? 그것은 나에게 어떤 음악이었던가. 신의 소리, 생명의 소리. 그 찬가였다."

한수산 씨가 들은 음악은 에셴바흐가 1967년 5월 베를린의 예수 그리스도 성당에서 녹음한 도이치 그라모폰 음반에 실려 있다. 한 씨는 이후 유럽과 일본을 전전하며 이 음반을 찾아 헤매지만 손에 넣지 못한다. 그러다가 지인의 부인으로부터 선물을 받고 감격한다.

"그 LP, 나를 부축하여 다시 이 '살아가는 일의 아름다움'을 향해 걸어가게 만들었던 그 LP…."

이 음반은 나에게도 있다. 에셴바흐는 내가 좋아하는 연주자다. 팬이 되어 그에 대해 읽은 다음, 한수산의 다친 영혼이 그에게 또는 그의 음악에 가 닿을 수밖에 없었으리라고 짐작했다.

에셴바흐는 고아였다. 어머니는 그를 낳다 죽었고 나치에 반대한 아버지는 전사했다. 아이는 실어증에 걸렸다. 그의 인생은 어머니의 사촌에게 입양돼 피아노를 배우면서 달라졌다. 양어머니는 "피아노를 쳐 볼래"라고 물었고 에셴바흐는 "예"라고 대답했다. 입이 열린 것이다. 그는 건반 앞에 앉았다.

에셴바흐는 피아니스트로 성공했지만 지휘하기를 원했다. 그는 "열한 살 때 위대한 지휘자 빌헬름 푸르트벵글러의 음악을 듣고 지휘자가 되기로 결심했다"고 했다. 조지 셀과 헤르베르트 폰 카라얀 등이 그의 멘토라고 한다. 그가 지휘자로 데뷔한 해는 1972년. 함부르크에서 안톤 부르크너의 3번 교향곡을 연주했다.

나는 에셴바흐가 지휘한 음악을 들어보지 못하고 있었다. 그래서 그가 2016년 1월 9일 세종문화회관에서 서울시립교향악단을 지휘한다는 소식이 반가웠다. 브루크너 교향곡 9번. 그러나 연주회가 열리는 날에 나는 스승의 생신을 맞아 인사를 올리기로 했다. 지휘자 에셴바흐의 음악을 듣기 위해 반 년 더 기다려야 했다. 그는 같은 해 7월 8일 서울시향과 구스타브 말러의 교향곡 1번을 연주했다. 그 기회는 놓치지 않았다.

베토벤 5번 교향곡, '생기초'라고요?

2015.04.09.

"클래식 좋아하세요?"

"예, 베토벤의 5번 교향곡이요."

"에이~ 그건 초보자들이 듣는 거고….'

베토벤의 5번 교향곡을 '생기초'라고 생각하는 분이 많다. 그럴 수 있다. '운명 교향곡'. 1악장을 열어젖히는 '운명의 동기(빠바바밤~)'는 클래식 음악을 상징한다. 베토벤은 제자에게 "운명은 이와 같이 문을 두들긴다"라고 설명했다고 한다. 그러나 5번 교향곡을 '운명 교향곡'이라고 부르는 곳은 일본과 한국뿐이라고 한다. 일본에서 시작하고 우리가 따라했을 것이다.

일본이 남긴 흔적은 우리 음악에도 적지 않다. 일본에서 들여온 음악 용어도 숱하다. 곡명도 예외는 아니다. 베르디의 〈라 트라비아타〉는 한동안 〈춘희(椿姬)〉였다. 우리말로 번역한다면 〈동백아가씨〉가 적당한데 펄쩍 뛰는 분도 있다. "저속하게!"라며. 바흐의 무반주 첼로 모음곡은 흔히 〈조곡(組曲)〉

이라고 부른다.

베토벤의 5번 교향곡은 내가 어릴 때 가장 먼저 친해진 클래식이다. 아버지가 늘 곁에 두었던 라디오에서 이 음악을 들었을 것이다. 〈엘리제를 위하여〉와 5번 교향곡 가운데 어느 곡과 먼저 친해졌는지 기억하지 못한다. 엘리제는 요즘도 내 사무실이 있는 을지로와 충무로 근처에서 자주 듣는다. 짐을 싣는 트럭이 후진할 때, 편의점 문이 제대로 닫히지 않았을 때. 베토벤이 환생하여 뒷골목을 거닐다 이 음악을 듣는다면 어떤 생각을 할까. 사자머리를 휘날리며 트럭으로 달려가 운전석에 앉은 사나이를 한 대 올려붙였을까. 나는 베토벤이 매우 기뻐했으리라고 상상한다. 자신이 만든 선율이 구슬땀을 쏟으며 열심히 일하는 삶의 현장에 흐르는 사실을 알고 희열했을 것이다.

나는 5번 교향곡을 담은 음반을 내가 좋아하는 분들에게 선물하기를 즐긴다. 이 음반을 여러 장 모았다. 연주 단체별로, 지휘자별로. 어느 연주도 실망을 주지 않는다. 굳이 고르라면 카를로스 클라이버의 1975년 연주(빈 필하모니커)와 헤르베르트 폰 카라얀의 1954년 연주(필하모니아 오케스트라)를 꼽겠다. 한 해가 시작될 무렵 이 곡을 꼭 듣는다. 나는 베토벤의 '빠바바밤~'이 불길한 예감이나 가공할 미래에 대한 예언이라고 생각하지 않는다. 노크는 내가 한다. 나는 굳게 닫힌 운명의 문 앞에 서서 설레는 표정을 짓는다. 그리고 오른손 중지의 두 번째 마디를 사용해 문을 두드린다. 빠르고 씩씩하게. 빠바바밤~.

청각은 시각·후각·미각·촉각과 더불어 오감(五感, five senses)을 이룬다. 나는 보고 듣고 먹고 마시기를 좋아하는 인간으로서 여러 감각을 연결하기를 좋아한다. 나의 베토벤 5번 교향곡은 다소 생뚱맞게도 '자장면'과 만난다. 나는 아버지를 따라가 첫 자장면을 먹었고, 스위치를 넣으면 한동안 '웅-' 소리를 내는 라디오로 베토벤의 노크 소리를 들었다. 『오세암』과 『물에서 나온 새』를 쓴 고 정채봉 선생은 대학로 '진아춘'에서 내게 점심을 사주며 "자장면이 맛없으면 늙은 거다"라고 했다. 나는 요즘도 자장면 곱빼기를 먹는다. 자장면이 맛없어질 것 같지 않다. 하지만 누가 알랴. 예상 못한 순간에 갑자기 춘장 냄새가 역겨워질지. 혹시 그런 때가 오면, 얼른 베토벤 5번 교향곡의 음반을 턴테이블에 올려 봐야지. 그때는 '빠바바밤~'이 누군가의 노크 소리로 들릴지 모른다.

로열 콘세르트허바우 오케스트라가 2015년 4월 20일부터 나흘 동안 예술의 전당에서 베토벤의 교향곡 전곡을 연주했다. 이반 피셔가 지휘하는 5번 교향곡은 첫날의 레퍼토리였다. 신문에 난 인터뷰 기사를 읽으니 피셔는 "베토벤은 청중을 다른 사람, 더 나은 인간으로 만드는 것으로 교향곡의 목적을 바꿔놓았다. 베토벤 교향곡 전곡 연주는 영적인 여행을 떠나는 것과 같다"고 했다. 나도 가서 들었다.

영산홍, 스탄 게츠 & 호앙 질베르토

2005. 05. 20.

친구가 쪽지를 줬습니다. 기분이 좋았습니다. 당연히 답장을 보냈죠. 아이들이 된 것 같은 기분이 듭니다. 친구란 우리가 일생을 살아가면서 하느님으로 받게 되는 수많은 선물들 가운데서도 가장 소중히 간직해야 할 무리들입니다. 아침에 메일함을 열었을 때, 친구로부터 날아온 메일처럼 반가운 것은 없습니다.

오늘, 그러니까 2005년 5월 20일, 저는 김포에서 시간을 보냅니다. 김포에 있는 제 집은 10년 전에 지었습니다. 7년가량 그곳에서 살았습니다만 요즘은 비어 있습니다. 약속 없는 주말은 그곳에서 지냅니다. 써야 할 원고가 많거나 힘들여 공부할 때도 그곳에 갑니다. 가끔 친척들도 가서 놉니다. 그러니까 비었다고는 해도 텅 빈 것은 아닙니다.

날씨가 아름다웠습니다. 길가의 가로수, 풀섶을 헤집고 고개를 내민 꽃과 이제 막 모내기를 끝낸 논에 담긴 물빛, 학생들의 여름 교복에 이르기까지 온 세상의 숨 붙은 것과 그렇지 않은 것들이 까르륵 까르륵 웃음을 터뜨리는 것 같았습니다. 거기다 하늘빛은 눈을 적실 만큼 푸르고요. 소담스런 구름은 영혼을 빨아들이는 탈지면 같습니다.

집 앞의 잔디밭은, 바라보기에는 손바닥만 합니다. 그러나 비가 온 뒤 기다렸다는 듯 고개를 내미는 수많은 잡풀들과 승강이를 벌이게 되면 문제가 다릅니다. 월드컵 축구 경기장만큼이나 넓게 느껴지지요. 그 잔디마당을 영산홍이 비잉 둘러싸고 있습니다. 그 꽃은 진분홍 한 가지 색깔이 아닙니다. 타는 듯 붉은 색도 있고 눈부시게 흰 꽃잎도 섞여 있습니다.

저는 봄날의 영산홍 꽃무리를 좋아합니다. 제 집 마당을 둘러싼 영산홍의 무리를 언제나 그리워합니다. 짧은 시간이나마 외국에서 생활하는 동안에도 늘 그리워했습니다. 「봄은 고양이로다」라는 이장희 선생의 시에 공감하면서 통유리 창문에 기대 앉아 나른한 햇살을 즐길 때, 눈에 아른거리는 영산홍 꽃무리의 아름다움을 무엇에 비길까요.

이때 배경음악으로는 스탄 게츠와 주앙 지우베르투가 연주한 〈이파네마 해변의 소녀(The girl from Ipanema)〉가 딱입니다. 저는 본래 게츠의 쿨재즈 넘버들을 좋아합니다. 여기에 보사노바의 귀재 지우베르투의 간질간질한 보컬이 깔끔한 비트와 어우러져 흠잡을 데 없이 멋진 사운드를 만들어냈습니다. 안토니오 카를로스 조빔의 곡도 있지만 제 취향에는 게츠&지우베르투가 맞습니다.

그토록 좋아하는 풍경을 그 절정의 순간에 감상한 적이 없는 점은 유감입니다. 제 시골집 영산홍은 서울보다 늦게 핍니다. 서울의 영산홍이 모두 지고 나서야 비로소 꽃망울에 발그레 물이 오릅니다. 그 시기는 프로농구 플레이오프마저 끝나고 여름철 야외 스포츠가 시작된 후죠.* 그리고 절정의 순간, 저는 늘 그곳에 없었던 것 같습니다.

오늘 깨알 같은 햇살이 쏟아지는 마당에 서서 둘러보니 영산홍은 이미 져버렸습니다. 그리고 계절은 여름을 향해 달려갑니다. 물을 가득 담은 논에서 어린 벼의 잎이 바람에 부대끼고 있습니다. 올해도 놓쳤습니다. 하지만 서운해 하면서 금아(琴兒) 선생님의 「인연」을 생각한 건 제가 생각해도 지나쳤습니다. 「인연」은 아사코라는 일본 숙녀를 이야기합니다만, 영산홍 꽃무리를 거기 비하다니요.

금아 선생님은 이렇게 씁니다. "그리워하는데도 한 번 만나고는 못 만나게 되기도 하고, 일생을 못 잊으면서도 아니 만나고 살기도 한다. 아사코와 나는 세 번 만났다. 세 번째는 아니 만났어야 좋았을 것이다." 세 번째는 아니 만났어야 좋았을 것이라는 말씀으로 인하여 우리는 가슴 싸한 아픔을 느끼게 됩니다.

영산홍 꽃무리에 대한 저의 그리움은 일종의 집착일지도 모릅니다. 꽃무리에 둘러싸인 제집 마당은, 비할 데 없는 편안함 속으로 저를 불러들입니다. 거기에는 제 가족이 있고, 꽃향기와 버무려진 그들의 정다운 체취로 가득합니다. 작은북을 두들기는 북채처럼 제 등에 쏟아지는 햇살을 지고 엎드려 잔디밭을 다듬을 때, 저는 한없이 기쁩니다.

* 필자는 이 글을 쓸 때 중앙일보에서 스포츠 기자로 일했다.

추억, 호텔 캘리포니아Hotel California

2014.03.29.

1980년 여름. 종로서적이 건재할 무렵입니다. 록음악에 미쳐 있던 저와 제 친구는 토요일 수업이 끝나자마자 종로서적 악보전문매장으로 갔습니다. 이곳은 낙원상가의 악기전문점들과 함께 우리가 단골로 찾는 곳이었습니다. 친구와 저는 교복(회색 바지와 푸른색 웃도리)을 입은 채 바닥에 주저앉아 어느 미국 밴드의 히트곡 악보를 베꼈습니다.

'비마이나, 에프샵세븐….'

밴드의 이름은 '이글스(Eagles)'. 우리가 죽어라고 베낀 그 곡은 〈호텔 캘리포니아(Hotel California)〉입니다. 요즘은 인터넷을 통해 웬만한 밴드나 가수의 악보는 아주 정밀하게 카피할 수 있습니다. 하지만 당시는 제대로 된 악보를 구하기가 어려워서 연주를 듣고 멜로디를 잡아내는 것이 흔한 방법이었습니다. 고등학생이었던 우리가 제대로 된 악보를 구하기는 어려웠습니다. 돈 펠더와 조 월시가 투톱을 이뤄 전설적인 선율을 만들어낸 이곡을 멋지게 연주하는 일은 우리의 꿈이기도 했지요.

웨스트 코스트의 영웅, 이글스라는 이름은 우리들 세대의 아이콘 가운데 하나입니다. 친구들은 린다 론스태트의 백 밴드로 시작했다는 이 밴드의 멤버들 이름을 줄줄 욉니다. 미간을 찌푸린 돈 헨리와 글렌 프레이, 냉소적인 미소를 머금은 랜디 마이스너, 음을 찍어낼 때마다 큰 제스처를 보여준 월시, 무표정한 얼굴로 무지무지하게 어려운 연주를 해치우던 펠더.

얼마 전에 고등학교 동기생 하나가 결혼했습니다. 음…. 아무튼 우리는 결혼식장에서 축가를 부르게 되었습니다. 뭘 불렀을까요? 아닙니다, 아니에요. 〈호텔 캘리포니아〉는 못 부르지요. 베토벤의 〈그대를 사랑해(Ich Liebe Dich)〉를 불렀습니다. 입학하자마자 음악시간에 배운. 첫 음악시험은 이 노래를 불러 채점하는, 잔인한 방식으로 보았지요.

그러나 신혼부부의 허니문카가 부르릉 시동을 건 다음, 우리는 뒤도 돌아보지 않고 술집으로 달려갔죠. 긴 여정의 종착역은 역시 마이크 앞이었군요. 아직 음악을 하는—음악을 직업으로 하는— 친구와 그렇지 않은 옛 동지들이 모여 손에 익지 않은 반주기의 번호를 누르자 그리운 멜로디들이 흘러나왔습니다. 오래오래 헛손질로 연주하는 흉내를 내며 긴 가을밤을 지샜습니다.

음악의 중독성. 어제 왼 독일어 단어는 잊어도 고등학생 때 왼 팝송 가사는 그대로 남아 있습니다. 〈호텔 캘리포니아〉라는 곡의 마지막 가사는 마치 어떤 예언과도 같군요. "원한다면 언제라도 떠날 수 있지만 결코 그럴 수 없을 것이다(You can check out any time you like, But you can never leave)."

모리스 라벨

2018. 12. 28.

밤이 새고 있었다
물푸레나무들이 드문드문
머리를 풀고 있었다
지워버려도
지워지지 않는 바다
이베리아
따에는 물빛 하늘에는
독신(獨身)으로 마친 한 천사(天使)가
지금 가고 있느니

시인 김영태가 쓴 「모리스 라벨의 죽음」이다. 1970년 〈월간문학〉에 발표했다. 김영태는 좋은 시를 많이 썼을 뿐 아니라 무용과 음악에도 박식했다. 평론집을 낼 정도였다. 서울의 부잣집에서 나고 자라 취미가 고상했다. 시만 읽어서는 김영태가 라벨의 삶과 예술을 얼마나 이해했는지 알기 어렵다. 아무튼 라벨을 무척 좋아한 것 같다. 「라벨과 나」라는 시까지 썼을 정도로.

> 내 키는 1미터 62센티인데
> 모리스 라벨의 키는 1미터 52센티 단신(短身)이었다고 합니다
> 라벨은 가재수염을 길렀습니다
> 접시, 호리병, 기묘한 찻잔을 수집하기
> 화장실 한구석 붙박이
> 나무장 안에 빽빽이 들어찬
> 향수(香水) 진열 취미도
> 나와 비슷합니다
> 손때 묻은 작은 소지품들이 (누에 문양 포켓수건이나 열쇠고리까지)
> 제자리에 있어야 하고
> 냄새, 빛깔도 (그가 작곡한 '거울' 속에 비친 사물들)
> 저 혼자만인 둘레에
> 지금도 남아 있는

라벨은 우리 시인들의 작품 속에 자주 나온다. 라벨이 이국취미를 자극했을까. 아니면 그가 작곡한 음악에 우리 시인들이 유난히 빠져들었을까. 김종삼이 쓴 「시인학교」에도 라벨이 등장한다. 김종삼에게는 예술적 유토피아였을 시인학교에서 에즈라 파운드가 시를, 폴 세잔이 미술을 대표하듯 라벨은 음악을 대표한다. 수강생은 김소월, 김수영, 전봉래, 김관식 등이다. 김소월과 전봉래는 스스로 목숨을 버렸고 세상과 불화한 김수영은

교통사고로 죽었다. 심한 주벽과 기행으로 유명했던 김관식도 불혹을 넘기지 못하고 요절했다. 김종삼도 알코올 중독과 가난에 시달렸다.

수강생의 면면이 이러하니 강사진도 만만치 않다. 후기인상파의 거장 세잔은 불우한 청년기를 살다가 뒤늦게 명성을 얻었으나 폭우 속에 목숨이 사위고 말았다. 파운드는 이탈리아 파시즘을 찬양한 죄로 추방자가 됐다. 열네 살에 파리 음악원에 들어가 재학 중에 〈죽은 왕녀를 위한 파반느〉와 〈현악 4중주곡 바장조〉를 작곡한 라벨은 천재임에 분명하다. 그러나 1932년에 교통사고를 당한 뒤 회복하지 못했다. 분당서울대병원 신경과 교수 김상윤은 라벨이 말년에 치매를 앓았을 것으로 본다.

〈볼레로〉는 라벨의 작품 중에서도 우리에게 잘 알려졌다. 클로드 를르슈가 감독한 드라마 〈사랑과 슬픔의 볼레로〉(1981)가 인기를 끌자 음반이 많이 팔렸다. 를르슈는 볼레로를 마지막 장면에 사용해 감동을 극대화했다. 볼레로는 라벨의 오케스트라 기법이 집약된 명곡이다. 한 리듬이 169차례나 반복되는 가운데 두 주제가 15분 넘게 이어진다. 그러나 결코 단조롭지 않고 점증하는 긴장과 흥분 속에서 카타르시스로 치닫는다.

김영태가 노래하는 라벨 최후의 날은 1937년 12월 28일이다. 볼레로처럼 화려한 최후는 아니었다. 김영태가 아는 대로 라벨은 틀림없이 독신으로 살았다. 그래도 여자를 싫어하지는 않았을 것이다. 파리의 사창가를 자주 드나들었다. 양성애자로서 오랫동안 관계를 유지한 남성도 있었다고 한다. 라벨의 삶은 그 시대의 윤리에 맞지 않는다. 김영태는 라벨을 천국으로 보내고 싶었나보다. 하지만 당시 기준으로는 연옥행도 쉽지 않았으리라.

클라라 하스킬

2018. 12. 07.

    1956년 1월 28일 잘츠부르크에 있는 그로서 잘 모차르테움에서 모차르트의 교향곡과 피아노협주곡이 연주되었다. 지휘자는 헤르베르트 폰 카라얀. 잘자흐 강가에서 태어난 잘츠부르크 토박이였다. 이날은 모차르트의 생일 하루 뒤였고, 연주회는 작곡가의 탄생 200주년을 기념하는 제1회 잘츠부르크 모차르트 주간에 열렸다.

    타티아나 니콜라예바가 이 연주회에 참석한 것 같다. 미국 루이빌에서 태어난 작곡가 조너선 울프는 니콜라예바가 카라얀을 보러 잘츠부르크에 갔다는 기록을 언급하며 바로 이날 연주를 들었으리라고 확신한다. '러시아 피아니스트들의 대모' 니콜라예바는 등이 굽은 루마니아 출신의 여성 피아니스트가 연주하는 모차르트를 듣고 놀란다. 노태헌이 2012년에 낸 『20세기의 위대한 피아니스트』에 이 일화를 적었다.

꾸부정한 자세에 희끗희끗한 백발은 흡사 마녀 같았고, 마치 무언가에 홀려 있는 사람 같았다. 오케스트라의 서주는 훌륭하게 시작됐지만 그녀는 오케스트라 소리에 별로 집중하지 않는 듯했다. 하지만 그녀가 두 손을 건반 위에 올려놓는 순간, 카라얀의 존재는 내 머리에서 사라져 버렸다. 내 얼굴에는 눈물이 흐르고 있었다. 최고의 모차르트 연주자를 발견한 것이다. (니콜라예바)

  루마니아에서는 종종 뛰어난 클래식 음악가가 나온다. 바이올린 연주자 겸 작곡가 제오르제 에네스쿠(1881~1955), 지휘자 세르주 첼리비다케(1912~1996), 피아노 연주자 디누 리파티(1917~1950). 하지만 1895년 1월 7일 부쿠레슈티에서 태어나 1960년 12월 7일 새벽에 벨기에의 브뤼셀에서 눈을 감은 '피아노의 성녀(聖女)' 클라라 하스킬은 모든 이의 명성을 뛰어넘을 만큼 특별한 존재였다.

  클라라는 악보도 볼 줄 모르던 여섯 살 때 모차르트 소나타의 한 악장을 한 번 듣고 그대로 따라 쳤다는 천재다. 그뿐인가. 그 악장 전체를 조바꿈해 쳤다고 한다. 열 살이 되어서는 모차르트의 피아노협주곡 23번을 연주했다. 열한 살에 파리 음악원에 들어가 알프레드 코르토를 사사하고 열다섯 살에 피아노와 바이올린 모두 수석으로 졸업했다. 이 시절의 사진은 신비로울 정도로 아름다운 클라라의 젊음을 보여준다.

  1913년, 클라라는 세포경화증 판정을 받았다. 뼈와 근육이 굳고 뒤틀리는 병이었다. 그녀는 4년이나 보조기구를 달고 살아야 했다. 피아노는 칠 수 없었다. 고통은 그녀에게서 젊음을 빼앗아갔다. 20대의 클라라는 머리가 세고 등이 굽어 노인처럼 변했다. 그 사이 어머니가 죽었고 1차 대전이 터졌다.

클라라는 유대인이었다. 2차 대전 때는 나치의 박해를 피해 마르세유로 피신했다. 이 와중에 뇌졸중과 뇌종양이 덮쳤다. 뇌종양이 시신경을 눌러 실명할 가능성이 컸다. 목숨이 위태로웠고, 대수술을 피할 수 없었다. 불행 중 다행으로 수술은 성공이었다. 가까스로 몸을 추스른 그녀는 1947년 연주를 재개한다. 몸은 뒤틀렸으나 정신은 건강했다. 고통도 인격을 허물지는 못했다. 겸손하고 다정한 그녀는 누구나 함께 연주하고 싶어 하는 협연자였다.

클라라는 1960년 12월 6일 바이올리니스트 아르투르 그뤼미오와 협연하러 브뤼셀에 갔다가 지하철 계단에서 발을 헛디뎌 머리를 다쳤다. 이번엔 치명적이었다. 병원에서 잠시 정신이 든 그녀는 동생에게 말했다. "내일 공연은 힘들 것 같구나. 그뤼미오 씨에게 내가 얼마나 미안해하는지 모른다고 전해다오." 클라라는 예순여섯 번째 생일을 한 달 앞두고 숨을 거두었다.

생전에 클라라를 만나본 찰리 채플린은 말했다. "나는 진정 천재라고 말할 수 있는 사람을 세 명 만났다. 한 사람은 아인슈타인이었으며 또 한 사람은 처칠이었다. 그리고 나머지 한 사람, 누구보다도 현격히 차이 나는 두뇌의 소유자는 클라라 하스킬이었다." 클라라의 무덤은 파리 몽파르나스에 있다. 그녀를 기리는 클라라 하스킬 국제 피아노 콩쿠르가 1963년부터 2년에 한 번 스위스 베베이에서 열린다.

우리로서는 다행히도 클라라의 중요한 연주를 모두 들어볼 수 있다. 잘츠부르크의 그로서 잘 모차르테움에서 카라얀이 지휘하는 필하모니아 오케스트라와 협연한 모차르트의 협주곡 20번, 1947년 카를로 제키가 지휘하는 런던 필하모닉 오케스트라와 협연한 베토벤의 협주곡 4번, 그리고 겸손한 클라라 하스킬이 '들어줄 만하다'고 했다는 그뤼미오와의 모차르트 바이올린 소나타까지.

발트뷔네와 남산 야외음악당

2015.06.04.

오랜 꿈이 있다. 발트뷔네(Waldbuehne)에 가기. 독일의 베를린 외곽, 샤를로텐부르크에 있는 야외공연장이다. 숲(Wald)과 무대(buehne)를 합쳤으니 '숲 속의 무대'이다. 1935년에 아돌프 히틀러가 세워 1936년 베를린올림픽 때는 체조경기가 열렸다. 제2차 세계대전 후에는 스포츠 경기나 문화행사가 열렸다. 1964년 마틴 루서 킹 목사가 이곳에서 연설했다.

발트뷔네에서는 매년 6월 마지막 일요일에 베를린 필하모닉(베를린 필)의 연주회가 열린다. 올해는* 6월 28일이다. 베를린 필이 일 년에 세 차례 하는 특별연주회 가운데 하나다. 나머지 둘은 매년 5월 1일 베를린 필 창립을 기념하는 유로파콘서트, 12월 31일에 하는 송년 연주회다. 유로파콘서트는 1991년에 시작됐다. 유럽의 주요 도시를 순회하며 공연한다. 올해는 그리스 아테네의 메가론 콘서트홀에서 열렸다. 사이먼 래틀 경의 지

* 2015년.

95

휘로 조아키노 로시니의 세미라미데 서곡, 장 시벨리우스의 바이올린 협주곡 d단조, 로베르트 슈만의 교향곡 제3번을 연주했다. 발트뷔네 연주회는 가장 사랑받는 행사다. 올해는 래틀 경의 지휘로 에드바르 그리그의 피아노 협주곡 a단조와 〈벤허〉〈해리포터〉〈E.T〉 등 영화 음악을 연주한다. 그리그 협주곡의 피아노 연주는 중국의 랑랑(朗朗)이 한다.

발트뷔네는 스치되 손은 닿지 않는 인연이다. 가장 가까이 갔을 때는 2012년이었다. 나는 그해 7월에 독일을 여행했다. 18~19일에는 베를린에 있었다. 숙소도 샤를로텐부르크 근처에 예약했다. 만사 순조로웠다면 6월에 출발했을 것이다. 그랬다면 발트뷔네를 일정에 넣었으리라. 그러나 일을 마치지 못했다. 올해도 틀렸다. 어차피 아테네에 가기는 어려웠다. 회사원이 무슨 재주로 5월 첫날에 아테네에 가서 음악을 듣겠는가. 조금 무리를 하면 발트뷔네에는 갈 수 있을 줄 알았다. 곧 휴가철이 시작되므로 미리 예약해 두면 베를린을 향해 출발할 수 있으리라고 상상했다. 그러나 이번에도 마무리할 일이 남았다.

단지 음악을 듣기 위해 아테네나 베를린에 갈 필요는 없다. 서울에서도 거의 매주 일류 악단의 연주회가 열린다. 올해만 해도 베를린 방송교향악단(3월 13일), 로열 콘세르트허바우 오케스트라(4월 20~23일), 북독일 방송교향악단(5월 26일)이 다녀갔다. 7월 26~27일에는 드레스덴 필하모닉이 온다. 발트뷔네 연주회는 '피크닉 콘서트'라고 한다. 청중은 아름다운 풍경 속에서 편안히 음악을 즐긴다. 음식을 가지고 가서 와인을 마시며 음악에 취한다. 나는 이 자유로운 공기가 부럽다. 원래 음악이란 기침을 참아가며 컴컴한 실내에 쪼그려 앉아 듣는 게 아니었으리라.

서울에서 나고 자란 베이비붐 세대라면 초등학교 시절 한 번은 남산으로 소풍을 갔을 것이다. 앨범을 뒤져보라. 조개껍질 모양으로 지은 구조물 앞에서 찍은 기념사진이 없는지. '남산 야외음악당.' 한국의 발트뷔네가 되었을지 모를 건물이다. 1963년에 다 지어 7월 25일 밤에 기념 연주회를 했다. 서울시립교향악단이 프리드리히 헨델의 〈수상음악〉, 조지 거쉬인의 〈파리의 미국인〉 등을 연주했다. 하지만 이곳에서 열리는 연주회는 갈수록 줄었다. 1963년에 20회, 1964년 16회, 1965년 4회, 1966년 3회…. 대신 정치집회와 종교행사가 열렸다. 1973년 4월 22일 부활절 예배 때는 박형규 목사가 '민주주의 부활'을 외쳤다가 나중에 내란예비음모 혐의로 구속됐다.

야외음악당은 '제구실을 다하지 못한다'는 이유로 1980년 5월 17일에 철거됐다. '5·18' 하루 전이었다. '남산'은 무서운 곳이 됐다. 그리고 스포츠(sports)와 섹스(sex), 영화(screen)로 대중을 마비시킨다는 '스리에스(3S)'의 시대가 열렸다.

보물섬, 그 근원적 욕망에 대한 이야기

2016.07.22.

누군가는 기다리고 누군가는 떠난다. 바다는, 항구는 그런 곳이다. 우리가 기억하는 시간의 처음부터 상상할 수 있는 마지막까지. 보라, 세상은 이미 광막한 바다이며 운명이 우리 앞에 던져 놓은 크고 작은 배들이 이 순간에도 흔들리며 주인을 기다린다. 시간, 빛, 어둠, 언어, 노래, 사랑, 술, 밥, 노래, 아우성…. 항해란 어찌나 우리의 숙명인지, 항구란 어찌나 매정한 이별인지. 지구 저편으로 날아가는 통로조차 항구(空港)가 아니던가. 세찬 파도가 밀려와 쿵쿵 부딪히며 포말을 빚어내는.

그곳을 떠나 먼 곳에 이르는 일, 그곳에서 세상의 그 무엇과도 바꾸기 어려운 보물을 찾아내는 일, 그것을 가져다 우리 앞에 펼쳐 놓는 일, 그 일이 왜 꿈인지 우리는 안다. 이올코스 사람 이아손은 역사가 시작되기도 전에 그렇게 떠났다. 여신 헤라의 축복을 받은 아르고호를 타고 세상의 끝, 멀고 먼 나라 콜키스에 가서 황금양 모피를 손에 넣기 위하여. 이타카의 왕 오디세우스도, 미케네의 왕 아가멤논도 그렇게 떠났다. 트로이는 현실이었으나 헬레네는 신탁이요 따라서 꿈이었으니 옛집에서 칼날이 목숨을 노릴지언정 어찌 떠나지 않을 수 있었겠는가.

바다는 영원히 미지(未知)이기에 거기서 건져 올리는 해초 한 줌, 생선 한 마리조차 우리 상상력의 일부가 된다. 그러기에 수로부인은 동해의 용에게 끌려가야 했고 훗날 수로왕의 왕비가 되는 인도의 공주는 파사석 탑을 싣고 바다를 건너 동쪽으로 항해했다. 그리고 1850년에 스코틀랜드 에딘버러에서 태어나 1894년 사모아에서 죽은 이야기꾼 로버트 루이스 스티븐슨은 이렇게 상상했다.

짐 호킨스는 어머니의 여관 일을 도우며 살아가던 소년이다. 어느 날 술 취한 손님이 죽으며 지도 한 장을 남긴다. 그 손님은 해적 빌리 본즈, 지도는 보물섬을 안내하고 있다. 짐은 지주 트렐로니, 의사 리브시와 함께 보물섬을 찾아 떠난다. 항해를 위해 고용한 외다리 존 실버를 비롯한 선원들은 해적이다. 보물섬에 도착한 짐과 실버의 일행은 한바탕 싸움을 벌인다. 짐의 일행은 영국으로 돌아가 보물을 나누고, 실버는 자기 몫을 챙겨 달아난다.

스티븐슨은 『보물섬(Treasure Island)』을 읽을거리로 썼다. 여기에는 해양 모험 소설의 모든 요소가 등장해 얽히고설킨다. 악당이 숨긴 보물, 수수께끼의 인물, 죽은 자의 저주, 매력적인 악당, 폭풍우, 반란, 속임수, 어쩔 수 없이 사건 속으로 끌려 들어가는 주인공, 우연히 알게 된 비밀 같은. 지식을 제공하거나 교훈을 주려는 의도는 어느 곳에서도 읽히지 않는다. 재미

있는 사실은 그럼에도 불구하고 『보물섬』이 반드시 읽어야 할 책으로 손꼽힌다는 점이다.

하지만 여기다 '죽기 전에'라는 무시무시한 단서를 붙여가며 읽기를 강요한다면 주접이다. 나에게는 아주 낡은 『보물섬』이 한 권 있다. 보관을 잘못했는지 손을 대면 가루가 돼 버릴 만큼 상태가 나쁘다. 1972년에 서울 종로구 서린동에 주소를 둔 사단법인 한국자유교육협회란 곳이 발행했고 이성욱이란 분이 엮었다. 값은 250원인데 '정부지원사업' 표식이 판권 위에 찍혔다. 이 책을 좋아해서 자주 읽었다. 표지가 여러 번 해져서 달력으로 갈아주었다. 이제는 읽기 어렵게 된 이 책은 내가 국민학교(초등학교)에 다닐 때 '계몽도서'로 보급됐다.

당시의 계몽도서들은 옅은 초록색 표지에 공룡 이야기나 서양 '위인'들의 이야기를 실었다. 담임선생이 학기 중에 신청을 받아 방학이 시작될 무렵 책값을 낸 학생들에게 나누어주었다. 책을 사보는 아이들은 대개 매달 돈을 내고 우유나 빵을 배급받아 먹는 아이들이었다. 내가 다닌 학급에서 계몽도서를 읽은 아이는 3분의 1도 되지 않았다. 또한 3분이 1 정도는 도시락을 싸오지 못할 만큼 가난했다. 나는 결코 이 책들을 읽고 계몽되지 않았다. 다만 최근 낡은 『보물섬』을 들춰보고 번역이 꽤 훌륭하다고 생각했다. 낱말을 골라 쓰고 문장을 다듬은 수준이 요즘 쏟아져 나오는 번역책들과 비교해도 못하지 않다. 스티븐슨이 『보물섬』을 출간한 1883년은 빅토리아 시대(1837~1901년)의 한복판이다. '해가 지지 않는 제국', 영국 전성기의 이야기가 21세기 대한민국에서 유통된다는 현실은 어떻게 이해해야 할까.

빅토리아 시대는 흔히 빛과 어둠의 시대라고 한다. 꿈과 모험은 인간

정신의 빛나는 일부이지만 그 아래는 근원적 욕망이 잠복했다. 나는 자료를 찾다가 인터넷 책방(yes24.com)에서 멋진 글을 읽었다. 글쓴이가 보기에 '보물찾기 항해는 한탕에 눈먼 평범한 마을 사람들과 해적 부스러기들의 대결구도'로서 '매우 서늘한 현실'을 보여준다. 최후의 승자는 실버. 그는 선원들을 선동해 반란을 일으켰고, 기회주의적인 처신으로 많은 몫을 챙겼다. '배신과 기회주의가 결국 승리한다'는 이 현실적이고 냉혹한 교훈, 개나 돼지는 절대 모를 1%의 비밀! 실버는 『보물섬』에서 가장 매력적인 캐릭터인데, 외다리라는 설정은 강렬한 이미지를 남긴다. 허먼 멜빌의 소설 『모비 딕』에 나오는 에이허브 선장을 보라. 『피터팬』에 등장하는 후크 선장은 외팔이인데, 실버나 에이허브가 감당해야 하는 외다리 장애의 변주이다.

나는 지난 주말(16일)* 서울 예술의전당에서 열린 스페인국립교향악단의 연주회에 갔다가 '보물섬'에 대해 쓰기로 결심했다. 연극 〈보물섬〉의 포스터를 보았기 때문이다. 『보물섬』을 연극으로 만들면 어린이들이 재미있어 할 것이다. 그런데 이번 작품은 어른이나 아이나, 연극 애호가나 연극을 자주 보지 않는 사람 모두 즐길 수 있도록 만들었다고 한다. 아무래도 무게중심은 아래쪽, 젊거나 어린 쪽으로 기울지 않았을까. 원작은 바다 위에 뜬 배와 섬에서 벌어지는 사건들로 연결됐다. 관객에게 배경을 이해시키기가 쉽지 않으리라. 자유소극장의 내부를 아예 배로 만들어버릴 모양이다. 관객으로 하여금 배 안에 들어가 있는, 그러니까 보물섬을 찾아

* 2016년 7월.

항해하는 배의 승객이 된 듯한 기분이 들게 만들려는 것이다. 얼마나 실감이 날지, 요 부분도 중요한 관전 포인트다.

14개의 첼로 선율, 서울의 가을밤 속으로

2016.09.23.

가을, 낙엽, 커피….

여기에 첼로로 연주하는 〈아르페지오네 소나타〉를 들으면 계절을 실감할 수밖에 없다. 프란츠 슈베르트가 작곡한 이 곡은 옛 악기 '아르페지오네'를 위해 만들었다. 이 악기는 '기타 다무르'라고도 불리는데, 여섯 현을 활로 비벼 소리를 낸다. 현대에 이르러 아르페지오네는 흔히 연주되지 않는다. 슈베르트가 만든 소나타만 남아서 악기를 추억하고 있다. 이 곡은 첼로의 음역과 음색에도 잘 어울린다.

첼로의 음색을 가리켜 흔히 '고독한 영혼의 목소리'라고 한다. 사람의 목소리를 닮았다는데, 선남선녀의 목소리로는 적당하지 않으니 필시 고매한 영혼의 소리렷다. 현대 클래식음악에서 현악기의 간판은 바이올린일 가능성이 크다. 그러나 첼로 음악 듣기를 꺼리는 클래식 애호가는 많지 않다. 첼로의 고음은 듣는 사람을 불편하게 하지 않는다. 그러면서도 섬세하고 솔직하다. 충만한 정서를 느끼게 해준다.

오래된 첼로 애호가라면 파블로 카잘스를 최고로 칠 것이다. 므스티슬라프 로스트로포비치는 한국에서 매우 인기가 있다. 날렵한 운궁으로 대중적인 인기를 모은 미샤 마이스키, 비운의 천재 재클린 뒤프레, 중국계 천재 요요마도 충성도 높은 애호가 그룹을 거느렸다. 나는 안너 빌스마, 야노시 슈타커, 안토니오 야니그로의 팬이다. 첼로 음반 한 장을 고르라면 야니그로가 외르크 데무스와 협연한 베토벤의 소나타를 집겠다.

첼로의 깊고 그윽한 매력은 대중성과는 거리가 있어 보인다. 그러나 이 악기는 결코 무뚝뚝하지 않다. 잘 찾아보면 편안하게 즐길 수 있는 레퍼토리가 적지 않다. 예를 들어 우리나라에도 다녀간 베를린필 12첼리스트(Die 12 Cellisten der Berliner Philharmoniker)는 매우 대중적인 곡을 자주 연주해서 인기가 있다. 팝그룹 비틀즈의 노래를 편곡해 연주한 음반(The Beatles in Classics)은 매우 많이 팔렸다. 한국에 와서는 탱고와 보사노바도 연주했다.

국내에도 첼로연주자들만 모인 연주단체가 꽤 있다. 그중 〈서울솔리스트 첼로앙상블〉은 창단 10주년을 맞았다.* 서울솔리스트 첼로소사이어티 단장이기도 한 음악감독 송희송이 첼로 연주자 열네 명을 리드한다. 그동안 매년 정기연주회를 두 번 열고 다양한 기획연주도 했다. 2014년에는 서울시가 지정하는 예술전문단체가 되어 유럽과 일본에서 공연하기도 했다. 이들은 10월 9일 오후 6시 LG아트센터에서 창단 10주년 기념음악회를 한다.

* 2016년 현재.

연주회에서는 지난 10년간 이 단체가 연주한 정통 클래식 레퍼토리를 비롯하여, 영화와 애니메이션 주제곡(OST), 탱고와 팝 등 다양한 레퍼토리 중 관객들이 가장 좋아한 곡들을 골라 연주한다. 1부에서는 레너드 번스타인의 〈투나잇〉, 바흐의 〈샤콘느〉, 몬티의 〈차르다시〉와 〈제임스 본드 카지노 로열〉을 연주한다. 2부에서는 양일오의 〈엄마야 누나야 캐논〉, 박종엽의 〈반달의 탱고〉, 생상의 〈백조〉 등을 연주할 예정이다. 히사이시 조의 〈하울의 움직이는 성〉 주제음악, 피아졸라의 〈사계〉 등도 들려준다.

　혹시 1, 2부 연주를 할 때 잠깐 졸았던 관객도 3부에는 눈을 번쩍 뜰 것이 틀림없다. 엔니오 모리꼬네의 〈러브 어페어〉와 롤프 뢰블란의 〈유 레이즈 미 업〉, 영화 캐리비언의 해적 중 〈그는 해적이다〉 그리고 더 클래식의 〈마법의 성〉을 쉰 명이나 되는 첼로연주자들이 대편성 첼로오케스트라로 연주할 예정이다. 앙코르로 어떤 곡을 연주할지는 모르겠다. 어떤 연주회에서는 앙코르로 연주하는 곡이 진짜배기일 때도 있다. 피아노곡인 〈왕벌의 비행〉 같은 곡은 대개 앙코르로만 연주하지 않던가.

크리스토프 에셴바흐의 말러 연주 듣기

2016.07.08.

2016년이 열리자마자 여러 연주단체에서 객석에다 말러를 쏟아부었다. 1월 16, 17일 서울시향이 최수열의 지휘로 6번 교향곡을, 1월 22일 코리안 심포니가 임헌정의 지휘로 1번 교향곡을 연주했다. 1월 28일에는 리카르도 무티가 시카고 심포니를 이끌고 와 1번 교향곡을 연주했다. 그리고 오늘은* 크리스토프 에셴바흐가 서울시립교향악단(시향)과 함께 예술의 전당에서 1번 교향곡을 연주한다. 말러, 말러, 또 말러…. 우리 음악 애호가들은 정말 말러를 사랑하나보다.

구스타프 말러(Gustav Mahler)는 세기말의 예술가다. 교향곡 열 곡 중 네 곡을 19세기에 작곡했다. 에셴바흐가 지휘하는 1번 교향곡은 1884년부터 1888년 사이에 작곡되었다고 한다. 말러의 교향곡은 100년이나 지난

---

* 2016년 7월 8일.

뒤 한국에서 베토벤과 모차르트에 버금가는 인기곡으로 자리를 잡기 시작했다.

지휘자 임헌정이 1999년부터 4년 동안 부천 필하모니를 이끌고 '말러 교향곡 전곡 연주'에 성공했다. '성공했다'고 표현해도 지나치지 않을 만큼 새로운 도전이었고 눈부신 성취로 이어졌다. 정명훈도 시향을 맡아 말러의 교향곡을 자주 연주했다. 인기 있는 지휘자의 연주는 말러에 대한 대중의 인지도를 높였다. 정명훈과 시향은 2011년 11월 도이치 그라모폰 레이블로 말러의 교향곡 1번을 발매했다.

말러의 교향곡은 다채롭고 아름답다. 음악이 아름답기만 하고 단순하다면 인기가 오래 가지 않는다. 말러의 음악은 1번 교향곡부터 발표되자마자 논란거리가 될 만큼 특별했다. 1889년 11월 20일 헝가리 부다페스트에서 말러가 지휘한 첫 연주회는 실패로 끝났다. 말러는 "사람들이 이 곡을 들으면 놀랄 것"이라고 했다. 하지만 자신의 예언이 맞았다고 기뻐하지는 않았다. 비평가 에두아르트 한슬리크는 펜을 무자비하게 휘둘렀다. "말러의 새 교향곡은 음악이라고 할 수 없다."

말러는 교향곡을 열 곡 작곡했다. 9번이 되었어야 할지 모를 〈대지의 노래〉를 더하면 열한 곡이다. 모든 작품이 저마다 다른 매력을 품었다. 한 곡 안에서도 악장끼리 경쟁하듯 개성 충만하다. 클래식 교향곡이나 협주곡의 느린 악장은 그 선율의 아름다움 때문에 자주 영화 음악으로 쓰인다. 모차르트의 피아노협주곡 21번의 안단테(느리게) 악장은 〈엘비라 마디간〉, 23번의 아다지오(매우 느리고 평온하게) 악장은 〈샤인〉, 클라리넷 협주곡의 아다지오 악장은 〈아웃 오브 아프리카〉에 나온다. 말러의 5번 교향곡 3악장 아다지에토(아다지오보다 조금 빠르게)도 〈베네치아에서의 죽음〉에 등장한다. 이 영화 때문에 말러를 좋아하게 된 음악팬도 많다. 주인공은 말러에게서 캐릭터를 가져왔다고 한다.

영화의 원작은 토마스 만이 쓴 소설이다. 만은 1911년 5월 휴양지에서 말러의 부음을 들은 뒤 『베네치아에서의 죽음』을 쓰기 시작해 이듬해 발표했다. 주인공의 이름은 '구스타프' 폰 아셴바흐(Gustav von Aschenbach)다. 루키노 비스콘티 감독이 1971년 3월 이 소설을 영화로 만들어 발표했다. 소설에서 아셴바흐는 작가지만 영화에서는 작곡가로 나온다. 아셴바흐가 음악적으로 실패해 관객의 야유와 항의를 받는 장면은 말러가 첫 교향곡을 발표했다가 실패한 사실을 떠올리게 한다. 말러의 음악이 토마스 만의 소설이 되고 다시 영화가 되어 말러의 음표가 혈관 속의 피톨처럼 흐르는 이 윤회는 어떻게 설명해야 할까.

음악팬들을 열광하게 만든 화끈한 한판도 말러를 둘러싸고 터졌다. 1979년 10월 4일과 5일에 레너드 번스타인이 베를린 필하모니커를 지휘해 말러의 9번 교향곡을 연주했다. 그가 헤르베르트 폰 카라얀의 전유물과도 같은 베를린 필하모니커를 지휘하기는 그때가 처음이자 마지막이다. 13년 뒤 음반으로 발매된 이날의 연주는 희대의 명연주로 회자된다. 번스타인은 말러 연주에 대한 자신감으로 넘쳤고 이 자신감은 카라얀에 대한 우월감으로 작용했다. 번스타인이 역사적인 연주를 한 뒤 카라얀도 반격했다. 1982년에 녹음하여 1984년에 그라모폰 상을 수상하는 실황녹음이 명반으로 남았다.

번스타인이 베를린의 포디움을 완벽하게 지배한 1979년의 연주는 카라얀에게 충격적인 사건이었을지 모른다. 그는 1979~1980년 9번 교향곡을 아날로그로 녹음한다. 1982년 4월 10일 잘츠부르크 부활절 페스티벌에서, 같은 해 5월 1일 베를린 필 창립 100주년 기념일에, 8월 27일에는 잘츠부르크 페스티벌에서 잇달아 9번 교향곡을 연주하였다. 명반으로 남은 마지막 연주는 1982년 9월 30일 베를린 페스티벌 때 실황녹음했다. 엄청난 거리를 도움닫기해 번스타인에 필적하는 연주를 한 것이다. 번스타인과 카라얀이 연주한 4악장 아다지오는 말러 9번의 진액을 모두 모은 듯한 연주다.

번스타인은 아다지오 악장의 49마디째 '몰토 아다지오(아주 느리게)'를 지날 때 자신도 모르게 발을 구르며 탄성을 지른다. 번스타인의 팬이라면 영원히 잊지 못할 한 소절이다. 그런데 카라얀도 1982년 공연에서 신이 내린 듯('번스타인빠'들은 카라얀이 번스타인을 흉내냈다고 주장하기를 좋아한다) 연주 중에 탄성을 내지른다. 아다지오 악장의 후반부, 126마디째 몰토 아다지오 부분이다. 두 음반은 지휘자의 목소리를 들으려는, 고성능 오디오를 보유한 매니아들을 기쁘게 한다. 카라얀과 베를린 필의 연주가 끝났을 때 관객들은 한동안 박수조차 치지 못했다고 한다.

시향은 7월 7일 밤에 예술의전당에서 말러의 1번을 연주했다. 원래 8일에만 공연하기로 했으나 말러의 탄생일(7월 7일)에 맞춰 하루 더 연주한 것이다. 에셴바흐는 지난 1월 9일에도 시향의 지휘대에 올라 시즌 첫 공연을 지휘했다. 사임한 예술감독 정명훈 대신 브루크너 교향곡 9번을 연주해 큰 감동을 주었다. 에셴바흐(Eschenbach)라는 이름은 토마스 만의 소설 속 주인공 아셴바흐와 머리글자만 다르다. 그래서 그의 말러 연주는 운명처럼 느껴진다. 에셴바흐의 팬이라면 그가 남긴 모차르트 소나타 K.331을 잊지 못한다. 그러나 그의 새 피아노 음반을 본 지는 오래 되었다.

스물일곱 동갑내기 베토벤의 일생을 연주하다

2015.08.28

첼로의 성서(聖書), 바흐의 무반주모음곡은 저 유명한 제1곡(G장조)의 아르페지오로 인해 우리 의식의 수면 아래 잠복한 선율이다. 우리는 반사적으로 파블로 카잘스를 떠올린다. 그러나 여기에서 베토벤으로 넘어가는 여정은 험난하다. 음악세계의 신입생이 피아노와 첼로가 함께 연주하는 소나타 다섯 곡과 낯을 익히려면 좋은 연주자를 만나야 한다.

베토벤의 첼로와 피아노를 위한 소나타는 오랜 시간에 걸쳐 완성된 작품이다. 베토벤이 창작활동을 한 전 기간에 걸쳐 작곡됐기에 그가 음악가로서 시도한 각종 음악적 실험과 독창적 아이디어, 악기에 대한 통찰 등이 고루 녹아들었다. 베토벤은 첼로를 독주 악기 대열로 끌어올린 작곡가다. 관현악과 협연하는 독주 악기는 손에 꼽는다.

연주자들에게 베토벤의 소나타 전곡을 연주하는 행위는 순례이자 도전이다. 음반으로 이 음악을 듣는 사람들이라면 므스티슬라프 로스트로포비치-스비아토슬라프 리히터가 연주한 필립스반(盤)이나 미샤 마이스키-마르타 아르헤리치가 연주한 도이치 그라모폰반을 소장했을 가능성이 크다. 안토니오 야니그로-외르크 데무스의 뱅가드반을 가장 사랑한다는 강호의 고수도 있다.

이번 주말* 첼로 연주자 이상 엔더스와 피아노 연주자 김선욱이 연주하는 베토벤의 첼로 소나타와 변주곡이 우리를 기다린다(29·30일 예술의전당 IBK챔버홀). 1988년에 태어난 스물일곱 동갑내기가 연주하는 베토벤의 첼로 소나타는 어떤 맛일까. 매력 넘치는 두 젊은이를 통해 그들이 연주할 음악을 상상하는 일은 즐겁다. 두 사람은 전형적인 천재들로 일찌감치 재능을 꽃피웠다.

이상 엔더스는 독일인 아버지와 한국인 어머니 사이에서 태어났다. 부모가 모두 음악가다. 이상이라는 이름은 한국인 작곡가 윤이상에게서 왔다. 그의 독일인 아버지는 아들 형제 가운데 맏이에게 한국 이름을 지어줬다. 이상 엔더스는 스무 살에 드레스덴 슈타츠카펠레 첼로 수석이 됐는데 역대 최연소였다. 그러나 솔리스트로서의 명성은 한 악단의 수석이라는 카테고리를 뛰어넘었다.

김선욱은 아이큐(IQ)가 150을 넘는다고 한다. 그러나 IQ로 악보를 해부해버리지 않는다. 그는 매우 신중한 연주자며 그의 IQ는 주로 작곡가의 의도를 논리적으로 파악하는 데 사용한다. 김선욱은 지난해 중앙일보와 인터뷰하며 말하기를 "연주자가 계산하는 순간 관객이 알아차린다. 가슴

* 2015년 8월.

으로 할 수밖에 없다. 머리를 믿는 순간 실패한다"고 했다.

김선욱은 런던을 근거지 삼아 활발히 활동한다. 독주와 협연뿐 아니라 다양한 편성의 실내악 피아니스트로 참가하고 있다. 지난 6월 5일에는 예술의전당에서 중국인 첼로 연주자 지안왕, 일본인 바이올린 연주자 카미오 마유코와 함께 베토벤과 차이코프스키의 트리오를 연주했다. 9월에는 마크 엘더 앤드 할레 오케스트라와 여섯 차례에 걸쳐 라흐마니노프의 협주곡 3번을 연주한다.

프란츠 에케르트

2019.04.05

축구대표 팀이 경기를 할 때 두 나라의 국가를 연주한다. 이때 외국 선수들은 대개 국기를 바라보며 힘차게 노래한다. 우리 선수들은 눈을 감고 묵념을 하는 경우가 많다. 그 표정에 비장함이 보인다. 언제 어디서건 국가를 부르거나 들을 때 우리는 내면에 차오르는 벅찬 감정을 경험한다.

〈애국가〉는 안익태가 작곡했다. 안익태는 친일인명사전에 오른 인물이라 그가 작곡한 국가(國歌)를 불러서는 안 된다는 주장이 끊이지 않는다. 가사는 누가 지었는지 확실하지 않다. 윤치호가 지었거나 당대 지사들의 뜻이 모인 결과라는 주장도 있다. 처음엔 이 가사를 스코틀랜드 민요 〈올드 랭 사인(Auld Lang Syne)〉의 곡조에 얹어 불렀다. 그러다가 1935년 안익태가 새 애국가를 작곡하고 이전의 가사를 얹어 발표했다.

사실 애국가는 법으로 정한 공식 국가(國歌)가 아니다. 임시정부 때부터 관습적으로 국가의 지위를 유지해왔을 뿐이다. 광복 후 귀국한 임시정부 요인들은 여전히 〈올드 랭 사인 애국가〉를 합창했다. 북한이 1947년 새 애국가를 확정하자 남한에서도 1949년 제헌의회에 애국가 건이 상정됐다. 그러나 '통일이 될 때까지' 법정 공식 애국가 제정은 보류됐다. 그래서 관행적으로 '안익태 애국가'가 국가의 자리를 지켜왔다.

안익태 애국가와 올드 랭 사인 애국가 이전에도 여러 애국가가 있었다. 『한국민족문화대백과』는 갑오경장 이후 각종 애국가가 널리 불리기 시작하여 1896년 무렵에 각 지방에서 불린 애국가만도 10여 종류에 이른다고 했다. 그러다가 대한제국 황실이 정한 대한제국 애국가(大韓帝國 愛國歌)가 등장한다. 이 곡을 작곡한 사람은 독일의 프란츠 에케르트다. 독일 제국의 해군 소속 음악가였던 에케르트는 한국 민요 〈바람이 분다〉에서 선율을 취하여 작곡했다고 한다. '에케르트 애국가'의 가사는 이렇다.

> 하느님은 우리 황제를 도우소서. 성수무강하시어 용이 해마다 물어오는 구슬을 산같이 쌓으시고 위엄과 권세를 하늘아래 떨치시어 오! 영원토록 복과 영화로움이 더욱이 새로워지게 하소서 하느님은 우리 황제를 도우소서.

영국 국가와 매우 흡사하다. "하느님, 저희의 자비로우신 여왕 폐하를 지켜 주소서. 고귀하신 여왕 폐하 만수무강케 하사 (중략) 승리와 복과 영광을 주소서…" 실제로 1898년 무관학도들이 부른 애국가는 영국 국가인 〈신이여 황제를 보호하소서(God save the king)〉의 선율과 가사를 그대로 가져다 쓴 것이라고도 한다. 에케르트는 일본의 국가(기미가요)도 작곡하였다. 대한제국 애국가는 1910년 일제강점 이후 금지곡이 되었고, 기미가요가 공식 국가가 되었다.

에케르트는 1852년 4월 5일 프로이센의 노이로데(현재는 폴란드의 노바루다)에서 태어나 브레스라우 음악학교와 드레스덴 음악학교를 졸업했다. 해군 군악대장으로 일하다 대한제국의 초청을 받아 1901년 2월 7일 내한하였다. 서양식 군악대를 만들고 대한제국 국가를 작곡하는 데 힘을 기울였다. 고종의 50회 생일인 1901년 9월 7일 국가를 연주하여 큰 찬사를 받았다. 황실에서는 훈장을 내려 치하했다.

에케르트가 만든 군악대는 1907년 대한제국의 군대가 일본에 의하여 강제로 해산될 때 함께 해산되었다. 에케르트도 일자리를 잃었다. 그러나 그는 독일로 돌아가지 않고 한국에 남아 후진을 양성했다. 1916년 8월 6일 세상을 떠나 8월 8일 서울 양화진에 안장되었다. 천주교 신자인 그의 장례식은 명동 성당에서 열렸다. 일본 정부도 대표를 파견하여 조의를 표하였다.

스타머스 페스티벌

2019.07.19

〈보헤미안 랩소디〉는 놀라운 영화였다. 1000만 가까운 관객을 극장으로 불렀다. 한 세대 이전의 밴드가 틀림없이 퀸을 현실로 소환했다. 퀸의 음반은 속속 매진되었다. 1985년 런던 웸블리에서 열린 라이브 에이드는 (적어도 한국에서는) 우드스탁이나 몬테레이 페스티벌 못잖은 전설의 반열에 올랐다. 보헤미안 랩소디는 사실 퀸이 아니라 프레디 머큐리의 영화다. 아무래도 상관은 없다. 퀸의 멤버 존 디콘처럼 프레디 없는 퀸은 퀸이 아니라고 생각하는 팬이 많으니까. 하지만 프레디와 함께 슈퍼 밴드 퀸의 정신을 좌뇌와 우뇌처럼 갈라 지배한 브라이언 메이의 팬이라면 아쉬울 수 있다. 사실 퀸은 브라이언과 함께 시작되지 않았는가.

퀸과 관련된 가장 최근의 뉴스는 2020년 내한공연 소식이다. 1월 18, 19일 서울시 고척스카이돔에서 '현대카드 슈퍼콘서트 25 QUEEN'이 열린다는 것이다. 지난달* 13일부터 입장권을 팔았는데 팬들의 반응이 엄청났다. 예매 시작 한 시간 만에 지정석 VIP석과 R석, S석 등이 매진됐고, 판매 개시 이틀 만에 전체 예매율이 90%를 넘어섰다. 프레디 없는 퀸은 퀸이 아니지만, 그래도 브라이언이 온다. 프레디처럼 압도적이지는 않지만, 그의 기타 사운드를 사랑하는 팬들이 있다. 브라이언 메이가 아버지와 함께 만든 수제기타 레드스페셜을 울려 만드는 사운드는 아무도 흉내 내지 못한다.

요즘 브라이언의 이름은 음악잡지나 신문의 연예면이 아니라 과학면에서 찾아야 한다. 그는 천문학자다. 1947년 7월 19일에 태어나 런던 임페리얼 칼리지에서 물리학과 수학을 배웠고 같은 학교에서 박사과정을 밟았다. 퀸이 엄청난 성공을 거두는 동안 연구를 중단했지만 2007년 10월 황도광에 대한 논문을 써서 2008년 5월 14일에 박사학위를 받았다. 그의 이름이 붙은 소행성(Astroid 52665 Brianmay)도 있다.

브라이언이 참여하는 세계 최고 수준의 과학축전이 있다. 스타머스 페스티벌(Starmus Festival). 브라이언은 축제가 첫걸음을 떼는 데 크게 기여하였다. 2007년 브라이언이 임페리얼 칼리지에서 박사논문을 쓸 때 지도교수 중에 개릭 이스라엘리언이 있었다. 두 사람은 별(Star)과 음악(Music)에 경의를 표하는 축제를 조직하는 데 의기투합했다. 페스티벌은 2011년에 시작되어 2년에 한 번 꼴로 열린다. 첫해부터 세 번 연속 스페인의 카나리아제도에서, 2017년에는 노르웨이의 트론하임에서 열렸다. 그동안 닐 암

* 2019년 6월.

스트롱, 스티븐 호킹, 리처드 도킨스 등 유명 과학자와 우주비행사 등이 참가했다.

2019년 페스티벌은 6월 24~29일에 스위스 취리히에 있는 삼성 홀에서 열렸다. 브라이언은 릭 웨이크먼, 스티브 바이, 키프 톤 등과 함께 개막 기념 연주를 했고 26일에는 아폴로 11호 비행사 버즈 올드린, 16호 비행사 찰리 듀크, 17호 비행사 해리슨 슈미트 등 우주비행사들이 지켜보는 가운데 아폴로 탐사계획과 냉전 시대의 우주 경쟁에 대해 강연했다. 제5회 스타머스 페스티벌은 화려한 '스타 파티(Star Party)'로 막을 내렸다. 오후 10시부터 자정까지 참가자들이 우의를 다지고 제6회 페스티벌을 위한 계획을 세우는 시간이다. 평생에 걸쳐 별을 사랑한 사나이 브라이언에게도 잘 어울리는 자리였을 것이다.

카탈루냐
풍경

안개의 화가, 이호중을 추억함

2015.11.09.

  이호중은 안개와 수로를 잘 그린 화가다. 안개 속에 흐드러진 들꽃과 고요히 흐르는 물길을 이호중보다 잘 그린 화가를 보지 못했다. 뛰어난 스케치 실력과 예민한 감성으로 자신만의 그림을 그렸다. 스케치북을 들고 전국을 헤매던 그가 어느 날 안개와 수로를 떠나 황토를 찾아 나섰다. 남도의 산하를 누비며, 황토와 거기 움튼 사람의 흔적을 찾아냈다. 나는 그의 안개와 수로에 반했듯 그의 황토에 반했다.

  그의 그림을 보고 싶어 서울 세검정에 있는 그의 작업실에 자주 갔다. 그날도 보고 싶은 그림이 있어 화실을 찾았다. 이호중이 2008년에 그린 〈소나무와 황토〉였다. 페인트 빛 바래가는 농가의 낮은 지붕을 굽어보듯 소나무 몇 그루가 줄지어 섰다. 주변은 황토의 대지. 기울어가는 오후 햇살에 농가의 남쪽 벽이 황금빛으로 물들었다. 바야흐로 기울어가는 햇살로 인해 빛이 흘러넘치고 있다. 흘러넘치는 그 오후의 햇빛이 그리웠다.

  그가 물었다. "그 그림이 좋아?" 나는 "저 벽에 기대서서 햇볕을 쬐면 행복할 것 같다"고 대답했다. 그러자 그는 "저 그림은 당신이 제일 잘 아는군"이라고 했다. 표정이 어두웠다. 그러더니 불쑥 뱉었다. "가져가." 하지만 그 그림은 곧 팔렸다. 대신 이호중은 그림이 인쇄된 엽서를 한 장 주었다. 원화가 지닌 절묘한 빛과 색을 엽서에서 보긴 어렵지만 팔려 버린 그림을 추억하기에는 충분했다. 엽서는 내 서재에 있다.

나는 이호중을 1985년 대학로에 있는 샘터사에서 처음 만났다. 샘터사는 동화작가 정채봉이 편집부장을 맡아 펴내는 〈월간 샘터〉로 유명했다. 소설가 정찬주가 출판부를 맡아 동화 시리즈를 낼 때 이호중은 삽화를 그렸다. 정찬주는 "최쌍중 화백이 소개한 사람인데, '천재 끼'가 있어"라며 샘터사 건물에 딸린 카페 밀다원에서 그를 소개했다. 잘생긴 얼굴에 언뜻 냉소가 비쳤다. 이호중은 천재 끼가 아니라 천재성이 있는 화가였다. 그는 정규 미술 교육을 받지 않았지만 일류 화가가 됐다.

이호중과의 인연은 점선으로 이어졌다. 그는 도깨비처럼 출몰했다. 오래 모습을 감췄다가 잊을 만하면 불쑥 나타났다. 유럽을 여행하거나 지방에 가서 '살다가' 돌아오기도 했다. 1993년에는 주변과 연락을 완전히 끊고 사라져 버렸다. 러시아 상트페테르부르크의 러시아 미술 아카데미에서 학위과정을 밟았다는 사실을 그가 돌아온 뒤에 알았다. 그는 어렵게 공부한 듯했다. 1995년쯤 잠시 서울에 돌아와 지인들을 만나며 학비를 마련했는데, 정찬주가 한 달치 월급을 털어 그의 손에 쥐어 보낸 사실도 나중에 듣고 알았다.

이호중이 남도의 전원 속으로 들어간 시기는 러시아에서 돌아온 뒤였다. 그는 속살 같은 황토를 그렸다. 살점이 쥐일 듯, 손가락 사이로 살며시 흘러내릴 듯한 그런 황토였다. 거기 사람의 집이 깃들였다. 황토에 사로잡힌 뒤 그가 그린 안개와 수로는 매력을 잃었다. 나는 모리스 위트릴로가 늙어서 그린 몽마르트르를 생각했다.

일기를 들추어 본다. 2010년 10월 15일. 그 날 이호중을 마지막으로 만났다. 그는 4호나 될까 싶은 작은 캔버스에 그린 그림을 몇 점 보였다. 직선 몇 개로 정리한 정물과 풍경이었다. 원색을 아낌없이 사용해 그렸다. 구도는 단순해지고, 선과 색이 분명해져가고 있었다. 안개는 말끔하게 걷혀 버리고 없었다. 이호중은 그가 그린 옛 그림에 연연하는 나에게 말했다.

"나이를 먹어서도 젊은이의 그림을 그릴 수는 없다. 나는 변했다. 나이를 먹었고, 따라서 시력도 떨어지고 색감도 전과 같지 않다. 내 눈이 받아들이는 것, 내 눈이 느끼는 것을 그대로 그려야 한다. 내가 변한다면, 자연스러운 일이야."

그는 "사인을 안 하면 아무도 내가 그린 줄 모를 거다"라며 낄낄거렸다. 나는 차가운 송곳에 찔리는 듯한 아픔을 느꼈다. 이호중의 풍경 속에는 사람이 없다. 안개 속에도, 황토 위에도. 새로운 그림 속에도. 목 줄기가 타 들어가는 듯한 그의 고독이 못 박혀 있을 뿐. 그래서 그토록 술을 많이 마셨는지 모른다. 〈소나무와 황토〉 속, 내가 기대 쉬고 싶었던 흙담의 따끈한 온기는 고독했지만 사랑으로 충만했던 이호중의 체온일 것이다.

이호중은 2010년 11월 14일 세상을 떠났다. 쉰세 살. 화실에서 쓰러져 병원에 실려 간 지 20일 만이었다. 나의 휴대전화에는 잇따라 메시지가 들이닥쳤다. "11/14 08:25 AM 작가 이호중 간암 투병중. 위중함. 신촌세브란스 1758호-후배 김××", "11/14 12:11 PM 호중형 방금 사망하셨습니다", "11/14 01:39 PM 4호실입니다. 발인은 화요일 벽제입니다." 나는 병문안하러 가던 길에 버스 안에서 메시지를 받았다. 곧 집에 돌아가 옷을 갈아입었다.

죽기 전 이호중은 여러 작품을 동시에 작업했다. 그의 형인 이희중 용인대 회화학과 교수는 장례식장에서 나를 만났을 때 "그 많은 작품들이 어디 갔는지 모른다"고 했다. 유가족이 수습한 그림 중 상당수는 그리다 만 것들이다. 당시 이 교수는 "지인들이 추모전을 연다는 얘기를 들었다"고 했다. 추모전이 열린 적은 없다.

이호중이 떠난 지 5년이 지났다.* 세상은 이호중을 잊은 것 같다. 세검정 화실 문에 붙었던 문패도 떨어졌다. 화실이 있던 낡은 건물은 새로 지어 옛 모습을 잃었다. 그의 작품은 세상 속으로 흩어져 흔적을 찾기 어렵다. 이희중 교수는 동생의 작품이 경매에 나올 때마다 가격 불문하고 사들인다. 열 점 남짓 모였다. 이 글을 쓴 이유는 잊힌 천재 화가의 흔적이나마 그가 없는 세상 어딘가에 남겨 두고 싶어서다.

* 2015년 시점이다.

126

고흐, 서울역에 내리다

2016.02.12.

2002년 8월 3일. 쾰른에는 비가 내렸다. 중앙역 앞에서 아들을 기다렸다. 아들은 배낭을 지고 왔다. 중앙역 맞은편, 터키 사람이 운영하는 식당에서 케밥과 콜라로 첫 저녁을 먹였다. 그리고 전철을 타고 쾰른 변두리에 있는 반지하 단칸방으로 함께 갔다. 내 하숙집이 거기 있었다. 아들은 이틀을 묵은 다음 쾰른 중앙역에서 기차를 탔다.

파리에 간 아들은 오르세미술관에서 하루를 보냈다. 아들이 오르세미술관에서 보낸 시간은 루브르에서 보낸 시간보다 훨씬 길었다. 그리고 그는 그곳에 그리움을 남겨둔 채 파리를 떠났다. 나는 오르세미술관에 남긴 아들의 그리움과, 약속을 이해한다. 그가 결혼한다면 신혼여행은 파리로 가지 않을까. 오르세미술관으로.

나는 오르세미술관에 걸린 클로드 모네의 그림, 〈생 라자르 역〉의 풍경을 좋아한다. 그림은 아들이 남겨두고 온 그리움과도 같이 아득한 빛깔 속에 관객의 영혼을 과거의 한 순간으로 실어 나른다. 모네는 1877~1878

년 사이에 생 라자르 역을 여러 장 그린다. 빛과 대기의 흐름을 따라 시시각각 변하는 이미지를 매번 다르게 표현한다.

기관차, 기관차가 내뿜는 수증기, 주위를 둘러싼 대기는 빛이라는 현상 속에 어우러져 혼곤히 녹아들면서 하나의 사물을 이루었다가 풀어져 또 다른 사물로 이행한다. 빛은 사물을 표현할 뿐 아니라 그 스스로 빛나며 사물과 사물에 생명을 불어넣고 그 생명의 다리가 된다. 기차가 거친 숨을 내뿜는 플랫폼은 바로 '그리움'이 아니던가.

오래된 기차역의 플랫폼은 처연한 그리움 속으로 우리를 밀어 넣는다. 연락선이 떠나는 포구처럼. 전혜린이 말한 '먼 곳을 향한 그리움(Fernweh)'이 그곳에 있다. 아들도 모네의 그림을 보았으리라. 서로 다른 시간 속에 우리가 본 그림은 전혀 다른 그림이다. 배낭을 짊어진 젊은 나그네가 본 생 라자르 역은 양복을 입은 출장객이 본 모네의 그림과 같을 수 없다.

오르세미술관 역시 원래는 기차역이었다. 아르누보 양식으로 지은 아름다운 건물이다. 인상주의 화가들의 그림이 많이 전시돼 있다. 빈센트 반 고흐나 폴 고갱을 좋아하는 사람이라면 가슴이 뛸 것이다. 이들은 빛과 함께 시시각각으로 움직이는 색채의 변화 속에서 자연을 묘사하고, 색채나 색조의 순간적 효과를 이용해 눈에 보이는 세계를 기록했다.

고흐를 중심으로 한 인상주의 화가들의 작품을 색다르게 즐길 수 있는 전시가 옛 서울역에서 열렸다. '반 고흐 인사이드:빛과 음악의 축제'다. 지난달* 8일에 시작해 오는 4월 17일에 끝난다. 고흐의 작품 247점과 모네,

* 2016년 1월.

고갱 등 인상주의 화가의 작품 153점을 볼 수 있다. 실물 그림은 아니고, 초고화질 이미지로 촬영해 프로젝터로 스크린에 비추는 영상이다.

공간마다 다른 주제로 작품을 보여준다. 1층에 있는 3등 대합실에서는 〈뉘넨의 또 다른 해돋이〉라는 제목으로 초기 인상주의 작품을 소개한다. 1층 중앙 홀에서는 〈파리의 화창한 어느 날〉을 통해 고흐가 일본 판화 우키요에의 영향을 받아 자신만의 화법을 완성해 가는 과정을 볼 수 있다. 1, 2등 대합실에서는 〈아를의 별이 빛나는 밤에〉를 만난다. 바로 이곳에서 돈 매클레인이 노래한 '빈센트'를 느낀다.

> 별이 총총한 밤, 밝게 타오르는 듯 활짝 핀 꽃과 보랏빛 안개 속에 소용돌이치는 구름… 별이 총총한 밤, 텅 빈 홀에 걸린 초상, 이름 모를 벽에 걸린 채 세상을 바라보는 액자도 없는 초상들… 당신이 내게 무엇을 말하려 했는지 나는 이제 알 것 같다….

2층 그릴로 올라가면 〈오베르의 푸른 밀밭에서〉 고흐가 기다린다. 고흐가 생 레미의 정신병원에서 나와 오베르에 있는 쉬르 우아즈에 머물며 스스로 목숨을 끊기 전까지 자신만의 예술세계를 만들어 간 시기에 그린 그림들이 보인다. 여기서는 새와 풀벌레의 울음, 밀밭이 바람에 스치는 소리를 통해 오베르의 전원을 느낄 수 있다.

옛 서울역은 일본인 건축가 쓰카모토 야스시(塚本 靖)가 설계한 건물이다. 1922년 6월 1일 착공해 1925년 9월 30일에 완공했다. 원래 이름은 경성역이었다. 네오바로크 양식을 가미해 지었다. 서울의 신세계백화점

옆에 있는 옛 제일은행 본점 건물도 네오바로크 양식이다. 일본 삿포로의 홋카이도청사, 독일 비스바덴의 중앙역도 같은 양식이다. 비스바덴 역은 서울역과 정말 흡사하다.

기차역의 운명은 끝내 미술관일까. 서울역은 죽어버린 시대의 죽어버린 역이다. 고색창연한 역사는 더 이상 기차표를 나눠 주지 않는다. 그러나 헤아릴 길 없는 감정의 소용돌이 속에서 우리에게 두 가지 그리움을 각성케 한다. 한 시대를 향한 향수와 먼 곳을 향한 동경. 그리고 그 사이에서 우리는 삶의 한 순간을 자각한다. 고흐와 인상주의 화가들의 작품은 강력한 촉진제다.

> 그리움과 먼 곳으로 훌훌 떠나 버리고 싶은 갈망, 바하만의 시구처럼 '식탁을 털고 나부끼는 머리를 하고' 아무 곳으로나 떠나고 싶은 것이다. 먼 곳에의 그리움! 모르는 얼굴과 마음과 언어 사이에서 혼자이고 싶은 마음! 텅 빈 위와 향수를 안고 돌로 포장된 음습한 길을 거닐고 싶은 욕망. 아무튼 낯익은 곳이 아닌 다른 곳, 모르는 곳에 존재하고 싶은 욕구가 항상 나에게는 있다.(전혜린)

미로를 만나 상상의 미로迷路에 빠지다

2016.06.10

　이상의 소설 「날개」에서 주인공은 왜 한낮에 미쓰코시 백화점의 옥상에 올라갔을까. 물건을 사거나 경성 풍경을 즐기기 위해서는 결코 아니다. 그는 '소외된 근대의 지식인'으로서 나약하고 무능하다. 기둥서방 노릇도 그에게는 사치다. 그런 그가 정오를 알리는 사이렌 소리를 들으며 겨드랑이에 가려움을 느낀다. 그리고 되뇐다.

　'날개야 다시 돋아라. 날자. 날자. 한번만 더 날자꾸나. 한번만 더 날아보자꾸나.'

　높은 데 올라가서 날아보겠다는 생각은 아이들이나 한다. 시내의 빌딩이 아무리 치솟아도 인체의 강도에는 한계가 있다. 4층 높이에서만 떨어져도 즉사한다. 독자는 날개의 주인공에게서 미숙을 발견한다. 이 미숙은 덜떨어짐과는 다르다. 동심을 향한 갈망, 절박한 포기와 선택적 퇴행이 작동한다.

　미쓰코시 백화점은 1930년 10월 24일 일본의 미쓰코시 경성점으로 문을 연다. 영화 〈암살〉의 주인공 안옥윤이 안경을 맞춘 곳, 그의 쌍둥이 동생 미츠코가 동경에서 날아온 명품을 쇼핑한 곳, 영화 후반부에는 결혼식이 열리고 하객들로 붐비는 가운데 총격전을 벌이는 곳. 지금은 신세계백화점 본점이다.

오늘날 백화점 옥상에는 '트리니티 가든'이라는 정원이 조성되었다. 정원에는 모양이 동글동글하고 매끄러워 귀여운 느낌을 주는 조각품이 있다. 검은 색인데다 사뭇 거대한데도 위압감을 주지는 않는다. 어린 아이나 동물을 연상시키는 이 조각은 호안 미로가 만든 〈인물(Personnage)〉이다.

미로는 이 작품을 1974년에 제작했다. 그의 나이 여든한 살, 세상을 떠나기 9년 전이다. 미술학자들은 이 무렵 미로의 작품이 초기의 형태들을 단순화해 대상의 본질만 남겼다고 본다. 미로는 자신의 작품에 나타나는 형태에 대해 말했다.

"나에게 형태는 추상적이지 않다. 형태란 언제나 사람, 새와 같은 것들이다."

백화점 옥상을 장식한 그의 〈인물〉은 보는 각도에 따라 다른 상상을 불러일으킨다. 빌렌도르프의 비너스나 아기공룡 둘리를 생각할 수도 있다. 형태 뿐 아니라 재료의 질감과 색채도 상상력을 자극하는 요소이다. 〈인물〉은 예술적 상상의 산물임에 틀림없지만 미로의 의식 속에 선명한 특정한 누군가일 것이다.

미로는 파블로 피카소나 살바도르 달리처럼 미켈란젤로적 재능을 타고난 사람이다. 그의 예술적 지평은 회화·판화·조각·도예로 확대되어 나갔다. 우리가 보는 것은 미로의 바닷가에 흩어진 소라나 조가비 부스러기다. 미로는 장 콕토의 노래 속에 들어가 스스로 소라 껍데기가 된다.

여름날 바다에 나가 소라 껍데기 하나를 바람 속에 던져 보라. 그때마다 다른 휘파람 소리를 들을 것이다. 소라라는 구체적 사물로부터 추상의 악보를 얻어 무한대의 음표를 새겨 넣을 수 있다. 미로의 예술을 느끼는 과정은 손에 잡히는 현실에서 출발해 상상과 환상, 추상의 세계로 접어드는 길이다.

〈카탈루냐 풍경(사냥꾼)〉은 미로가 1923년에서 1924년 사이에 그린 그림이다. 언뜻 봐서는 뭐가 뭔지 알 수 없다. 미로는 이 그림을 그리기 전에 연필 스케치를 했다. 이 스케치가 그림을 이해하는 데 결정적인 열쇠가 된다. 〈카탈루냐 풍경〉은 뉴욕(현대미술관)에, 스케치는 바르셀로나(호안 미로 재단)에 있다.

미로는 사냥꾼을 〈카탈루냐 풍경〉의 왼쪽에 그렸다. 토끼를 잡아 점심으로 구워 먹을 참이다. 파이프가 대번에 눈에 들어온다. 그의 눈과 귀, 콧수염, 턱수염, 심장, 거꾸로 매달린 토끼도 보인다. 한낮의 태양이 이글거린다. 앙트완 드 생텍쥐페리의 '소혹성 B612'를 연상시키는 천체도 보인다.

그림의 위와 아래 배경은 두 가지 색으로 분할되었다. 하늘과 땅이다. 오른쪽에 모닥불이 보인다. 토끼는 잠든 듯한 모습으로 그렸다. 사냥꾼은 두 다리로 완고하게 버티고 섰다. 그러나 두 팔은 리드미컬하게 굽이친다. 오른쪽 아래 정어리를 뜻하는 'sardine'의 첫 네 글자가 보인다. 정어리도 먹으려나 보다.

미로는 대중과 자신의 작품 사이에 다리를 놓았다. 그는 1959년 뉴욕 현대미술관을 찾아가 〈카탈루냐 풍경〉에 등장하는 사물에 대해 설명한다. 이 내용을 잘 설명한 책이 『호안 미로(RHK)』다. 책을 먼저 읽고 오는 26일에 시작해 9월 24일까지* 서울 세종문화회관 미술관에서 열리는 미로의 특별전을 즐기면 좋겠다.

미로의 전시는 이 예술가의 풍요롭지만 심연과도 같은 세계로 들어가는 통로가 되어줄 것이다. 예술로 점철한 90년에 이르는 긴 생애는 미로(迷路)와 같다. 무심코 발을 들여놓았다가는 길을 잃는다. 하지만 세종문화회관 미술관의 입장권을 받는 순간 우리는 아리아드네의 실타래를 손에 넣는다.

미로는 바르셀로나 사람이다. 고향에 있는 프란시스코 갈리 아카데미에서 미술을 공부했다. 커서 사업가가 되려 했지만 심한 신경쇠약이 인생의 길을 바꾸게 만들었다. 미로의 부모는 아들을 화가로 키우려 하지 않았다. 그러나 타고난 재능을 어찌하겠는가. 미로는 야수파와 입체파, 초현실주의의 영향을 받았지만 자신만의 그림을 그렸다.

그의 작품에서는 밝은 색채와 추상적인 형태가 어우러진다. 소박하고 원시적인 분위기 속에 정교한 예술적 고려가 잠복했다. 1920년대를 프랑스 파리에서 보내며 피카소와 친분을 쌓고 초현실주의 운동에도 참여한 그는 제2차 세계대전이 터지자 1940년에 스페인으로 돌아간다. 1956년에는 마요르카 섬에 있는 팔마로 이주해 죽을 때까지 살았다.

마요르카에 있는 미로의 작업실은 작은 왕국으로서 그가 작품을 창작하는 데 완벽한 배경이 되었다. 미로가 삶의 마지막 순간까지 근면하게 가꾸어낸 풍요로운 정원이기도 했다. 그는 이곳에서 예술가로서 그의 마지

* 2016년 6월.

막 시기(1956~1981년)를 장식했다.

〈카탈루냐 풍경〉의 오른쪽 귀퉁이에는 스페인의 국기가 나부낀다. 미로의 세계에는 늘 스페인, 카탈루냐, 바르셀로나와 마요르카가 있었다. 미로에게 헌정된 미술관도 바르셀로나와 마요르카에 있다. 위대한 예술가들이라면 대개 그렇듯이, 미로 역시 사랑으로 충만한 예술가였다. 그는 말했다.

"그림이나 시는 사랑, 즉 완전한 포용을 경험할 때 만들어진다."

아르티가스와 충격적 조우, 평면을 벗어나 꿈을 빚다

2016.06.24

미켈란젤로가 그랬듯이 고대로부터 르네상스 시대에 이르기까지 예술가들은 대개 화가이자 조각가였다. 그러나 17세기 이후 예술가들은 그림이나 조각 등 전문 분야에 따라 나뉘었다. 19세기 들어 고갱과 도미에 등이 조각에 손을 대면서 이 장르에 대한 관심도 커졌다. 20세기가 되자 예술가들은 다투어 도예에 뛰어들었다. 이들의 작업은 매우 실험적이었고 다양했다.

호안 미로는 도예 분야에서도 파블로 피카소와 함께 스페인 예술가들을 선도했다. 미로는 2차원적 회화뿐 아니라 현대 미술사에 커다란 영향을 끼친 조각 작품과 수많은 도예 오브제, 그리고 대형 도자 벽화를 제작했다. 조각적 도예 오브제, 기호와 선으로 장식된 도자 벽화는 유희정신으로 충만한 피카소의 작품과 선명하게 대조를 이뤘다.

미로는 1940년대 초반부터 도예작업을 했다. 그가 도자기에 눈을 돌리게 된 데는 도예가 로렌스 아르티가스와의 교우가 결정적 역할을 했다. 그들은 1915년 바르셀로나에서 만났다. 미로는 1920년대에 파리에서 생활하면서 막스 에른스트, 피카소 등과 사귀었는데 이들과의 교유 역시 미로의 도예 작품에 큰 영향을 미쳤다.

미로는 1942년에 바르셀로나에서 열린 전시회에서 아르티가스의 작품을 보고 깊은 인상을 받는다. 1944년 바르셀로나 근처 산 중턱에 자리 잡은 갈리파에서 아르티가스의 작업장을 처음 방문했을 때는 가마 뒤편 곳곳에 흩어진 깨진 접시와 컵 등의 조각들을 보고 충격을 느낀다. 아르티가스와의 공동작업은 미로의 예술세계에 근본적인 변화를 주었다. 미로는 이렇게 썼다.

"아르티가스의 작품을 통해 나는 내 작품을 풍요롭게 만들기 위한 새로운 표현의 가능성과 지평을 발견할 수 있었다. 도자기를 굽는 동안 불의 마술은 너무도 매혹적이었으며 나를 미지의 세계로 빠져들게 했다. 갈리파에서 보낸 시간은 나에게 인간적인 열기로 가득 찬 추억의 시간이었다."

다른 예술가들이 처음 도예작업을 시작할 때 이미 만들어진 형태 위에 그림을 그리는 작업을 한 반면 미로는 처음부터 자신만의 형태를 빚기 시작했다. 도예작업을 위한 밑그림은 그리지 않았다. 식기, 소품, 건축장식 등 다양한 작품들은 미로의 회화적 상상력이 도예기법을 통해 작품으로서 성공에 이르고 있음을 확인할 수 있게 한다.

미로는 1956년 파리에서 '화염의 대지'라는 주제로 도예작품 서른두 점을 전시한다. 파리 시민들은 이 작품들에 매료됐다. 미술비평가 자크 라세뉴는 이렇게 썼다. "살아 숨 쉬며 증식하고 있는 석화된 형태들의 숲속으로 빠져들어 갈 때 느낀 인상들을 결코 잊지 못할 것이다. 유약으로 뜨거

워진 빛, 색채를 머금은 도자기의 광택과 아름다움을 어떻게 말로 표현하겠는가."

미로는 1955년 파리에 있는 유네스코 본부 건물 외벽에 벽화 두 점을 그려 달라는 의뢰를 받았다. 그는 도자기 타일을 이용하기로 결심했다. 1957년에 완성한 벽화는 〈태양의 벽〉과 〈달의 벽〉이다. 미로는 이 작품을 제작하기 전에 알타미라 동굴의 원시벽화와 바르셀로나 박물관에 있는 초기 프레스코화, 안토니 가우디의 모자이크에 대해 연구했다.

1964년에서 1972년 사이에 하버드대의 도자벽화를 비롯해 벽화 다섯 점을 더 제작했다. 미로는 아르티가스와 함께 30년 넘게 작업하면서 도자 오브제를 400개 이상, 벽화 열다섯 점을 남겼다. 1981년에서 1982년 사이에 바르셀로나 시청을 위해 제작한 〈여자와 새〉는 시멘트 뼈대에 도자기 타일을 씌운 미로의 마지막 기념비적 작품이다.

〈여자와 새〉는 높이가 22m나 된다. 관객은 이 작품에서 미로가 제시한 주제, 곧 여자와 새를 볼 수도 있지만 스페인의 위대한 예술가 가우디를 떠올릴 수도 있다. 조각과 도예는 미로의 예술을 도시 한복판이나 공공장소로 옮겨 놓았다. 만남과 대화를 갈구하며 중개자 없이 익명의 대중에게 직접 자신의 예술을 공급하려는 미로의 오랜 꿈도 이루어졌다.

일생의 오브제 '초현실'…오리엔탈·시(詩)와 만나 꽃피다

2016.06.24

호안 미로는 1960년대에 들어 항상 소망하던 넓은 스튜디오로 이사해 점점 규모가 큰 작업을 시도해 나갔다. 잭슨 폴록과 프란츠 클라인 등 추상표현주의 화가들이 개척한 대규모 평면 작품들이 미로에게 영감을 제공했다. 1971년에 발표한 〈황금 깃털을 가진 도마뱀〉은 미로가 1960년대 중반에 작업한 '시(詩)'를 주제로 한 여러 작업 가운데 하나다. 당시 그는 미국의 최신 회화와 일본의 서예에서 영향을 받아 나름의 스타일을 추구하고 있었다.

미로는 1970년 역사학자이자 비평가이며 박물관 큐레이터이기도 한 마지 로웰과 인터뷰하면서 미국 회화에 대해 이렇게 말했다. "내가 늘 이룩하고 싶었지만 그때까지 이루지 못한, 충족되지 못한 욕망의 단계에 머무르던 '방향'을 내게 제시했습니다. 그 그림들을 보며 나는 스스로에게 '너도 할 수 있어, 한번 해봐, 거봐, 괜찮을 거야!'라고 격려합니다. 내가 파리에서 수학했다는 사실을 꼭 기억해 주세요."

미로는 파리에 머무르는 동안 앙드레 마송과 교류했다. 마송은 초현실주의 기법인 자동기술법을 조형미술의 영역에 적용했다. 미로와 마송의 작업공간은 파리 블로메 거리의 같은 건물에 있었다. 이곳은 미로와 그의 동료 예술가들의 실험실과 같았다. 화가와 시인들은 노발리스, 아르튀르 랭보, 로트레아몽으로부터 영향을 받았다.

한편 미로는 1966년 도쿄에서 열린 작품 회고전에 참석하기 위해 일본을 방문해 일본의 시인, 도예가, 서예가들을 만났다. 그는 "나는 일본 서예가의 작품에 매료되었고, 이것은 확실히 내 작업 방식에 영향을 미쳤습니다. 나는 요즘 거의 무아지경 상태에서 작품을 만들고 있습니다. 내 생각엔 나의 그림이 점점 더 생동감 있어진다고 봅니다"고 했다.

1960년대의 미로는 안정과 자유로움 속에서 작품을 성취해냈다. 〈황금 깃털을 가진 도마뱀〉은 그 시기에 이룩한 성과이다. 미로의 형식은 점점 개방적으로 확장됐으며, 그의 생동감 넘치는 필치는 훨씬 극적으로 나아갔다. 그러면서도 그의 회화는 특유의 시적 성격과 무결함을 본질적으로 동일하게 유지해 나갔다.

미로는 이 무렵 오래전부터 천착한 개인적 주제를 반추하기 시작했다. 〈황금 깃털을 가진 도마뱀〉은 초현실주의 성향을 드러내는 석판화 열다섯 점과 시 한 편으로 구성됐다. 시는 미로가 1936~1939년에 쓴 「시적인 놀이」다. 미로는 질감과 색, 서체와 도상이 어우러진 매우 순수한 시각적 경험을 제공한다. 강렬하게 흐르는 선은 미로 자신만의 창조 과정에 이르는 경로를 상징한다.

미로는 기욤 아폴리네르와 스테판 말라르메의 시에서 착상해 일련의 작품을 만들었다. 도마뱀 시리즈에 등장하는 다양한 화신들은 태양의 주위를 떠돌고 하프로 변신한다. 모자나 새싹, 깃털 등으로 장식해 그들이 신화의 변형이자 왕국의 상징임을 상기시킨다. 미로는 견고하고 지속적인 형식을 사용했다. 자연 발생적이고 독창적인 다양한 이미지들은 곧 '전형적인 미로'의 것으로 구분됐다.

시인 방기홍과 화가 '뚤르즈 로트렉'

2016.09.09.

어깨동무를 하고 구호를 외치고 노래를 부르고 스크럼을 짠 채 교정을 수없이 돌았다. 퇴계로나 장충동으로 나가는 길목에서 한바탕 짱돌과 최루탄을 교환한 다음 먼지와 최루탄 가루와 눈물과 땀으로 범벅이 된 얼굴을 수돗가에서 씻고 옷을 툭툭 털고, 마지막으로 코를 한번 팽 풀었다. 오월의 도서관에 발을 들이면 왜 그토록 정처 없는 서글픔이 사무쳤던가. 김수영과 조태일과 신경림과 김지하와 브레히트의 시를 찾아 읽을 때 개가식 열람실에서는 아직도 목탄 난로가 온기를 간직한 채 흘러가는 시간을 말없이 지켜보고 있었다.

> 은하수께 놓은 다리를
> 누군가 별이 되어 떠나고
> 때론 거친 몇 개의 신호를 남기기도 하고
> 모두가 다 눈을 벗어나선

무슨 말도 할 듯해

시린 등 세우고 남은 밤엔

귀가 헐도록 창(窓)을 열어 놓아도

바람 두세 가닥 보이기만 하지

아무려나

길거나 짧거나 우린 동행(同行)하니까

시작할 때도 수렁이었지

살지 않는 꿈은 외계의 빛으로 피고

그는 낮은 곳에서 그림 그리고

그러다 보면 마지막 동행 일러주는 말이 보여

종소리든가

새소리든가… 함성이었어.

    시인 방기홍이 대학생일 때 쓴 시다. 그가 속해 활동한 동인지 〈소리내부(內部)〉에 실렸다. '화가 뚤르즈 로트렉'. 나는 이 시를 〈소리내부〉에서 읽지 않았다. '발견'했다. 1983년 5월, '서클룸'에서 축제 행사인 시화전을 준비하다가. 문이 반쯤 열린 철제 캐비닛에 들어 있었다. 10호쯤 되는 캔버스였다. 유화를 그리고 시를 썼다. 원래 있던 그림과 시를 지워내고 그 위에 새로 시와 그림을 쓰고 그릴 참이었다. 말하자면 재활용품. 나는 오래 캔버스를 들여다보았다. 미색 바탕에 리드미컬하면서도 힘차게, 그러면서도 감미롭게 그려 넣은 그림과 글씨. 도저히 그걸 약품으로 밀어버리고 그 위에 새 그림과 글씨를 넣을 수 없었다. 그래서 따로 두었다. 지금도 가지고 있다. 내가 아는 한, 그 글씨도 그림도 방기홍의 작품이다. 그는 대학교 3학년일 때 문학전문지 〈한국문학〉의 신인상을 수상해 문단에 나왔다. 신문에 삽화를 그릴만큼 미술 실력도 뛰어났다.

때는 1980년대였다. 1980년대 초였으며, '광주'의 시대였다. 광주는 젊은이들의 영혼과 의식을 온전히 지배했다. 시인이나 소설가가 되겠다며 대학에, 국문학과에 몰려든 젊은이들도 예외일 수 없었다. 시나 소설을 함께 읽고 토론하는 합평회에서는 험한 말이 예사로 오갔다. "그래요, 잘 썼어요. 그런데, 그래서, 이런 글이 무슨 의미가 있죠? 이런 작품이 무얼 바꿔 놓을 수 있습니까? 이따위 글이나 쓰고 있어도 괜찮나요?" 더러 자리를 박차고 나갔다. 그중에 태반이 다시는 돌아오지 않았다. 일찍이 재주를 인정받은 천재와 수재들조차 수없이 포기하거나 좌절했다. 평범하지도 못한 시를 만들어 내다 기진해 쓰러져 버리기도 했다. 더러 야학 선생이 되고 더러 탄광이나 공장에 갔다. 나? 아무것도 하지 못했다. 광주의 참상, 시대의 무게를 알면 알수록 시 쓰기가 불가능했다. 따라잡을 수 없었다. 결국 '나는 틀렸다'고 생각했다. 내가 지금 쓰는 시는 바둑으로 치면 '더 두어 본다'는, 그 정도다. 진정 그 시대를 이겨낸 생존자가 있다면 그들의 내면을 살펴보고 싶다.

방기홍은 강한 사나이였다. 어떠한 현실도 외면하지 않았지만 '꿈'과 '외계'를 노래했다. 맑고 건강한 목소리로. 차원을 달리하는 탁월함에는 시대의 창검조차 상하게 할 수 없는 아우라가 있다. 방기홍과 한 시대를 살았거나 그 일부를 나누어 산 사람들에게 그가 쓴 시 몇 소절이 스며들었다. 나에게는 '화가 뚤르즈 로트렉'(국립국어원의 표기원칙에 따르면 '앙리 드 툴루즈 로트레크'다)이 그중에 하나다. 시세계의 범박한 추종자인 나와 같은 위인도 그의 행간 속에 몸을 감추고 호흡을 달랠 수 있었다. 그러기에 어떤 시대, 어떤 공간에서 로트레크는 메타포인 동시에 은밀한 음모였다. 그것도 아니라면 섬광과도 같은 사치이거나 사기였으리라. 나는 방기홍과 그가 쓴 로트레크가 좋았다.

로트레크에 대한 매혹은 장애와 결핍이라는 그 시대의 본질을 모르는 사이에 체득한 데서 비롯했을까. 로트레크는 흔히 '난쟁이' 화가로 알려졌다. 사실 그의 작은 키는 어릴 때 몸을 다쳐 하반신이 제대로 성장하지 못한, 일종의 장애다. 열네 살 때인 1878년과 이듬해에 사고를 당해 대퇴골이 부러졌다. 호세 페러가 주연한 영화 〈물랑루즈〉(1952)에서 어린 로트레크가 계단에서 굴러 떨어지는 장면이 나온다. 귀족 집안의 근친혼으로 인한 유전 요인이 작용했을 것으로 보기도 한다. 로트레크는 남프랑스 알비의 백작 가문에서 태어났다. 그림은 열 살 때부터 배웠다. 아마추어 화가인 삼촌과 아버지의 친구인 화가 르네 프랭스토가 첫 스승이었다. 1882년부터 파리에서 코르몽의 지도를 받아 화가의 길을 걸어갔다.

로트레크는 몽마르트르에 화실을 열고 파리의 홍등가를 소재로 많은 작품을 남겼다. 그는 거리의 여성들을 많이 그렸으나 그들을 결코 동정하지 않았다. 로트레크에게 인간은 작품의 대상이나 수단을 넘어 그 자체로서 목적이 되었다.

"로트렉은 냉혹하리만큼 꾸밈없는 인간 표현을 통해 비극을 넘어서서, 그것을 있는 그대로 진실하게 포용한다. 인간을 긍정하고 사랑할 수 있었기에 그는 어떠한 비극이나 추악함마저도 있는 그대로 사랑할 수 있었다. 사랑함으로써 비극은 극복된다. 아니, 본질을 사랑하는 사람에게는 비극은 이미 비극이 아닌 것이다. 로트렉은 결코 현실을 미화하지 않는다. 다만 참모습을 찾아내어 표현함으로써 현실에 영원한 생명을 부여할 뿐이다."(장소현)

　로트레크는 알코올 중독자였다. 독한 술을 즐겨 마셨다. 매독 같은 성병을 앓았다고도 한다. 거리의 여인들과 친구가 되고 때로는 사랑을 나누었으니 그럴 만도 했다. 1899년에는 정신착란을 일으켜 3개월 동안 병원 신세를 졌다. 1901년 말로메에 있는 별장에서 요양을 하다 마침내 숨을 거두었다. 로트레크의 어머니 아델은 아들이 남긴 작품을 수습해 파리시 미술관에 기증하려 했지만 거절당했다. 그녀는 고향인 알비시 미술관에 작품을 기증했고 그 결과 1922년 로트레크 미술관이 문을 열었다. 알비는 고풍스럽고 세련미가 넘치는 도시다. 그의 사진을 찬찬히 들여다본다. 선한 사람이었을 것이다. 로트레크가 알비에서 살다 귀족으로서 삶을 마감했어도 어울렸겠다 싶다. 그러나 누구에게나 숙명이 있느니, 누군들 그로부터 자유로울 수 있으랴.

　오늘은 9월 9일, 로트레크가 죽은 날이다. 로트레크를 떠올릴 때마다 나는 반사적으로 방기홍과 그의 시를 떠올린다. 대학을 마친 그는 서울에 있는 개신교 계열의 고등학교에서 국어교사로 일했다. 교직에 몰두한 나머지 시작(詩作)은 뜸했다. 그러다 잠시 그가 중병을 앓는다는 소문이 돌았다. 방기홍의 신작시를 읽을 수 없었다. 그를 사랑한 선후배들이 크게 걱정했다. 누군가는 그가 세상을 떠났다고도 했다. 그러나 최근 방기홍과 함께 공부한 대학 후배가 저녁 산책길에 그를 봤다고 한다. 운동모자를 눌러쓴 그는 별 말이 없었다. 그 후배가 본 방기홍이 환영이 아니라면, 곧 그의 새 작품을 볼 수 있을 것이다.

　나와라, 방기홍.

오윤 30주기 회고전

2016.06.24

오윤의 판화를 보러 가자. 그의 30주기를 맞아 열리는 회고전이다. 우리는 10년마다 오윤을 추모하며 그의 예술에 대해 이야기한다. 1996년에는 『오윤, 동네사람 세상사람』이라는 전작 판화집이 나왔다. 같은 해 6월 21일부터 7월 20일까지 서울 학고재에서 판화전을, 아트스페이스서울에서 판화 자료와 소묘전시회를 열었다. 2006년에는 국립현대미술관에서 회화, 조소, 판화 등 200여 점을 전시했다(9월 22일~11월 5일). 제목은 '오윤 : 낮도깨비의 신명마당'이었다. 미술관은 같은 해 10월 19일 '오윤의 생애와 작품세계'를 주제로 학술토론회도 열었다.

오윤에 대해 회고해야 할 무엇이 우리에게 남아 있을까. 세 차례 회고전에 대한 해설과 추모의 언어들은 판화로 찍어낸 듯 흡사하다. 10주기에 신문은 오윤이 '예리한 칼로 민중의 삶과 정서를 판각'했으며 오윤은 '민중미술의 가능성을 확인한 선구적이고 상징적인 작가'라고 썼다. 오윤이 '민중을 넘어 모두의 사랑을 받았으며 한과 신명, 해학과 풍자가 그의 기본

가락'이라고. '목판에 칼집을 새기고 파고 찍고 하는 힘과 몸이 움직이는 정직성, 칼 맛의 선이 풍기는 예리함과 생명력' 같은 표현도 보인다.

그때 미술평론가 김윤수는 전시기획의도를 설명했다. "오윤은 오늘날 민중미술의 신화적인 인물"이라며 "그같은 신비주의를 없애고 시대를 초월해 민중과 함께 하는 작가 오윤의 진면목을 드러내고자 한다". 그는 10년 뒤 '오윤: 낮도깨비 신명마당'전의 기획취지를 비슷하게 설명했다. 지난해* 12월 16일 서울옥션이 연 제138회 경매에 오윤의 목판화 〈칼노래〉가 나왔을 때, 다시 이런 기사가 보인다. '칼칼한 칼 맛이 만들어낸 강직하고 찰진 선의 목판화…'.

그의 작품이 다시 걸렸다. 미디어에서는 또 한 번 오윤에 대해 쓴다. 소설 『갯마을』을 쓴 소설가 오영수(1914~1979년)의 장남, 마흔 살에 요절, 한국 현대미술사에서 최초로 현실 비판을 시도한 '현실 동인', 그리고 또 '칼 맛'…. 모조리 클리셰(cliche)다. 이런 식이면 오윤은 10년을 주기로 다녀가는 살별과 같다. 살별이란 긴 얼음먼지를 끌며 우주의 행간을 오가는 별붙이니 언젠가는 소멸하고 말 존재이다. 우리는 오윤에 대해서 다 보았고, 그렇게 추모의 정념만이 남은 것인가.

김미정은 2014년에 논문 「한국 현대미술의 민화 차용」을 썼다. 그는 1980년대를 '사회저항과 민중미술, 민주주의에 욕구가 폭발했던 시대'로 규정했다. 이 시기에 "민족 리얼리즘 계열의 미술가들은 민화적 형식을 차용해 민중의 생명력을 간직한 토착문화로 퇴폐한 현대 사회를 재생

---

* 2015년.

하려는 목적성이 강했다"고 했다. 김미정에게 오윤은 '삶의 미술을 주장한 현실비판적 미술가'다. 오윤의 작품에서는 '칼춤'이 보여주듯 강렬한 힘과 원초적 생명력이 넘친다.

오윤은 '액자 미술'이 아니라 생활에서 쓰임이 있는 서민 회화를 지향했다고 한다. 그의 판화작업은 포스터, 삽화, 표지와 같은 실제 쓰임이라는 매체의 본성에 충실했다. 그 좋은 예가 풀빛출판사에서 낸 '풀빛판화시선' 이다. 오윤의 판화는 『노동의 새벽』(박노해), 『붉은 강』(강은교), 『황토』(김지하) 의 표지를 장식했다. 『노동의 새벽』은 압도적이다. 남색표지에 굳게 찍어 누른 듯 굵직한 선이 고뇌하는 노동자의 얼굴을 드러낸다. 표지를 넘기면 박노해의 시, 그 한 줄 한 연이 비통하게 다가온다. '두 알의 타이밍으로 철 야를 버티는 / 시다의 언 손으로 / 장미빛 꿈을 잘라 / 이룰 수 없는 헛된 꿈을 싹뚝 잘라 / 피 흐르는 가죽본을 미싱대에 올린다'(「시다의 꿈」중)

아아, 고통! 강렬한 진통제가 뱃속을 온통 뒤집어 그 고통이 이전의 고 통을 잊게 만드는 고통 위의 또한 고통이여. '전쟁 같은 밤일을 마치고 난 / 새벽 쓰린 가슴 위로 / 차거운 소주를 붓는다 / 아 / 이러다간 오래 못가 지 / 이러다간 끝내 못가지'.(「노동의 새벽」첫 연) 이토록 이를 악문 참음과 신 음. 끝내 전태일의 몸뚱이를 휘감아버린 분노의 홍염이 저 아래서 위태롭 게 혀를 낼름거리고 있지 않은가. 오윤의 판화는 이렇게 밖에 볼 수 없는 가. 마디 굵은 주먹과 희번득한 시선, 분노와 슬픔과 갈망.

〈칼노래〉를 보라. 눈을 치뜬 채 칼을 움켜쥐고 무릎을 굽혀 왼발을 번 쩍 들어올렸다. 그림 전체에 힘이 고였다. 이 작품은 김지하의 산문집(『남 녘땅 뱃노래』·1985년)을 장식하고 있다. 김지하는 "신기가 가득 찬 민초들의 생명력 있는 기를 반영한 것"이라 했으나 맥없는 넋두리다. 그의 영혼이 오윤을 담을 수 있으랴.

전설은 소설가 오영수의 아들로 태어난 천재의 때 이른 죽음이라는 대목에서 비장미를 더한다. 나는 중학생 시절, 국어 교과서를 장식한 「요람기」를 읽으며 체험하지 못한 과거를 추억하였다. 정월 보름, 소년이 연을 날려 보낸다. 연은 실과 얼레와 주인을 남기고 떠나가 버린다. 새처럼 나뭇잎처럼 까마득히 떠나간다. '어쩌면 무지개가 선다는 늪, 이빨 없는 호랑이가 담배를 피우고 산다는 산 속, 집채보다도 더 큰 고래가 헤어 다닌다는 바다, 별똥이 떨어지는 어디쯤…. 소년은 멀리멀리 떠가는 연에다 수많은 꿈과 소망을 띄워 보내면서, 어느 새 인생의 희비애환과 이비(理非)를 아는 나이를 먹어 버렸다….'

아버지의 붓과 아들의 끌 사이는 하염없이 먼가. 그러나 상상하노니, 연이 하염없이 날아가 나무 꼭대기에 걸친 미지의 마을 어귀이거나 호랑이 담배 피우는 연기 자욱한 숲 속 오두막 아래서 아들은 말없는 아비가 되어 홍두깨를 깎으리라. 아버지는 마음 약한 아들로 태어나 먼 곳으로 떠난 이웃집 계집아이에게 답장 없는 편지를 써 보내리라. 윤회와 인연의 사슬이 엄연하다면 반드시 그러하리니.

'오윤 30주기 회고전'은 서울 평창동에 있는 가나아트갤러리에서 24일에* 시작되어 8월 7일에 끝난다. 판화뿐 아니라 테라코타, 캔버스에 그린 유채화, 종이에 그린 먹선 채색화 등 다양한 작품을 감상할 수 있다.

* 2016년 6월.

아나톨리아의 파충류 또는 '벚꽃'

2018.05.10.

김은진은 2017년 8월 20일부터 아흐레 동안 아나톨리아의 서쪽 절반을 여행했다. 건조한 밀밭이 끝없이 펼쳐진 고원을 가로지를 때나 올리브 숲을 지날 때나 그는 한결같았다. 나른한 시선으로 풍경과 각막 사이 어딘가, 진공 속을 바라보는 것 같았다. 그는 무라카미 하루키의 소설을 읽다가 잠들었고 깨어나면 다시 그 시선으로 풍경과 대면했다. 그의 눈이 언제 번뜩였는지 나는 모른다. 나에게는 내가 바라보는 나의 풍경만이 중요했기 때문이다. 그는 뜨거운 바위에 올라 똬리를 틀고 햇볕을 흡수하는 파충류와도 같았다. 그래서 나중에 그의 소셜미디어서비스(SNS)에서 이런 멘션을 발견했을 때 놀라거나 비웃지 못했다.

지금은 북부 이탈리아에 있다. 파리의 대규모 회고전이니 베니스 비엔날레니 하는 직업적 핑계를 대고 왔지만, 사실 그리웠던 것은 뜨거운 햇볕과 오래된 벽돌들의 꾀죄죄한 얼룩과 신발 바닥을 뚫고 올

라오는 바닥 타일의 감촉이었던 것 같다. 오랜 시간 쪼그리고 앉아
햇볕에 등을 대주고 그렇게 내 피도 다시 데우고.

이스탄불에서 그를 처음 보았을 때 나는 그가 화가임을 알았다. 그는
여행을 떠나기 전에 서울 국립현대미술관에서 6개월 동안 장기 전시를 했
다. 전시는 8월 13일에 끝났고, 그는 그때 아마도 오랜 시간에 걸친 여행
을 계획하고 있었을 것이다. 나는 친한 대학선배가 안식년을 맞아 카파도
키아에 있는 대학의 한국어학과로 간 데 자극받아 여름휴가를 그곳에서
보내기로 작정하고 있었다. 나의 행로는 흔하지 않은 인연으로 해서 아나
톨리아의 고원을 가로지르는 길에 그의 행로와 교차한 것이다. 놀랍게도
나는 그를 보기만 하고도 국립현대미술관에 걸린 그의 그림을 선명히 떠
올렸고, 이해할 방법을 궁리하기 시작했다. 〈냉장고〉라는, 16개월 동안
그린 대작(145㎝×560㎝)이다.

김은진은 2015년에 이르러 미술가로서 움직일 수 없는 위치를 확보하
는 것 같다. 그는 금호미술관에서 개인전을 열었는데 이때 걸린 작품들은
압도적인 힘으로 관객들을 사로잡는다. 뛰어난 평론가들이 김은진의 작
품, 특히 〈냉장고〉에 대해 본격적으로 글을 썼고 이 과정에서 화가의 정
체성은 구체적으로 윤곽을 드러낸다. 류병학은 '내가 보기에'라고 전제했
지만 사실은 아주 강한 확신을 가지고 "그녀의 작품들은 늘 '죽음'이라는
주제를 관통하고 있다"고 짚어낸다. 그는 김은진의 〈냉장고〉를 제시하며
"히에로니무스의 '세속적 쾌락'을 냉장고로 전이시킨 것처럼 보인다. …
흥미진진한 미스터리 스릴러 영화를 보는 것처럼 느껴진다. 모든 작품이

그렇겠지만 김은진의 작품은 직접 보아야만 한다"고 썼다.

죽음에 대한 체험 또는 예감은 김은진의 작품을 바라보는 관객이 공유하는 코드다. 김인선은 죽음을 주제로 작가와 긴 대화를 나눈 다음 "죽음에 대하여 집요하리만치 들여다보고, 상상하고, 떠올리며 자신의 화면을 채워나가고 있었다"고 전했다. 그는 쓰기를 "화면에는 살과 피, 내장 등을 연상하게 하는 육(肉)적인 색채와 형상들로 가득한데, 이는 죽음과 삶에 대한 집착 등으로 뒤엉켜 있는 작가의 의식 속 풍경을 묘사한 것임을 짐작케 한다"고 했다. 예민한 그의 촉수는 그래서 "죽음을 앞둔 누군가의 회고적 이야기 같기도 하고 또 한편 삶의 제한된 시간을 즐기고 누리고자 하는 강렬한 선언 같기도 하다는 어딘가 이중적인 느낌"을 감지해내는 것이다.

예술가로서 김은진의 선택은 〈냉장고〉를 공개하기 훨씬 전인 2011년 서울 현대16번지에서 '거기'라는 제목으로 전시회를 열 무렵 그가 쓴 「작가일기」를 읽어야 선명해진다. 그는 이렇게 썼다.

> 삶을 조화롭게 만들어가는 일은 나에게 매우 혼란스럽고 버거운 삶의 무게가 된다. 개인으로서 나는 이상적인 삶의 모델과 거리가 먼 이기적이고 두려움 많은 사람이기 때문이다. 이러한 간극을 극복하려는 노력이 내 작업의 주요 모티브다. 종교적 아이콘, 그것과 대치되는 나의 유약하고 고단한 삶의 현상들을 화면에 대립시키거나 마구 섞어 재현함으로써 삶의 괴리감이 주는 고통을 객관화하려 한다. 이러한 노력은 구도(求道)의 방법이자 작업의 주제이다.

김은진은 10일부터* 서울 을지로3가에 있는 상업화랑에서 전시회를 연다. 전시회 제목은 '벚꽃'이다. 진짜 벚꽃은 다 져버린 5월 중순에. 이번 전시는 그의 예술세계를 찬찬히 살펴볼 좋은 기회다. 〈냉장고〉가 인간의 욕망, 탐욕, 두려움, 생에 대한 집착, 거기에 대한 역겨움, 경의 등을 그렸다면 벚꽃은 우리가 타인에게 보이는 육체, 특히 건강하고 젊은 육체를 유지하는 데 들이는 개인적·사회적 대가와 그 애처로움을 말한다. 〈냉장고보다 조금 더 멀리 줌아웃해서 보는 풍경이다. 김은진은 젊음과 연애를 강요하는 사회와 그걸 이용해먹는 자본주의, 이용당하는 사람들에 대한 연민 같은 것을 그렸다고 한다.

"작업실 위층에 헬스장이 있는데 엄청 쾅쾅대면서 일 년 내내 운동을 하며 잉여 에너지를 불태우죠. 저럴 거면 차라리 먹지 말고 운동을 안 하면 되지 뭐 하러 저리 많이 먹고 남은 에너지 없앤다고 자기 몸을 저렇게 괴롭히고 왜곡할까, 뭐 이런 생각도 들었고요. 우리가 마치 사냥감 같다고도 생각했어요. 아이들 입시도 그렇고…. 미친 경쟁시켜서 누구 좋으라고 이렇게 힘들게 만드나. 아우, 인생 짧은데. 뭐 이런 생각을 하다 인생이 애처로워 '벚꽃'으로 콘셉트를 잡았습니다."

김은진은 1968년 서울에서 태어나 이화여대 미술대학 동양화과를 졸업하고 뉴욕공대에서 커뮤니케이션 예술을 전공해 석사학위를 받았다. 국내외 개인전 7회, 그룹전 17회 등을 통해 작품세계를 알렸다. 남은 시간(2015), 거기(2011), 지독한 성스러움(2009), 나쁜 아이콘(2006),

---

* 2018년 5월.

Healing(2003), Healing(1998 · 이상개인전), 한국화의 재발견(2011), 핑크 시티 프로젝트(2011), 밈 트랙커, 아트인생 프로젝트, Over the Forrest(이상 2008), 모란(2007), 혼성풍전, 차도살인지계, 프리여성 비엔날레(이상 2006), 정물예찬, 어떤낯섦(이상 2004), 미술치료, 인간과 인형(이상 2003 · 단체전)

연꽃을 그리고 빚다

2016.02.18.

아침 해가 충무로의 크고 작은 창들을 '톡, 톡!' 두들겨보며 지나간다. 문득, 따뜻하다고 느낀다. 아니, 따뜻했으면 좋겠다고 생각한다. 내일이면 벌써 우수(雨水), 눈이 녹아 비가 된다는 절기다. "우수 경칩에 대동강 풀린다"고 했다. 그래, 겨울은 갔다. 꽃샘추위가 있겠지만 두렵지 않다.

시인 송혁이 「해토(解土)」에서 노래했다. "누구의 손길에서도 짜릿한 기쁨이 쥐어진다 / 다시 누구의 눈에서도 아득한 애정이 스스로히 허락된다 / 진실한 하나의 믿음 속에 / 우리들을 있게 한 겨울은 다시 풀리고 / 모두의 가슴 속에는 충만한 미소의 여운이 번진다." 바로 그 시간을 우리는 지나고 있다.

절기가 가고 시간이 흐른다는 것. 어제고 오늘이며 내일일 뿐인데, 가고 옴을 분별하는 덧없음을 왜 모르겠는가. 무릇 시간이란 버지니아 울프가 소설 『세월』에서 쓴 1913년 런던의 눈 내리던 어느 날이며, 그날 크로스비의 모자에 내려 쌓인 눈이다. 시간의 뜻은 찰나와도 같은, 바로 '지금'이며 '이제'인 것을.

크로스비의 모자에 쌓인 눈은 엊그제 내 손 위에 내린 눈과 같다. 평창동 작은 사찰의 돌부처 앞에 타오르는 향연(香煙)과 같다. 최인호가 연재소설 『가족』에 쓴, '작은 북채처럼 남한강의 수면을 두들기는 한낮의 비', 그 한 방울의 궤적과도 같다. 과연 그러하나 정녕 그래야만 한다면 내가 살아가는 나날들에게 너무 미안하다.

몬태나로 가자. 영화 〈흐르는 강물처럼〉의 마지막 장면, 매클레인 목사의 설교를 들으러. 그는 말한다. "정작 도움이 필요할 때 우리는 가장 가까운 사람조차 거의 돕지 못한다. 무엇을 도와야 할지도 모르고 때로는 그들이 원하지도 않는 도움을 준다. 가족들 간에도 마찬가지일 수 있다."

지독한 절망의 구렁텅이! 하지만 목사는 계속한다. "그러나 우리는 여전히 사랑한다. 완전하게 이해할 수는 없어도, 완벽하게 사랑할 수는 있다." 그래, 바오로의 고백처럼 사랑이 없다면 나는, 우리는 '소리 나는 징이나 요란한 꽹과리'에 불과하지. 통주저음(basso continuo)처럼 블랙풋 강이 흐른다. 시간이 흐른다.

나는 어제* 오후 서울 인사동에 있는 갤러리 라메르에서 열린 전시회에 갔다. '연꽃을 그리고 빚다'. 도예 작품과 유화가 한결같이 연꽃을 추구하고 있었다. 도기들은 바라보는 사람의 시선을 차분하게 흡수했다. 그림은 고졸한 붓놀림으로 연꽃의 내면을 헤아렸다. 허나, 도기와 연꽃 그림이 썩 어울리지는 않는다 싶었다.

* 2016년 2월 17일.

함께 전시를 보러 간 나의 스승께서 말씀하셨다. "도기는 불에서 나왔으며 연꽃은 물 위에 꽃을 피운다. 이렇듯 다르되 흙이 낳았으니 끝내는 이렇게 감사한 인연으로 만나는 것이다. 저 흙 그릇의 테두리를 보라. 여린 입술과 같다. (그림 속) 연꽃을 향해 살갑게 말을 건네고 있지 않은가."

무릎을 쳤다. 전시회는 서양화가 박경숙과 도예작가 박명숙이 함께 열고 있었다. 다른 길을 걷는 자매의 정진이 연꽃으로 결실하였으나, 한 뿌리에서 뻗은 가지이니 사무치는 인연이 아니랴. 따뜻한 불빛 아래서 한 꺼풀 벗은 눈으로 새삼 보았다. 사랑 가득하여라. 전시장의 공기, 조곤조곤 주고받는 축하와 감사의 말씀.

전시장 한구석에서 소설가 정찬주를 발견했다. 조용히 지켜보고 있었다. 그는 전라도 화순에 칩거하며 '피객패(避客牌)'를 걸어놓고 붓방아만 찧는 독한 사람이다. 그가 인사동까지 걸음을 한 사연을 짐작했다. 그는 박명숙의 남편이다. 암만 '센 사람'이 불러도 사립문 나서기를 꺼리는 소설가의 하루를 허물어 이곳으로 부른 힘이야 물어 무엇하리.

평생 "사랑한다" 말했을 리 없는 그는 아내가 만든 작품을 닮은 그 기척, 자신만의 언어로 고백하고 있었다. 그러니 박명숙의 작품은 정찬주라는, 고요하고도 뜨거운 가슴 속 도가니가 품어 형체를 빚고 매무새를 무쇠처럼 다졌으리라.

아야
소피아

아직도 비는 내린다

2018.09.07.

아직도 비는 내린다-
인간의 세계처럼 어둡고, 우리의 상실(喪失)처럼 암담하고-
십자가 위에 박힌
1940개의 못꽃이처럼 눈 먼

아직도 비는 내린다
나그네의 묘지에서의 망치 소리로 변하는 심장의 고동과 같은 소리
무덤을 짓밟는 신앙 잃은 발자국 소리를 내며

(중략)

보라, 그리스도의 피가 창공에 흐른다
그 피는 우리가 나무에 못 박은 그 이마에서 흘러
지상의 겁화를 지니고 죽어가는 목마른 가슴으로 깊이

163

시저의 월계관모양
고통으로 검게 더럽혀진 가슴으로 흐른다

(후략)

－이디스 시트웰,「아직도 비는 내린다」, 이창배 번역

1940년 9월 7일. 독일이 57일에 걸친 런던 야간 공습을 시작한다. 파괴와 살상은 한때 아름다운 낭만의 세계를 노래한 여성시인의 가슴에 큰 충격과 상처를 남긴다. 이디스 시트웰(Dame Edith Sitwell). 노스요크셔주 스카버러에서 조지 시트웰 경의 딸로 태어나 가정교사에게서 배우고 더햄, 옥스퍼드 등에서 명예박사학위를 받았다. 화려하고 고답적이며 언어의 음악성에 주목한 작품으로 문단의 주목을 받기 시작했다. 세계대전을 거치는 동안 반종교적 현실에 대한 우려와 분노, 인도주의 사상을 강하게 드러낸 작품으로 이행했다.

나치 독일의 폭격이 가져온 파괴와 살상의 현장은 시인에게 예수 그리스도를 상실한 현대의 인간이 겪는 비극으로 인식된다. 그리하여 구원의 길은 오직 그리스도에게로 돌아가는 것뿐이라고 말한다. 거듭해 써내려간 '아직도 비는 내린다'라는 싯귀는 쉼 없이 떨어져 내리는 폭탄이며 인간이 치르는 죗값이며 예수가 십자가에 매달려 흘린 피를 의미한다. 시를 번역한 이창배는 해설에서 작품의 메시지가 종교적 설득에 있지는 않다고 썼다. 그는 "기독교인의 눈으로 본 참상을 노래한 것뿐이다. (중략) '아직도 비는 내린다'는 말의 반복이 주는 그 시각적, 청각적 이미지가 큰 효과를 거두고 있"다는 것이다.

비는 어쩌다 이토록 불길한 전령이 돼버렸을까. 우리들의 마음속에는 비가 좋아 빗속을 거닐었고(윤형주, 〈우리들의 이야기〉), 노란 레인 코트를 입은 검은 눈동자의 여인이 씌워주는 검은 우산 아래 말없이 걷던 추억이(신중현, 〈빗속의 여인〉), 작별을 고하는 울음과 같이(심성락, 〈비의 탱고〉) 가슴 저미곤 하던 시절의 감성이 여전하건만. 클리던스 클리어워터 리바이벌(CCR)이라는 미국 밴드(그렇다, '야전'에 '백판'을 돌려놓고 막춤을 추던 그 노래, 〈프라우드 메리〉를 부른 사나이들이다)는 〈비를 본 적이 있는가(Have you ever seen the rain)〉나 〈누가 이 비를 멈출 수 있나(Who Will Stop The Rain)〉 같은 노래로 베트남 전쟁의 잔혹함을 고발했다고 한다.

사실 여부를 떠나 내리는 비에 공포를 이입하는 정신의 메커니즘은 사뭇 비극적이지 않은가. 기독교의 세례성사에서 보듯, 예수가 요한의 세례를 받자 '이는 내 사랑하는 아들'이라는 메시지가 성령을 통해 강림했듯이 물은 순결과 새로워짐, 생명, 은총을 상징했다. 그러나 질곡의 인간역사는 쏟아지는 빗줄기에서 포탄세례와 공습을, 죽음과 파괴와 저주를 떠올리게 했다. 고통과 저주로 점철된 이미지의 시대는 결코 행복할 수가 없다. 그러한 시대는 너와 내가 우리로 엮이지 않으며 끝내는 적으로 귀결되는 만인에 대한 투쟁의 시대, 죽음의 연대(年代)일 수밖에 없기에.

늦봄

2019. 01. 18.

문익환은 1918년 6월 1일 만주 북간도에서 목사의 아들로 태어나 목사로 살다 죽었다. 뛰어난 신학자이자 시인이었으며 사회의 큰어른이기도 했다.

만주의 한인들이 세운 명동소학교와 은진중학교를 거쳐 평양의 숭실중학교, 북간도의 용정광명학교를 다녔다. 숭실중학교에 다니던 1932년 신사참배를 거부해 중퇴했고 1943년 만주 봉천신학교 재학 중에는 학병을 거부했다. 1947년 한국신학대학을 졸업하고 미국 프린스톤신학교에 유학, 신학석사학위를 취득하고 귀국하여 1955년부터 1970년까지 서울 한빛교회 목사로 일하면서 한국신학대학교와 연세대학교에서 강의하였다. (한민족 문화대백과)

개신교와 천주교가 공동으로 번역한 성서의 구약 번역책임자로 8년 동안 일하였다. 이때까지가 그의 인생에서 그나마 평온한 시기였다. 그는

1976년 3월 '3·1민주구국선언' 사건으로 투옥되어 22개월 만에 출옥한 뒤 1978년 10월 유신헌법을 비판해 다시 수감되었다. 1980년 5월엔 '내란예비음모죄'로 투옥되는 등 1993년까지 국가보안법 위반 등으로 여섯 번이나 투옥되었다. 그래서 그의 모습은 수의를 입은 모습으로 대중의 기억에 남았다.

그의 이름은 투쟁, 희생, 수난과 같은 낱말과 더불어 기억된다. 그러나 그의 이름에 합당한 낱말을 하나만 고르라면 '숭고'일 수밖에 없다. 숭고란 '한계를 넘어설 수 있는 이성적 능력을 일깨우는 대상'(칸트)이다. "전율에까지 이르는 아픔과 환희에까지 이르는 기쁨이 혼합된 감정"이며, "우리의 이성의 자유에 대한 의식"(실러)에서 기인하는 감정이다. 정신을 고양시키는 계기가 되는 대상을 숭고한 대상이라 부른다. (칸트 『판단력 비판』 해제)

뛰어난 시인이었던 그의 작품은 우리 가슴을 적신다. 특히 요즈음, 특히 이런 시.

이게 누구 손이지
어두움 속에서 더듬더듬
손이 손을 잡는다
잡히는 손이 잡는 손을 믿는다
잡는 손이 잡히는 손을 믿는다
두 손바닥은 따뜻하다
인정이 오가며
마음이 마음을 믿는다

깜깜하던 마음들에 이슬 맺히며
내일이 밝아 온다

– 문익환, 「손바닥 믿음」

　또한 시와 시인을 바라보는 그의 안목은 멋 삼아 남의 글을 헤집고도 부끄러움을 모르는 무리의 낯을 뜨겁게 만들기에 충분하다. 그는 절친이기도 했던 윤동주를 말하되 다음과 같이 하였다.

　"그가 시를 쓴다고 야단스레 설치는 것을 본 일이 없다. 그는 사상이 능금처럼 익기를 기다려서 부끄러워하면서 아무것도 아닌 양 쉽게 시를 썼다. (중략) 그는 사상이 무르익기 전에 시를 생각하지 않았고, 시가 성숙하기 전에 붓을 들지 않았다. 그렇기 때문에 시 한 수가 씌어지기까지 그는 남모르는 땀을 흘리기도 했으련만, 그가 시를 쓰는 것은 그렇게도 쉽게 보였던 것이다."(윤동주 전 시집)

　짐작했겠지만 목사요 시인이며 신학자였던 어른의 이름은 1994년 오늘* 세상을 떠난 늦봄 문익환이다. 서거 25주기인 18일 오후 6시 30분 서울시청 시민청 바스락홀에서 그의 방북 30주년을 기념하는 다큐멘터리가 상영된다. 경기도 마석 모란공원에 있는 묘역에서는 추모예배도 한다.

* 1월 18일.

시인 전봉건의 영혼, 〈현대시학〉 창간 50년

2019-02-22

낙타처럼 걸어서 갔다. 서대문 교차로. 우체국을 찾아 뱀처럼 구부러진 골목을 더듬었다. 길이 갈라지는 곳에 오래된 이층 건물이 보였다. 길 쪽으로 난 나무 계단은 삐걱거리는 소리를 냈다. 몇 개 되지 않는, 그러나 언제나 아득한 높이. 마지막 계단을 확인하고 고개를 들면, 〈현대시학〉의 편집실이었다. 다락 같은 공간, 낮은 지붕 아래 그가 앉아 있었다. 전봉건. 1986년 여름.

시인은 허리를 곧추세우고 앉았다. 척추가 대지와 직각을 이뤘다. 수직의 가장 높은 데서 반듯한 이마가 빛을 냈다. 형형한 눈빛으로 골목을 바라보았다. 여름날의 태양빛을 꿰뚫은 시선에서 푸른빛을 느꼈다. 그 순간 등허리를 타고 내리던 땀방울이 바싹 말랐다. 시인은 이쪽을 한번 바라보았다. "왔어?" 시선은 다시 태양 속으로. 그때 머릿속 어느 구멍에서 싯귀가 지네대가리처럼 삐져나왔다. 글자 하나하나가 시큰하고도 따갑게 이마를 스쳤다.

대나무
잎사귀가
칼질한다.

해가 지도록 칼질한다.
달이 지도록 칼질한다.
날마다 낮이 다 하도록 칼질하고
밤마다 밤이 다 새도록 칼질하다가
십년 이십년 백년 칼질하다가
대나무는 죽는다.

그렇다 대나무가 죽은 뒤
이 세상의 가장 마르고 주름진 손 하나가 와서
죽은 대나무의 뼈 단단하고 시퍼런
두 뼘만큼을 들고
바람 속을 간다.

그렇다 그 뒤
물빛보다 맑은 피리소리가 땅 끝에 선다
곧바로 선다.

―전봉건,「피리」

"곧바로 선다"는 저 한 줄. 전봉건의 자기 선언이다. 물빛보다 맑은 피리소리. 비할 데 없는 아름다움과 더불어 세이렌의 노래와도 같이 절망적이고도 가없는 슬픔의 소용돌이.

시인 이건청은 전봉건 시의 훌륭한 독자다. 그가 2001년에 논문「전봉건 시 연구」를 썼다. 논문은 선생의 시 세계를 넷으로 나누어 설명한다. 첫 째『사랑을 위한 되풀이』에 실린 내면 추구, 둘째『속의 바다』와『피리』가 보여준 상상력과 언어 추구, 셋째『북의 고향』에 담은 분단과 실향, 넷째『돌』에 실린 사물에 대한 관조. 전봉건의 삶을 꿰뚫고 지난 시간의 화살이다.

'눈 내린 광장을 / 한 마리 표범의 발자욱이 가로질렀다. / 너는 그렇게 나로부터 출발해 갔다. / 만월이 된 활처럼 팽창한 욕망, / 너는 희한한 살기를 뿌리면서 / 내달았다… 검은 한 점이었다. / 나의 모든 꿈의 투기인 너.(후략)'-전봉건 시의 출발점, '꽃·천상의 악기·표범'의 세계는 이러하였다. 네 번째 '돌'의 세계에 이르러 그는 별자리를 가로지르는 나그네가 되었다. 비통과 체념 사이 어딘가에 작별과 초월이 있다.

> 살은 모래로 보내고 피는 물로 보내고
> 그리고 넋은 하늘로 보낼 수가 있다면
> 아마도 나는 먼 훗날 작은 하나의 돌이 되어
> 다시 이 하늘 아래 모래와 물 곁으로
> 돌아올 것이다.

그때는 곱디고운 꽃빛 소리 스스로 자아내는
하늘 살갗의 돌이 되어 돌아올 것이다

−전봉건,「돌 55」

　우리 문학사에 〈현대시학〉이 둘 나온다. 하나는 1966년 2월 김광림
이 주재하여 창간했다가 1966년 10월 통권 9호로 종간되었다. 시 전문지
로서 서정주・조지훈・박목월・유치환・박남수・김광섭・신석초・박두
진・신석정・김춘수・김수영 등이 작품을 냈다. 또 하나는 1969년 4월
전봉건이 주재하여 창간, 올해로 50년째를 맞는다. 창간 당시 편집위원은
박두진・박목월・박남수・구상・김춘수・전봉건이다.

　이들은 창간사에서 "우리는 이 잡지를 몇몇 시인의 전유물로 만들어서
는 안 된다. 범(凡)시단적으로 넓게 기회를 나누어주어 명실상부한 범시단
지를 만들 생각"이라며 모든 것을 작품본위로 저울질하겠다 다짐하였다.
'작품본위', 이 다짐이 〈현대시학〉 곧 전봉건의 정신이다. 아니, 〈현대시학〉
은 전봉건의 혼이다.

　지난 화요일.* 〈현대시학〉의 전기화 발행인을 만나기로 한 날이었다.
나는 어지간히 들떴나보다. 만날 장소와 시간을 정한 18일 오후, 좋아하
는 시를 찾아 읽으며 추억에 잠겼다. 「피리」, 「돌」, 「피아노」…. 19일 새벽
에는 설핏한 잠 속에서 충정로 편집실의 나무 계단을 걸어 올라가 그 푸른

* 2019년 2월 19일.

눈빛을 마주치는 꿈을 꾸었다. 오전 10시를 전후로 폭설이 내린다고 했다. 눈발은 싱겁게 뒤를 흐렸다.

전봉건이 1988년 세상을 떠나고 정진규가 1988년 7월부터 〈현대시학〉의 주간을 맡아 편집실을 충정로에서 인사동으로 옮겼다. 인사동에 있는 〈현대시학〉에 두 번 갔다. 1990년이 마지막이었다. 그곳은 붐볐다. 〈현대시학〉은 시단의 말석에 이름을 적은 내 시의 본적(本籍)이다. 그러나 나의 의식 속에서 전봉건이 사라진 이 잡지는 형해만 남은 관념에 불과했다.

위대한 시인의 평생에 걸친 노역과 고뇌를 상징하는 매체의 50년을 지나칠 수는 없다. 지난해 서거 30주년을 맞은 대시인의 영혼과도 같은 잡지에 본적을 둔 비루한 자의 책무나마 다해야 하지 않는가. 나는 〈현대시학〉을 찾아가 발행인을 만나기로 했다. 영애(令愛)는 2010년 9월에 〈현대시학〉의 발행인이 되었다. 생전의 시인을 빼닮아 인품이 개결하기 그지없다. 맑은 눈 속에서 시인의 불꽃을 보았다.

편집실은 지금 안국동 윤보선길에 있다. 나는 33년 전에 낡은 건물 2층, 삐걱거리는 나무 계단을 밟고 올라가 시인을 보았다. 새 편집실은 지하층이다. 계단을 걸어 내려가야 한다. 계단 하나하나가 시간을 헤아리라고 요구한다. 흰 벽을 장식 없는 서가로 장식하여 간결한 분위기가 방문객의 정신을 맑혔다. 발행인은 목소리가 나직했다. 그는 〈현대시학〉의 위대한 역사를 시인들의 공으로 돌렸다.

〈현대시학〉은 2017년 7, 8월호부터 월간에서 격월간으로 바꾸었다. 올해 1, 2월호부터는 판형을 국판에서 변형 4×6판으로 바꾸었다. 새 감각, 새 다짐으로 시작하자는 의미를 담았다. 외양은 바뀌었으되 격조를 잃지는 않았다. 지난해 시인의 30주기는 영애의 뜻에 따라 검소하게 넘겼다. 그래도 잡지의 50주년은 귀함을 잊지 않았다. 가을에 특집호를 내고 간략한 행사를 열어 거룩한 세월을 새길 계획이라고 한다.

　23일에 서울 금보성아트센터에서 제4회 전봉건문학상 시상식(수상자 이승희)을 연다. 〈현대시학〉 창간인 전봉건의 공로를 기리기 위해 2015년 제정한 상이다. 한 해 동안 발간된 중견 시인들의 시집을 심사하여 수상자를 정한다. 시상식 일자에 맞춰 100여 명의 시인들이 참여한 시 모음집 『시, 우주를 채우다』를 발표한다. 오는 10월 말에는 50주년 기념 세미나와 시낭송 등 관련 행사도 연이어 열 예정이다.

행간의 두근거림, 그의 시詩는 팔할이 사람

2015.04.21.

문학평론가 윤재웅이 "나는 미당(未堂)의 제자"라고 하면 그의 말을 받아 적는 기자는 즐겨 '미당의 제자를 자처하는'이라는 관형어를 골라 쓴다. 대학과 문단 안팎에서 가르침을 받은 후학이 적지 않을 터. 어찌 궂은소리 가 없겠는가. "도둑놈. 그분에게 글을 배운 자가 어찌 저뿐이라더냐!" '나 또한 제자'라며 손들고 나올 일을 험한 소리로 갈음하려 하니 싸구려 양푼 구르는 소리가 난다. 미당 제자 노릇하기 쉽지 않다. 기독교의 성도를 자 처하는 자는 저마다 십자가를 지고서야 메시아를 따를 자격을 얻는다. 그 러나 감히 미당의 제자, 미당 시의 성도이고자 하는 자는 한사코 미당이라 는 숙명을 짊어지고 한국 현대문학, 나아가 현대사의 질곡을 따라야 한다. 지하교회에서 예배하는 성도처럼 은밀히 숨 쉬고자 하는 자는 '친일' 내지 '권력에의 굴종'이라는 멍에를 감당하지 못한다. 그러므로 윤재웅은 이름 을 남길진저!

계간 문예지 〈시작〉이 미당 서정주의 탄생 100주년을 기념하여 특집을 꾸몄다. 2015년 봄호. 제14권 1호 통권 52호이다. 미당기념사업회 사무국장으로 일하는 윤재웅을 비롯하여 최현식·김춘식·김익균 등 문학평론가와 박형준·천양희·장석남·문태준·김언·이영광 등 시인이 글을 섞었다. 미당을 몰라 이제 막 공부를 시작하는 학동이 아닌 이상 문사들의 글 잔치에 독서의 즐거움 이상을 채워줄 성찬은 없다. 9쪽에서 시작해서 146쪽에서 끝나는 긴 특집이 지루한 반복처럼 느껴지는 이유는 편집의 잘못이 아니다. 용빼는 재주 있던가. 우리에게 미당이라는 존재가 그러하거늘. 썼거나 그렸거나 고금의 '자화상'을 통틀어 '애비는 종'이었으며 '나를 키운 건 팔할이 바람'이라는 미당의 노래만 한 것이 있던가. '한 송이 국화꽃을 피우기 위하여' 이 봄부터 소쩍새는 그렇게 우는 것이다. 이 봄, 저 흐드러진 봄 꽃동산은 미당의 독백이거니.

> 꽃아. 아침마다 개벽하는 꽃아.
> 네가 좋기는 제일 좋아도,
> 물낯바닥에 얼굴이나 비취는
> 헤엄도 모르는 아이와 같이
> 나는 네 닫힌 문에 기대섰을 뿐이다.
> 문 열어라 꽃아. 문 열어라 꽃아.
> 벼락과 해일만이 길일지라도
> 문 열어라 꽃아.
> 문 열어라 꽃아.
>
> ―「꽃밭의 독백」 일부

한국인이 우리말로 시를 쓴 이래 미당만 한 시인이 없다고 한다. 시인 이근배는 탄식한다. "한국 현대시에서 한 분을 뽑으라면 누구도 미당을 뽑는 데 이의가 없을 것이다. 그런데도 미당은 일부 오점이 지나치게 부각돼 중·고등학교 교과서에서 그의 시가 빠지는 등 홀대를 받고 있다." 윤재웅의 응어리는 예서 멀지 않다. "한때 '시의 정부(政府)'라 상찬하던 제자는 흉참한 배반의 고별사를 썼고, 일각에선 그의 정체성에 '시인' 대신 '친일'의 주홍글씨를 새겨 넣기도 했다." 반면에, 이런 언설도 부유(浮游)한다. 인터넷에 떠도는 글 조각. 꽤 험하다. "'애를 낳았으면 애를 볼 일이지 그 치마를 들춰 그 피를 살펴 볼 일이 아니다'하는 말이 있다. 그러나 서정주의 시를 그 애라 볼라쳐도 그 치마 속이 궁금해지지 않을 수 없는 위인이라 방해받음이 크다. 뉘 탓이랴? 다 제 탓인 것이다." 글쓴이는 1975년 5월 21일 동아일보가 보도한 미당의 회갑 기사 가운데 '미당의 시는 사상의 괴뢰가 아니고 가슴 몸 전체로 쓰는 시'라는 대목에 격분한다.

〈시작〉 봄호는 미당의 업적을 찬찬히 짚고자 하였기에 그 과오를 더듬어 죄를 씌우는 시도는 거의 없다. 허물을 허물로 받아들이고 그가 시로써가 닿은 세계의 황홀을 맛본다. 윤재웅은 머리말 격인 '바람의 연대기'에서 짚었다. "그가 생전에 '에누리'도 '우수리'도 없이 평가받길 원했던 태도는 모름지기 모든 평가의 근간이다. 그러려면 서정주에 대해 말하는 것보다 서정주를 읽는 일이 우선 아닌가. 폄훼도 상찬도 뒤로 물리고 일단 '읽는 일'". 어찌 쉬우랴. 미당의 친일과 굴종은 지난 13일* 세상을 떠난 귄터

---

* 2015년 4월.

그라스의 나치 복무와 같은 등위에 있지 않다. 2006년 8월 11일자 프랑크푸르터 알게마이네 차이퉁에 실린 인터뷰는 파문을 불렀으나 그라스의 지위를 바꾸지 못했다. 그라스는 비판적 글쓰기와 진보적 행위로써 '몸'으로 말했다. 미당은 그런 것 없다. 1950년 12월 3일, 그는 폐허가 되어 버린 서울 공덕동의 자택 '청서당'에서 「내리는 눈발 속에서는」을 쓴다.

> 괜, 찬, 타……
> 괜, 찬, 타……
> 괜, 찬, 타……
> 수부룩이 내려오는 눈발속에서는
> 까투리 매추래기 새끼들도 깃들이어 오는 소리, ……
> 괜, 찬, 타, ……괜, 찬, 타, ……괜, 찬, 타, ……
>
> -「내리는 눈발 속에서는」 일부

시인 박형준은 문학병에 빠져 있던 스무 살 남짓 청년 시절 이 시구를 읽고 눈물을 흘린다. 시인의 눈물은 미당의 시를 건너 체험의 동굴 속에서 길어온 정서이다. 무릇 시 읽기란 그러하다. 〈시작〉 봄호는 '미당 시 1000편'을 갈음하여 "열광하는 청춘부터 '대교약졸(大巧若拙)'의 노년에 이르기까지 미당은 인생사의 풍부한 경험을 '민족어의 진생맥(眞生脈)'인 수려한 모국어로 남겼다. 두근거리는 가슴, 미친 방황의 노래, 통곡의 절규, 창피하고 부끄러운 친일, 죽음의 세계에서 삶의 세계로 다시 돌아 나오는 자기 긍정의 힘, 무형의 넋들과의 접촉, 민족문화와 역사의 탐구, 세계 여행 경험 등과 같은 압도적으로 풍성한 제재가 68년간 파노라마처럼 펼쳐졌다"고 했다. 봄날의 독서. 시력(詩歷) 70년에 이르는 미당 시의 어느 시대를, 혹은 한 주제만을 공들여 읽는 호사는 어떤가. 최현식은 독서의 반란을 권하며 "독자의 몫은 결정된 의미나 낯익은 평가만을 복습, 암기하는 소극적 수용에 있지 않다"고 부추긴다.

홍신선 시집『직박구리의 봄노래』

2018.07.13.

『직박구리의 봄노래』는 홍신선 시인의 열 번째 신작 시집이다. 1944년 경기도 화성에서 태어나 1965년 월간 〈시문학〉 추천을 통해 등단했으니 시력(詩歷) 53년. 시집 열 권은 결코 많지 않으나 꾹꾹 눌러 짚은 대가의 흔적이니 옷깃을 여미고 고개를 숙이지 않을 수 없다.

그는 과작임을 늘 자책하며 반성과 정진을 거듭해왔다. 그렇기에 그가 세상에 내놓는 시집 한 권, 한 권이 지극한 사유와 천착의 결과임에 의심의 여지가 없다. 시인 채상우는 이번 시집에 실린 작품을 일컬어 고졸(古拙)하며 또한 유려하다 했다. 이는 모순에 가까우나 시와 예술의 세계에서는 모순조차 합일에 이르는 예가 허다하다.

채상우의 야무진 눈길은 홍신선의 시에 자주 등장하는 '폐허'나 '공터'에서 충만함을 본다. '그 텅 빈 곳은 텅 빈 것 자체로 가득하니 비로소 기적이 행해지는 곳'이다. "무너진 축대 위 양귀비 붉은 꽃이 스스로 피었다 저절로 진다(24쪽ㆍ「늦깎이 공부」)." 채상우는 감복한 나머지 "이 한 문장은 한국 시가 지금껏 내달려 도달하고자 했던 최고의 경지"라고 부르짖는다.

그 최고의 경지가 한없는 낮음을 얻어 우리 곁으로 온다. 『직박구리의 봄노래』는 마법의 양탄자처럼 시인의 깨달음과 살아가는 일의 본질을 현실 속으로 실어 나른다. 그렇기에 홍신선의 시에는 삶의 지혜를 넘어 그 원점으로 향하는 이정표와 땀 냄새 밴 발자국이 자욱하다. 눈 밝은 독자는 육안으로 볼 것이요, 예민한 수용자는 가슴으로 체험할 것이다. 핍진함과 낭만이 빚는 긴장과 화해, 시적 쾌감의 본질이 여기에 있다.

시인이 사는 곳은 충남 당진 순성면 양유리. 서울에서 100㎞ 정도 떨어진 곳이다. 야트막한 산 아래 앞이 탁 트인 곳에 집을 지었다. '와유(臥遊)의 즐거움'이 충만한 이곳에서 시인의 정진이 그치지 않은 것이다. 집앞에 금강송 묘목 열 그루를 심은 그는 새 시집에서 자연과 어울리는 방법을 고민했다고 고백했다.

시인의 고뇌는 곧 꿈을 꾸는 일. 시집을 해설한 한용국은 "시인이 꿈꾸는 '놀이', 곧 '무위'의 밑자리는 어쩌면 모든 분별이 사라진 자리일 수 있다. 분별은 유위의 산물이다. 시인이 스스로 끝내 벗어나고자 하는 것, 그리고 이 세계에서 끝내 벗겨져야 하는 것은 바로 그 분별이다. 분별이 사라질 때, 차별은 차이가 되지 않고 낙차는 격차가 되지 않는다"고 썼다.

홍신선의 여러 제자 중에 하나일 채상우는 "선생님의 시를 두고 이런저런 말을 꿰어 맞추는 일은 아무래도 열 없는 짓이라는 걸 새삼 깨닫는다. 그것은 마치 시삼백(詩三百)을 앞에다 놓고 '나부대'는 것과 다르지 않을 것"이라며 지극히 삼간다. 그는 "'시경(詩經)'에 있는 시 300편에는 삿됨이 없다(詩三百一言以蔽之曰思無邪)"는 공자의 말씀을 빌렸으리라.

고졸하되 유려하며 텅 비었으되 충만함은 무봉(無縫)함이니 곧 대교약졸, 진광불휘(大巧若拙, 眞光不輝)라! 우리는 이 세계를 일찍이 미당(未堂)의 안뜰에서 보지 않았는가. 가령 「소곡(小曲)」. "뭐라 하느냐 / 너무 앞에서 / 아! 미치게 / 짙푸른 하늘. // 나 항상 나 / 배도 안 고파 / 발돋움하고 / 돌이 되는데." 이 세계에서 '내가 돌이 되면 돌은 연꽃이 되고 연꽃은 호수가 되고 호수는 연꽃이 되고 연꽃은 돌이 되고(서정주, 「내가 돌이 되면」)' 마는 것이다.

강의 소리를 들어라OIR ESE RIO

2017.09.15.

『강의 소리를 들어라: 세계의 강을 위한 선집』은 현대 시인들이 각 지역 문화의 연결로이자 빼어난 교차로이며 또 감각의 방식이기도 한 강(江)을 노래한 시들을 엮어 낸 헌정시집이다. 물, 역사, 신화의 흐름 그리고 세계의 강들에 얽힌 강렬한 상징에 대한 헌사를 담은 시들을 모았다. 콜롬비아의 보고타에서 먼저 출간된 이 시집에서 다섯 대륙의 시인들이 강의 물줄기, 운하, 협곡, 강과 개울에 대해 쓴 시를 읽을 수 있다.

시집의 기획 의도는 수준 높고 아름다운 당대의 주요 시 작품을 독자에게 제공하는 데 있다. 더 다양한 문학작품, 나아가 예술 작품을 독자에게 공급하며, 프로젝트 참가자들과 저자들 간의 유대를 다지는 한편 다문화적 교류를 촉진하려는 뜻도 있다. 기획자들은 "우리는 지역적, 관습적 경계를 뛰어넘는 언어가 될 시의 잠재력을 활용하고자 한다"고 밝히고 있다.

『강의 소리를 들어라: 세계의 강을 위한 선집』의 기획은 2016년에 출간된 앤솔로지 『나비를 위한 선집』을 기획한 팀이 주도했다. 『나비를 위한 선집』은 슬라브 및 라틴 아메리카 열여섯 나라에서 시 마흔여섯 편과 삽화, 음악들을 모아 낸 작품집이다. 불가리아어, 체코어, 슬로바키아어, 러시아어, 폴란드어 등을 비롯한 열한 개 언어로 집필되었으며 작품을 기고한 시인들의 승인을 받아 스페인어와 영어로 번역되었다.

2016년 한 해 동안 이 책은 메들린의 시 축제, 바랑킬라의 포에마리오 축제(이상 콜롬비아) 및 보고타에서 열린 많은 축제들뿐 아니라 콜롬비아의 수도와 다른 도시들에서 열린 식물원, 도서관, 카페의 다양한 행사에서 소개되었다. 11월에는 브라티슬라바(슬로바키아), 프라하(체코) 그리고 빈(오스트리아)에서 열린 발표회와 문화 행사에 소개되었고, 이를 통해 몇몇 라틴 아메리카의 시와 몇몇 슬라브 국가들 사이의 교량이 되겠다는 목적을 달성했다.

『강의 소리를 들어라: 세계의 강을 위한 선집』 프로젝트에는 다섯 대륙 쉰여덟 나라의 시인 114명이 참여했다. 스물일곱 개 언어로 쓴 시가 실렸다. 시인들은 자신들의 작품을 모국어와 영어 또는 스페인어로 번역하여 두 가지 언어로 기고하였다. 참여자들은 그들의 모국에서 시 작품의 탁월함뿐 아니라 독창성, 문화 그리고 문학 작품들의 발전에 기여한 것으로 인정받는 시인들이다.

주요 참여 시인은 에스테르 크로스, 휴고 뮤지카(이상 아르헨티나), 루시엔 프랑코(캐나다), 후안 가리도 살가도(칠레), 후안 마누엘 호카 고야 구티에레즈(스페인), 미셸 베르나드(프랑스), 요셉 스트라카(체코), 헤더 토마스(미국), 아타올 베라모글루(터키) 등이다. 한국에서는 허진석이 「샹송풍의 귀가」를 한국어와 영어로 게재했다. 한국 시인을 선정하는 작업은 아나 마리아 카르바요(콜롬비아)와 힐랄 카라한(터키) 시인이 진행했다.

아르헨티나 시인 에스테반 샤르판티에와 네덜란드 시인 로버트 막스 스틴키스트가 이 선집의 기획자다. 삽화와 레이아웃은 편집 디자이너인 아르헨티나의 미술감독 피터 트예브스가 맡았다. 샤르판티에는 부에노스 아이레스에서 강 프로젝트를 위한 첫 모임을 주도했다. 아르헨티나의 시인이자 변호사로 『기억의 작업장(Taller de memorias · 1986)』, 『다른 달(La otra luna · 1991)』, 『당신 안에 질주하는 것들의 연결고리들(El rinete de tu gallope de gigas · 1997)』, 『시인에게(Dear Poets · 1999)』 등의 시집을 냈다. 최근에는 라디오 프로그램의 진행자로도 활약하고 있으며 문화재단(PIBES)의 이사로도 일한다.

스틴키스트는 안데스대학 문학과를 졸업하고 레이든대학에서 출판학 석사학위를 받았다. 이야기책인 『돌이 든 상자(Box of stones · 2001)』, 시집 『망명자들의 변명(Excuses of the exiled · 2006)』, 『바다 너머(After the sea · 2016)』 등을 출간했다. 스틴키스트의 글들은 전국의 신문과 잡지에 게재되고 있다. 그는 라틴 아메리카와 미국은 물론 유럽의 축제 및 문학 모임에 활발히 참여하고 있다. 또한 번역가로서 네덜란드어, 독일어, 영어 작품들을 번역해왔다. 그는 콜롬비아에서 저널리스트로도 유명할 뿐 아니라 사진작가로서 보고타, 뉴욕, 암스테르담, 함부르크에서 전시회를 열기도 했다. 콜롬비아 오페라의 콘텐츠를 개발하기도 했고 현재는 콜롬비아의 코타에 있는 호세 막스 레온 학교(Colegio Jose Max Leon)에서 일하고 있다. 그는 보고타에 있는 'EK ZONE'의 문화 프로그램 감독이기도 하다.

피터 트예브스는 삽화가이자 디자이너며 예술 감독 겸 편집자다.

1985년부터 출판계에서 활약해 왔으며 아르헨티나, 칠레, 멕시코와 스페인의 여러 출판사와 계약하고 있다. 그는 삽화와 사진의 예술적 방향성을 반영한 모음집과 그림책의 디자인은 물론 다양한 출판 기획 방식을 발전시켰다. 최근에는 멕시코, 칠레, 우루과이의 플라네타 출판 그룹과 계약했고 펭귄 랜덤 하우스, 아르헨티나 지글로 XXI 출판사, 인터렉추얼 캐피털 등과도 작업하고 있다.

포도주 세 병을 들이켜고 신탁神託을 듣다

계간 〈문학나무〉 2018년 여름호

대학도서관에서는 아직도 목탄연료를 땠다. 시커먼 무쇠 난로 속에서 불기운이 이글거렸다. 난로의 몸뚱이와 함석연통이 연결되는 곳은 벌겋게 달아올랐다. 나는 활활 타오르는 갈탄난로 곁에 앉아 손에 잡히는 책이면 무엇이든 두서없이 읽어댔다. 이때 읽은 책 몇 권이 나를 사로잡았다. 임화의 『현해탄』, 신채호의 『조선상고사』, 그리고 『장자시』!

솔직히 무슨 말인지, 무엇을 노래했는지 알지도 못하면서 박제천 선생의 시를 읽었다. 그래도 우주 저편에 던져 놓은 것 같은, 별과 별 사이를 유영하는 수많은 영혼들의 신음이거나 교성과 같았던 시어들과 행간에 충만한 에너지에 압도되었다. 동국대학교를 나왔다는 그의 이력, 사진 속에서 먼 곳을 바라보는 시선과 냉소하는 듯한 입매가 멋있다고 생각했다.

동국대 국문학과에서 매년 봄 축제 때 여는 시화전은 큰 행사였다. 학생들과 동문 시인들의 작품을 함께 걸었다. 하늘 같은 선배 시인들을 찾아가 작품을 청하는 일은 1, 2학년 학생들이 주로 맡았다. 나에게는 박제천 선생을 찾아가 작품을 받아오라는 명이 떨어졌다. 선생은 그때 문예진흥원에 있었다. 나는 용감하게 선생을 찾아갔지만 그 형형한 눈빛을 마주치는 순간 혀가 얼어붙었다.

작품을 달라는 부탁을 제대로 하지도 못했다. 박 선생도 작품을 주지 않았다. 선생은 담배에 불을 붙이며 "이미 발표한 작품 가운데 하나 아무거나 골라서 만들든지 말든지 하라"고 아주 시니컬하게 말했다. 식은땀을 줄줄 흘리며 물러난 나는 그날 저녁 『장자시』 시집을 뒤져 한 작품을 골랐다. 「사랑 엽서」였다. 선생과의 인연은 그렇게 시작되었다.

내가 선생을 다시 찾아 가르침을 청했을 때는 어언 30년 세월이 지난 뒤였다. 2012년 봄, 나는 신문기자 생활을 그만뒀다. '이제는 공부를 열심히 하고 시도 열심히 쓰겠다'고 다짐했다. 하지만 의욕만 앞섰지 시를 쓰는 방법조차 잊은 막막한 상태였다. 나는 정말 큰 용기를 내서 박제천 선생에게 전화를 걸었다. 선생은 짧게 대답했다.

"와."

혜화동 댁에서 14.5도짜리 포도주를 세 병이나 얻어 마셨다. 말씀을 듣는 사이 머릿속이 점점 환해졌다. 당장 자리를 박차고 나가 방금 배운 대로 시를 쓰고 싶었다. 무슨 문제든 풀 수 있는 공식을 나만 외운 기분이었다. 여러 해가 지난 지금, 내 머릿속에는 선생님의 잔을 채워 드릴 때 들은 두 마디만 선명하게 남았다. "두 손으로 따르지 말게." "밤에는 시를 쓰지 말아."

이 만남 이후 나도 어지간히 두려움을 씻어버리고 선생에게 전화를 할 수 있게 되었다. 나는 감히 말할 수 있다. 내가 어리숙하나마 시단의 말석에 자리를 얻어 시인을 칭하며 남에게 글을 내보일 염치가 조금이라도 있다면 오로지 선생의 은공이며, 신탁(神託)과도 같은 가르침이 아니었다면 나의 시작(詩作)은 일찍이 종말을 고했을 거라고.

지방대학에 나가 강의를 하던 나는 2014년에 〈아시아경제〉 신문사에 자리를 얻어 기자생활을 연장했다. 바쁜 만큼 보람도 없지 않았는데, 그중에 제일은 〈문학과 창작〉 편집실을 찾아가 박제천 선생을 인터뷰하고 짤막한 기사를 쓴 일이다. 2017년 4월 28일자. 신문에 글을 실어 밥을 먹는, 시인의 제자로서 얄팍한 보람이 아닐 수 없다. 다음은 그중의 몇 줄이다.

　　서울 대학로에 있는 그의 사무실에 가서 시인과 한 시간 남짓 대화했다. 박제천은 보길도 바닷가의 조약돌이 은근한 파도에 서로 몸을 기댔다 떼었다 하는 듯 매끄럽고도 리드미컬한 목소리로 시와 인생에 대하여 설명했다. 문인화에 낙관을 찍는 듯한 그의 언어는 나의 뇌리에 선명하게 남아 굳이 메모를 보거나 녹음을 풀어볼 필요도 없을 것 같았다.

그는 눈을 달마처럼 부릅뜨면서 말했다. "풍류정신." 사람과 세계와 삶이 유별하지 않은 세계, 우리네 멋스럽고 맛깔스러운 삶의 더 깊은 지경까지 표현하고 싶다고 했다. "결국 시인이란 자신이 사는 세계의 바닥을 들여다봐야 해요. 그러려면 한통속이 되는 수밖에요. 그것은 이 땅에서 수천 년을 살아온 사람들의 숨결, 정신일 테니까요."

사랑을 놓치다

월간 에세이 2017년 5월호/6월호

그토록 먼 줄 알았다면 걷지 않았다. 오래된 기억을 믿은 게 잘못이었다. 햇볕이 고왔지만 바람이 제법 불던 일요일. 두물머리에 갔다. 기억 속의 그곳은 팔당역에서 멀지 않았다. 그러나 사실은 이랬으리라. 내가 팔당역이라고 생각한 곳은 능내역. 거기서 다산 선생의 생가까지는 정말 멀지 않다.

지금 능내역은 동호인들이 사진을 찍는 곳이다. 기차는 서지 않는다. 기능을 잃은 역에 시간이 머무른다. 수분이 증발해버린 풍경이다. 바다의 추억만을 간직하고 있는 건어물의 이미지. 추억이란 말라붙은 세탁물과도 같다. 내가 내린 팔당역도 기억 속의 그곳은 아니다. 옛 팔당역은 문을 닫았다. 대신 새 역사(驛舍)가 여행객을 맞고 떠나보낸다. 나는 추억의 언저리에서 지나간 시간에 연연했다.

나는 필름 카메라 두 대를 가지고 갔다. 다녀온 지 거의 한 달이 다 되어 필름을 현상하고, 디지털 스캔을 했다. 필름 속 사진들은 시간을 훔쳐다 바짝 말린 다음 내 앞에 늘어놓고 묻는다. "정말 이랬어?" 필름을 죽 훑다가 한곳에 멈춰 오래 들여다본다. 강변을 따라 열린 국도, 아스팔트 바닥과 주변 콘크리트 벽을 낙서가 메웠다. 사랑을 맹세하는 하트(♡)와 남녀의 이름. 연인들은 왜 그토록 이름 남기기에 몰두할까. 달콤하고 치명적인 캘리그라피.

저 캘리그라피는 서울의 낙산, 베로나에 있는 줄리엣의 집에서도 보았다. 순례의 길에 들른 이스탄불, 아야 소피아 그곳에서도. 1층을 내려다보는 대리석 난간, 누군가의 이름인 듯한 그리스 문자가 보였다. 그리고 왼쪽 위에, 아마도 영원한 사랑의 다짐일 징표를 새겼다. 하트. 한 청년이 온 마음을 다해 저 하트를 그린 뒤로도 여러 시간이 지났으리라. 그 애틋한 바람, 그토록 간절했던 그들의 사랑이 지금 이 순간에도 변함없기를.

대리석 난간에 기대 그날 저녁을 맞았다. 그때 나는 윤후명이 쓴 소설의 마지막 몇 줄을 되뇌고 있었다. "그 사랑은 끝났다. 그리고 누란에서 옛 여자 미이라가 발견된 것은 다시 얼마가 지나서였다. 그 미이라를 덮고 있는 붉은 비단 조각에는 '천세불변(千世不變)'이라는 글자가 씌어 있었다. 언제까지나 변치 말자는 그 글자에 나는 가슴이 아팠다." 이 구절을 지나칠 때마다 목이 메었다. 소설의 제목은 「누란의 사랑」이다. 누란은 둔황 서쪽 800㎞ 떨어진 데 있다. 시인 윤제림이 둔황에 다녀와 썼다.

'…내 한때 곳집 앞 도라지꽃으로 / 피었다 진 적이 있었는데, / 그대는 번번이 먼길을 빙 돌아다녀서 / 보여주지 못했습니다, 내 사랑! / 쇠북 소리 들리는 보은군 내속리면 / 어느 마을이었습니다. // 또 한 생애엔, / 낙타를 타고 장사를 나갔는데, 세상에! / 그대가 옆방에 든 줄도 / 모르고 잤

습니다. / 명사산 달빛 곱던, / 돈황여관에서의 일이었습니다.'(사랑을 놓치다)

윤회와 전생, 엇나간 사랑이여, 미이라여. 그러니 그대 생애 어디에다 사랑의 맹세를 새길 것인가. 그대 삶의 어느 순간을 열쇠로 포박하여 현수 (懸垂)할 것인가. 바야흐로 꽃은 피었다 지고, 비가 되어 밤새 쏟아지느니. 내 머무르는 곳은 세검정 골짜기에 깃들인 누옥일 따름. 나는 어디를 다녀 왔는가. 그대의 사랑, 그대의 마음은 어느 자리를 지나가는가.

울어 본 적 없는 울음이 고인 자리

2017.08.04.

편집자인 시인 채상우는 이범근의 첫 시집 『반을 지운다』를 '수일한 서정시집'이라 했다. 그가 보기에 이 시집에 실린 시편들은 "여느 서정시처럼 저 세계의 물상들을 자신의 비좁은 심경과 제한된 사유 속으로 끌어들여 함부로 탈색하거나, 첫 시집을 펴내는 시인들의 시가 흔히 그러하듯 한정할 수 없는, 그래서 도리어 편협한 비명과 위악의 전략적인 자기 고백으로 도색되어 있지 않다. 그의 문장은 담담하기에 오히려 그 속내를 감히 짐작하기가 두렵다. 또한 그의 수식 없는 시적 진술들은 하늘의 그물과 같아 시인을 포함한 이 세계의 모든 삶의 이력들에 내재한 사연들을 빠짐없이 불러 모은다."

편집자는 공명한다. 그에게 시집에 실린 첫 시의 마지막 줄, '아직 밥상에 없는 사람'(「우기」)은 단지 시인이 겪었고 지금도 겪고 있을 개인사의 울적한 서정적 편린에 그치지 않는다. 이 구절을 읽는 누구나 자신의 생과 몸에 새겨진 상처의 기원을 떠올리게 하며 그 현장으로 이끈다. 그곳에는 추천사를 쓴 시인 이영광의 말처럼 '늙은 어머니나 어린 고아나 떠난 연인'이 있으며 또한 교육 현장에서 마주한 학생들이 있는데, 그들은 시인과 한 몸을 이룬 채 '고통을 앓고 있다.'

"'고통을 앓고 있다'는 '고통스럽다'와 차원이 다르다. '고통스럽다'는 어떤 상태를 가리키는 형용사다. 이에 비해 '고통을 앓고 있다'는 동사에 가깝다. 이 점은 『밤을 지운다』가 서정적 자아의 출처 없는 유사 고통을 토로한 바가 아니라, 자기 자신을 고통의 주체로 정위한 자의 것임을 의미한다. 이범근의 시들은 차라리 '폭삭 내려앉아 생존자 하나 없는 / 사고 현장이 되고 싶어'(「판타스마고리아 백화점」) 한다."

"젊은 시인은 이미 알고 있다. '제 뼈까지 다 울어 버린 살'은 바로 그렇기에 비로소 '물속을 흐르는 눈물'(「과수원 수족관」)이 될 수 있다는 사실. 『밤을 지운다』는 요컨대 '한 번도 울어 본 적 없는 울음이 고인 자리'(「눈동자를 간직한 유골을 본 적 없으므로」)이며, '아무도 모르는 유일한 / 당신'(「아무도 모르는」)들의 '혼자 우는 모임'(「혼자 우는 모임」)이다." 그러니 이범근은 한국시에서 전대미문의 울음을 개시하고 있다는 것이다.

이영광은 추천하는 글에서 "그의 정신을 사로잡는 이들은 아픈 사람이거나 갇힌 사람, 심지어 없는 사람들이다. (중략) '나'의 고통과 남의 고통은 '얼굴'과 '얼굴의 반'(「십일월처럼」)처럼, 다시없을 '혜'와의 '뒹굶'(「수메르」)처럼 한 몸을 이루고 있다. 이 혼란과 신열의 지점에서 시집의 말들은 자주 몽유(夢遊)의 기록이 되거나, '혼자 우는 모임'(「혼자 우는 모임」)의 모순어법이 그렇듯 실어증의 중얼거림을 닮는다"고 적었다. 요즘 나오는 시집들을 쉽게 또는 편히 읽으려면 전문가의 조력이 필요하다. 좋은 해설을 곁들이면 시집 읽는 보람이 갑절이 된다.

　문학평론가 조강석은 해설에서 "이범근의 첫 시집을 읽으면서 우선적으로 떠오르는 것은 스푸마토 기법"이라고 했다. 그의 설명에 따르면 스푸마토(sfumato) 기법은 '연기 등이 사라지다, 없어지다'라는 의미의 '스푸마레(sfumare)'라는 이탈리아어에서 유래했으며, 레오나르도 다빈치에 의해 도입된 것으로 알려졌다. 사물의 윤곽을 명확히 드러내는 대신 색의 연쇄에 따른 미묘한 변화를 통해 공간감을 강조하면서 화면에 깊이를 더해주는 기법이다. 조강석은 "이 시집에서 본문과 제목의 관계에 대해 주목할 필요가 있다"면서 뚜렷한 윤곽 대신 흐릿한 이미지 연쇄에 의해 오히려 대상에 대해 새로운 깊이를 허용하는 언어가 이 시집의 주조를 이루고 있다는 것을 확인할 수 있다고 적었다.

　이범근은 1986년 경상북도 봉화에서 태어났다. 한양대학교 국어교육과를 졸업했고, 2011년 〈현대시학〉을 통해 등단했다. 그는 '시인의 말'에서 "얼룩은 다시 물기로 돌아갈 수 없다 / 물기가 다시 눈 속의 수심이 될 순 없다 / 사라진 것은 남을 수 없다는 당연의 세계에서 / 나는 사라진 것도 남은 것도 아닌 형체들을 / 오래 들여다보았다"고 고백한다. 그는 "사라져서 남은 헛것들에게 빚이 많다"면서 "스스로 발가벗었다"는 고백을 한다.

　시집의 40쪽에 실린 열일곱 번째 시, 「무화과」는 그가 쓴 다른 시처럼 묵지근한 심적 고통 속으로 독자를 몰아넣는다. 젊은 시인의 순정한 정서가 아니라면 어떻게 이런 시적 진술이 가능하겠는가. 그의 작품들은 시를 쓰는 기술의 산물이 아니다. 기발한 아이디어나 눈길을 사로잡는 근사한 언어로 독자를 꾀지 않는다. 그런 시들은 결국 시스템이 생산해낸 박리다매의 일용품에 지나지 않는다. 이범근의 시는 진짜이거나 진짜에 가깝다.

'꿈에 이가 많이 빠졌다 / 오래 기르던 개를 끌어안는다 / 맑은 눈을 끔뻑이며 / 잇몸으로 내 손목을 문다 / 개에게 손목을 먹인다 / 종이학처럼 귀를 세운 채 / 어디선가 봉숭아 꽃잎 빻는 소리를 듣는 새벽 / 개의 눈동자에 묘목이 자란다 / 손목이 깊은 폐에 닿는다 / 깨진 질그릇들이 피에 엉겨 붙는다 / 세숫물에 노파의 틀니를 씻는 소녀 곁에서 / 꽃을 잃었다 / 거울 앞에서 크게 웃지 않는다'

그의 시에서 헤아릴 길 없는 고통의 변주를 느낀다. 그는 꿈을 꿨다고 말하지만 그 꿈은 현실의 한복판 아니면 중심에 뿌리를 내리고 있다. 그래서 그는 잠든 동시에 깨어 있으며 장주처럼 날개를 펄럭여 고통의 사해를 위태롭게 비행한다. 그의 고통은 21세기의 젊은 지성을 움켜쥔 내면으로부터의 폭력과 외부로부터의 압력을 근원으로 할 것이다. 그렇기에 저 1970년대의 위대한 시인 정희성이 쓴 「이곳에 살기 위하여」를 읽는 쓰라린 마음, 그 고통으로부터 그다지 멀지 않은 곳에서 공명하고 있다.

'한밤에 일어나 / 얼음을 끈다 / 누구는 소용없는 일이라지만 / 보라, 얼음밑에서 어떻게 / 물고기가 숨쉬고 있는가 / 나는 물고기가 눈을 감을 줄 모르는 것이 무섭다 / 증오에 대해서 / 나도 알 만큼은 안다 / 이곳에 살기 위해 / 온갖 굴욕과 어둠과 압제 속에서 / 싸우다 죽은 나의 친구는 왜 눈을 감지 못하는가 / 누구는 소용없는 일이라지만 / 봄이 오기 전에 나는 / 얼음을 꺼야 한다(후략)'

신동엽 평전, 『좋은 언어로』

2019.03.30

    1980년대의 문학청년이 글쓰기를 배울 때 신동엽의 시집은 교과서 가운데 하나였다. 시인이 되고자 하는 문청이라면 『금강』이나 『누가 하늘을 보았다 하는가』 같은 시집을 닳도록 읽었다. 「껍데기는 가라」와 같은 시는 읽는 이의 내면에 시인의 윤곽을 선명하게 새긴다. 작설(雀舌)처럼 선연한 감각과 정신으로 세상을 바라보는 청춘들에게 신동엽의 언어는 탄환처럼 가서 박히지 않았으리.

> 껍데기는 가라.
> 사월도 알맹이만 남고
> 껍데기는 가라.
>
> 껍데기는 가라.
> 동학년(東學年) 곰나루의, 그 아우성만 살고

껍데기는 가라.

그리하여, 다시
껍데기는 가라.
이곳에선, 두 가슴과 그곳까지 내논
아사달 아사녀가
중립의 초례청 앞에 서서
부끄럼 빛내며
맞절할지니

껍데기는 가라.
한라에서 백두까지
향그러운 흙가슴만 남고
그, 모오든 쇠붙이는 가라.

백과사전이나 문학사전, 문학인명사전을 찾아보면 대개 이 시를 신동
엽의 대표시 또는 대표적인 시로 꼽는다. 1967년 1월 『52인 시집』에 수
록되어 '반제국주의와 분단 극복의 단호한 의지가 응집되어 있는 참여시
의 절정'이라는 찬사를 받았다고 한다. 시인 김수영은 "참여시에 있어서
사상이 죽음을 통해 생명을 획득하는 기술이 여기 있다"고 하였다.

문학평론가 권영민은 「껍데기는 가라」를 "현실적 과제를 정면으로 다
룬 1960년대 참여문학의 대표작이며, 이후 군사 독재에 항거했던 민중
민족 문학의 이정표 역할을 한 작품"으로 본다. 그가 보기에 "비교적 단순

한 소재와 이미지를 지닌 단어를 반복하여 내용을 강조하는 시인의 특성을 반영한 듯, 전체 17행 가운데 '껍데기는 가라'라는 구절이 6행을 차지할 정도로 이 시의 주제 의식은 명확하고 단호하다."

연구자들은 중립의 초례청에서 아사달과 아사녀가 혼례식을 치르는 것은 분단 극복, 곧 통일이라는 시인의 간절한 소망을 상징한다고 본다. 시인은 동학농민운동과 4·19혁명이 지닌 반봉건 내지 반제국주의를 분단 극복의 역사적 과제로 연결시키고 있다는 것이다. 그렇다면 초례청은 판문점 같은 곳인가. 시인 신동엽의 정신이 가 닿은 곳에 역사의 매듭은 변함없는 세월을 옭죄고 있다.

나는 대학생일 때 서울시 종로구 대학로의 마로니에 공원 곁에 있던 샘터사에서 아르바이트를 했다. 그때 출판부장으로 일하던 시인 김형영에게서 신동엽 이야기를 자주 들었다. 김형영의 기억 속에 남은 신동엽은 병색이 완연한 만년의 모습이었다. 명동의 단골 술집에 핼쑥한 얼굴로 앉아 눈빛만을 빛내는 젊은 시인. 불과 마흔 살에 지병인 간암으로 세상을 떠났으니 요절이다. 뛰어난 시인의 마지막 순간을 상상하면 언제나 마음이 아팠다.

시인은 기억 속에 단편으로 남아 있다. 대부분은 작품으로, 몇몇 조각은 주워들은 이야기로. 그래서 신동엽 시인의 전모를 이해하고 있지 않다. 신동엽은 사실 사회 비판적인 성향이 짙은 민족 시인으로 잘 알려져 있을 뿐이다. 이런 아쉬움을 소명출판에서 새로 낸 평전으로 어지간히 달랠 수 있으니 다행이다. 『좋은 언어로』는 신동엽 시인의 어린 시절부터 그를 추모하고 있는 모습까지를 다루었다.

2019년 4월, 50주기를 맞이하여 나온 이 평전에서 어릴 적의 통지표, 입학허가서부터 결혼식 사진, 가족 사진, 직장에서의 모습, 시인으로서의 생활과 다른 문인들과 함께 있는 모습 등 다양한 부분의 신동엽을 육필 원고, 사진, 편지 등의 시각 자료로 살펴 볼 수 있다. 이런 자료들은 인간 신동엽이 어떤 아들, 남편, 아버지, 친구였는지 알 수 있게 도와준다. 사랑하는 아내에게 러브레터를 쓴 로맨틱한 남편, 딸과 아들들에게는 한없이 자상했던 아버지가 보인다.

출판사는 이 책을 설명하기를 "50주기를 맞이하여, 2005년 발간된 『시인 신동엽』의 틀린 부분을 바로 잡고, 이후 내용을 보강하여 새롭게 출간한 것이다. 신동엽 시인 부인 인병선 여사가 고증한 실증적인 평전이며, 그의 육필 원고, 사진, 편지 등 여러 자료들이 수록되어 있어 신동엽을 상상하고, 생각하는 데 많은 도움을 줄 것으로 기대된다"고 하였다.

김용택의 새 시집,『울고 들어온 너에게』

김용택은 더 이상 섬진강 시인이 아닐지도 모르겠다. 세상은 그로 하여금 섬진강가에서 아이들을 가르치며 늙어가게 내버려두지 않았으리. 시인 또한 이러저러한 세상의 맛을 보았을 것이고. 서울 명동성당 마당에는 김용택의 이름을 내건 단풍나무가 자란다. 이러한데 무슨 섬진강 시인. 시인을 보지 말고 시만 헤쳐 읽자. 그래도 좋은 시인, 좋은 시를 쓰는 시인이니까.

김용택의 신작 시집『울고 들어온 너에게』는 새 단장한 창비시선의 401번이다. 김정환은 추천사에서 "온갖 비루와 원망이 사라진 가장 깨끗한 가난의 미학"이라고 썼다. 필요 없는 일을 했다. 시를 읽는 데 방해만 되니까. 자고로 책에 머리말이나 발문은 도움이 안 된다. 바로 들어가기를 권한다. 해설 같은 데 시선을 빼앗기지 말고 바로 들어가 시를 만나기 바란다. 그러면 거기 당신이 좋아할 만한 김용택의 시가 있을 것이다. 한두 편만 읽어도 본전 아닌가? 시집은 값이 싸다. 이런 시.

나는
어느날이라는 말이 좋다.

어느날 나는 태어났고
어느날 당신도 만났으니까.

그리고
오늘도 어느날이니까.

나의 시는
어느날의 일이고
어느날에 썼다.

- 김용택, 「어느날」

내가 얼마나 많은 영혼을 가졌는지

2018.10.20

진중권 교수는 2010년 7월 주제 사라마구의 소설 「리카르두 레이스의 사망연도」를 설명하면서 '페르난두 페소아'라는 인물의 독특한 삶을 다루고 있다'고 썼다. 그는 페소아가 제 이름이 아닌 다른 여러 이름으로 작품을 발표하면서 이름들 각각에 고유한 전기와 인격과 문체를 부여한 데서 특별함을 발견한다. 페소아가 자신을 여러 개의 인격으로 분화시켰다는 것이다. 페소아는 그 이름들을 '이명'(異名)이라고 불렀다.

"가명(pseudonym)은 제 정체를 감추고 제 목소리를 낼 때에 사용하나, 자기의 이름들은 저마다 다른 인격을 갖고 있으므로 이명(heteronym)이라 불러야 한다는 것이다. 여기서 우리는 정체성의 추구와는 반대되는 충동을 본다. 정체성(identity)이 'A=A'의 동일률에 집착한다면, 이명(heteronym)은 한 인격 내에 잠자는 상이한 가능성들을 현실화한다. 그것의 격률은 A=B=C=D=E, 즉 '너는 지금의 네가 아닌 세상의 다른 모든 사람이 될 수 있다'는 것이다."

진 교수의 뛰어난 안목을 빌려 페소아를 읽는 일은 문학과지성사에서 대산세계문학총서 시리즈로 낸 『내가 얼마나 많은 영혼을 가졌는지』를 감상하는 데도 유익하다. 이 책은 페소아의 시가집인데 본명으로 쓴 작품 여든한 편을 엮었다. 그가 죽은 뒤 남긴 트렁크에는 영어·포르투갈어·프랑스어로 쓴 시와 산문 3만여 장이 들어 있었다고 한다. 이 중에 페소아가 생전에 제목을 정해 출판할 계획이었던 시가집에 관한 기록이 있다. 김한민 작가가 이 기록을 살펴 대표작들을 번역했다.

페소아는 1982년에 나온 산문집 『불안의 책』으로 우리에게 널리 알려졌다. 2016년 4월 아트인사이드에 이 책의 리뷰를 쓴 안세영 에디터는 "『불안의 책』은 단순한 책이 아니라 혁명이며 부정이다"라고 한 리처드 제니스를 인용한다. 에디터는 이 책에서 아포리즘을 얻어내는데, '우리는 마주보고 있어도 서로를 보지 못한다' '내 안의 모든 것은 항상 다른 무엇이 되려 한다' '불안은 점점 커지면서 언제나 그 자리에 있다' '나는 포르투갈어로 쓰지 않는다' 같은 것들이다.

『내가 얼마나 많은 영혼을 가졌는지』에는 포르투갈어로 창작을 시작한 초기의 작품 「키츠에게」에서부터 페소아가 스스로 "진정 페소아인 것, 더 내밀하게 페소아인 것"으로 평가한 「기울어진 비」까지 실렸다. '존재와 부재, 고정된 정체성에 대한 회의' 등 그가 천착한 주제 외에도 '민족과 역사, 유년의 기억, 사랑과 성(性), 기존 종교에 대한 회의와 대안적 종교에 대한 관심, 새로운 문체와 형식 실험' 등을 보여준다.

시인은 흉내 내는 자.
너무도 완벽하게 흉내 내서
고통까지 흉내 내기에 이른다
정말로 느끼는 고통까지도.

　－「아우토프시코그라피아」 중에서

현대향가 제1집 『노래 중의 노래』

2018.06.22.

선화공주님은

남몰래 사귀어 두고

서동 방을

밤에 몰 안고 가다

우리는 이 '시'를 학교에서 배웠다. 시험에 문제로 나오면 연필을 긁어 답을 썼다. 그래서 이 시를 생각하면 연필심이 갱지 위를 긁고 지나가는 그 깔깔한 느낌이 되살아난다. 붉은 색연필로 매긴 '○, ✕'와 점수도 함께. 「서동요」라는 이 시는 향가(鄕歌)이며 따라서 노래(!)이다. 「제망매가」「처용가」와 함께 현대 한국인에게도 잘 알려진 작품이다. 신라 진평왕 때 백제 무왕(武王)이 지었다고 한다. 『삼국유사』의 서동설화(薯童說話)에 끼어 전한다.

삼국유사는 신화적 요소로 충만한 향기로운 책이다. 이 책을 읽을 때는 지상의 극락을 구현한 경주 남산을 걸을 때처럼 무한한 상상력이 필요하다. 온갖 은유와 상징이 지키는 역사의 숲길을 따라 걷다 보면 자기도 모르는 사이에 무아경에 빠진다. 신화의 영역에서 느끼는 황홀경은 아마도 호메로스가 「일리아스」나 「오디세이아」를 읊을 때, 아니 노래할 때 경험한 그 접신의 경지와 진배없을 것이다.

서동요는 왕자의 노래라는 점에서 그리스 신화에 등장하는 '모노산달로스' 이아손의 이야기를 떠올리게 한다. 삼국유사에 전하는 설화는 아주 발랄하다. 서동(薯童)이 신라 경주에 가서 꾀를 내어 진평왕의 셋째 딸 선화공주와 결혼한 뒤 우연히 얻은 금으로 사찰을 창건한다는 이야기인데, 이 설화에 등장하는 노래가 서동요다. '선화공주가 방문을 열어놓으면 밤마다 서동이 와서 자고 간다'는 내용이다. 물론 삼국유사에는 조금 모양을 갖추어 썼다.

"서동이 신라 진평왕의 셋째공주 선화(善花 · 혹은 善化)가 아름답기 짝이 없다는 말을 듣고 머리를 깎고 신라의 서울로 갔다. 마를 동네 아이들에게 먹이니 아이들이 친해져 그를 따르게 되었다. 이에 노래를 지어 여러 아이들을 꾀어서 부르게 하니 그것은 이러하다. '善花公主主隱 池密只嫁良置古 薯童房乙 夜矣卯乙抱遺去如.' 동요가 서울에 가득 퍼져서 대궐 안에까지 들리자 백관(百官)들이 임금에게 극력 간하여 공주를 먼 곳으로 귀양 보내게 했다."

이렇듯 신화 속에는 곧잘 노래가 등장한다. 아이들의 합창은 예언이자 치명적인 선고이기도 하다. 서라벌 골목골목 아이들이 외쳐 부르는 노래는 현대의 유행가 이상으로 신라인들 사이에 모르는 사람이 없게 됐을 것이다. 왠지 모르게 에로틱하면서도 불온한 기운이 충만한 서라벌의 밤 공기를 현대인도 느낄 만하다. 아이들의 합창은 이럴 때 그리스 비극에 등장하는 코러스 역할을 한다. 조금은 노골적인 동작으로 춤도 추었을지 모른다.

진평왕이 왕위를 지킨 시기는 서기 579년부터 632년까지다. 1,400년 전에는 우리 문자가 없어서 한자를 사용했다. 그러나 세종대왕이 훈민정음을 창제할 때와 마찬가지로 우리말은 중국과 같지 않았다(國之語音 異乎中國). 쓰고 읽는 데는 불편이 없었을지 모르나 우리말을 실어 나르기에는 부족했을 것이다. 우리는 서동요를 눈으로 읽고 머리로 익혔지만 서라벌 저자에서는 노래로 불렸다. 표의문자로 그 느낌마저 가두어 두기는 불가능했으리라.

그래서 신라인들은 향가를 향찰(鄕札)과 이두(吏讀)로 기록했다. 곧 한자(漢字)의 소리(音)와 새김(訓)을 빌려 표기한 것이다. 그래서 '善花公主主隱'으로 쓰고 '主隱'을 '님은'으로 읽었으리라고 짐작한다. 서라벌 사람들이 서동요를 남진의 〈가슴 아프게〉나 조용필의 〈돌아와요 부산항에〉처럼 즐겨 부를 때는 삼국유사의 기록도 문제없이 해독됐을 것이다. 그러나 현대인은 한자를 잘 알아도 서동요의 가사를 읽기 어렵다.

표본이 많다면 연구를 해서 상당히 정확히 알아내겠지만 현전하는 향가라야 삼국유사에 열네 수, 『균여전』에 열한 수 등 스물다섯 수에 불과하다. 그러기에 국어학자 허당(虛堂) 이동림은 평생 『삼대목(三代目)』을 발견하는 꿈을 꾸었을 것이다. 『삼대목』은 진성여왕 2년(888년)에 각간 위홍과 대구화상이 왕명에 따라 편찬했다는 전설의 향가집이다. 편찬됐다는 기록만 전할 뿐, 책은 종적이 없다. 발견되면 문학적·언어적 가치가 엄청날 것이다.

향가는 현대에 이르러 그 미묘한 뜻과 정서마저 대체로 해석하기에 이르렀다. 그러나 누구도 신라의 노래를 가락에 올려 노래하지는 못한다. 영원히 해소할 수 없는 간격이며, 불가능 그 자체이다. 간혹 현대의 곡조로 노래하기도 하지만 서라벌의 노래는 아니다. 그런데 2018년의 대한민국에서 향가를 짓는 시인 집단이 등장했으니 놀라움을 지나 희한한 일이 아닐 수 없다. 이들은 그 첫 결실로 '현대향가' 제1집, 『노래 중의 노래』를 출간했다.

나는 이 책을 받아들고 실소했다. 1,500년 전의 노래 형식을 무슨 수로 현대에 되살려 시로 형상화한다는 말인가. 그래서 6월의 둘째 주에 배달된 책을 펴보지 않고 책상에 던져두었다. 그러다 기독교의 구약성서 중의 「아가(雅歌)」가 곧 노래 중의 노래임을 깨닫고 문득 갈피를 열었다. 이내 고영섭이 쓴 머리말로 들어가 두 페이지를 막힘없이 읽으니 이런 문장이 눈에 들어왔다.

"향가, 즉 국가는 '주술(呪術)적 기능으로서 치병' '치리(治理)적 기능으로서 치국'을 통해 한국문학 최고의 절창이자 최대의 백미로서 자리해왔다. '향가시회'는 우리 고·중세의 시가이자 노래인 향가, 즉 사뇌가를 현대의 어법과 전통의 형식에 담아 '현대향가'로 불러내고자 한다. (중략) 고·중세 이래 이 땅의 시인들의 시 형식과 시정신을 조술(祖述)하고 계승하여 인공지능의 시대에 '자연지능', 즉 '지혜지능'의 노래로 불러 보고자 한다."

형식은 모르겠다. 하지만 정신이라면 가능할 수도 있으리라. 향가의 정신은 무엇인가. 신라정신? 그렇다면 그 정서와 시정신은 미당(未堂)에 가서 닿는가? 동인들이 지향하는 세계는 혹시 50년 전에 방산(芳山) 박제천이

『장자시』에서 초월해버린 그 세계는 아닌가? 궁금해 하느니 책장을 넘겨 몇 수 읽어봄만 못하리. 뭐가 뭔지 알지 못할 내재율의 더미 속에 향가의 기미가 훅 끼치는 한 수가 있어 옮겨 적는다. 이혜선의 「해돋이」.

그 여자 눈동자에 불이 화라락
젖가슴이 탱탱해졌다
온몸에 새싹 돋아났다
그 남자의 눈짓 한 번에

시인은 그런 사람, 최후이며 시초

2019.06.21

정광호 한국노동조합총연맹 사무처장은 동국대학교 국문학과 3학년 때 문단에 오른 천재시인이다. 하지만 '아는 사람'만 아는 일. 그가 40세 이후에 쓴 시를 읽었다는 사람이 없다. 아무도 읽어 보지 못했을 것이다. 문학청년 정광호는 훤칠한 미남에다 재치 넘치는 만담가였다. 후배들에게 는 스승과 같은, 실력 있는 선배였다. 그의 눈에서는 푸른빛이 쏟아졌다. 그는 졸업하던 해에 그를 따르는 후배들에게 말했다.

"나르시시스트와 엄숙주의자, 또는 이 두 가지 경향을 모두 가진 친구 들이 문학을 하면 위험하다."

그는 무슨 뜻으로 이 말을 했을까. 분노였을까? 별 뜻 없이 멋으로 했을 지도 모른다. 1980년대의 '선배'란 동물들은 대개 마초였다. 정광호가 대 학을 졸업한 뒤 발표한 시가 있다. 1986년 가을 서울 충무로에 있는 카페 '다프네'에서 시화전이 열렸을 때 그도 시를 한 편 냈다. 이렇게 시작된다. "거대한 구두가 / 나를 짓밟았다 / 오물을 튀기지 않으려고 / 내 몸의 구멍이 일제히 닫혔다⋯."

어쩌면 마지막 작품일지 모른다. '구멍'은 내면과 세계가 소통하는 창이었을 것이다. 창이 나중에라도 열렸는지 모르겠다. 정광호는 굳은 사람이었다. 그래서 그의 진심에 이르는 통로는 넓지 않았다. 눈치가 빨라야 밸브가 잠깐 열리는 틈을 타서 내부를 슬쩍 들여다볼 수 있을 정도였다. 또한 그가 분노했을 때는 에너지가 지나쳐서 공포감이 스치기도 했다.

그가 참지 못하는 순간이 있었다. 하나는 후배를 돌보지 않는 선배, 또하나는 '척' 하는 꼴. 시를 쓸 때도, 술잔을 기울일 때도 마찬가지였다. 가끔은 주먹에 호소했다. 1985년 여름에 그는 서울 인사동에 즐비한 포장마차 중 한 곳에서 조개찜에 소주를 마셨다. 지금은 헐리고 없는 예총회관이 멀지 않았다. 그는 소주잔을 손에 든 채 눈을 번득였다.

"이 조개라는 놈들이 말이야, 아주 야비한 놈들이거든. 사실은 맛이 없는 놈들이야. 살점도 아닌 이 힘줄 비슷한 것들, 요것들이 잘 안 씹히니까 쫄깃하다는 느낌을 줘서 맛이 있는 것처럼 느껴지게 하는 거라구."

그는 마음속으로 정말 미워했을 누군가를 떠올리며 이를 갈았다. "그런 자식은 10년이나 20년, 아니 늙은 다음의 초상이 뻔해. 번드르한 얼굴로 술잔을 기울이며 심오한 척 말하겠지. '나도 한때는 시를 썼었지'라며 주위를 꾀려 들겠지." 그의 눈빛은 청산가리 같은 독성을 뿜었다. 그 눈길을 받기만 해도 마비될 것 같은. 정광호는 미래를 증오했을까. 젊은 날 그의 시편들을 기억하는 자에게 '한때는 시를 썼던' 천재의 현존은 고통으로 다가온다.

"기억해 봐, 마지막으로 시인이었던 것이 언제였는지."

도저한 질문이다. 누군들 망연해지지 않겠는가. 대통령도 현직에서 물러나면 '전' 자가 붙는데 유독 시인·소설가는 종생토록 관을 벗지 않는다. 시인이란 '등단했거나 시를 쓰는 사람', '시를 쓰고 있는 중인 상태' 정도에 그치지 않으리라. 신동옥이 호명하는 시인은, 책에서 옮겨 적자면 "망해 버린 공화국의 마지막 인민"이자, "불행한 열정과 희망 없는 사랑을 모두 경험한 다음"을 사는 자이며, 그래서 이미 "죽었고, 죽어서 현재를 살고 있"는 자다.

김수영, 신동문, 이성복, 이승훈, 김정환… 에메 세제르, 옥타비오 파스, 마흐무드 다르위쉬…. 채상우가 읽어냈듯, 그들은 최후이자 최초. 그들은 시를 온몸으로 감행했고 마침내 종결지었으며, 그렇기에 영원한 실패를 자초했고 감내할 수밖에 없었다. 그래서 역설적이지만 "시인은 태어난다. 그러므로 시인은 다시 끊임없이 소생해야 한다." 시인이 "지구라는 우주의 오아시스에 최후까지 남을 꽃"이라는 거대한 희망은 이런 문맥에서 발원한다.

드레퓌스의 벤치

2019.07.12

1931년, 한 사나이가 파리 몽마르트르에서 포주를 살해한 혐의로 무기 징역을 선고받고 프랑스령 기아나로 끌려간다. 사나이의 이름은 앙리 샤리에르. 그는 죄수를 태우는 배에 오른 순간부터 탈출을 결심한다. 1934년에 시작된 그의 탈출과 좌절은 이후 11년간 여덟 차례나 거듭된다. 탈출에 실패할 때마다 그는 더욱 가혹한 형벌을 받았다. 샤리에르는 1941년, 수용자들의 무덤이라는 디아블(악마의 섬)에서 코코넛을 가득 담은 부대를 안고 바다로 뛰어든다. 그의 나이 서른여섯. 그는 1944년 베네수엘라에 정착함으로써 마침내 자유를 얻었다.

샤리에르는 1968년 자신의 체험을 기록한 『빠삐용(Papillon)』을 출간했다. 책은 여러 언어로 번역되어 '불굴의 자유혼'을 상징하게 된다. 1973년, 프랭클린 제임스 샤프너가 같은 제목으로 영화를 만들었다. 하이라이트는 절벽 탈출 장면이다. 빠삐용은 숱한 고초를 겪는 동안 머리가 백발이 되고 이도 모두 상했다. 고문을 받다 뼈를 다쳐 걸음도 절룩거린다. 그래도 꺾이지 않는다. 얼마나 남았을지 알 수 없는 인생을 체념하여 절해고도에서 끝낼 수는 없는 것이다. 바위더미에 걸터앉아 바다를, 그리고 자신의 삶을 바라본다. 그리고 날마다 절벽으로 나가 코코넛 열매를 바다에 던져 해류의 흐름을 살핀다.

빠삐용이 걸터앉은 그 바위더미는 '드레퓌스의 벤치'다. 알프레드 드레퓌스. 1859년 10월 9일 알자스에서 태어나 1935년 7월 12일 세상을 떠난 프랑스 육군의 장교다. 역사는 '드레퓌스 사건'으로 그를 기억한다. 드레퓌스는 포병 대위로 근무하던 1894년 독일에 군사 기밀을 넘긴 혐의로 체포되어 종신형을 선고받았다. 1896년에 진범이 밝혀졌지만 석방되지 않았고, 1899년 재심에서도 유죄 판결을 받았다. 무고한 그의 고초는 프랑스의 양심을 움직였다. 에밀 졸라는 「나는 고발한다」라는 탄핵문을 남겼다. 드레퓌스는 대통령 특사를 받고 1906년에야 복권되었다. 그의 무덤은 파리의 몽파르나스에 있다. 디아블 시절 그의 생활을 알 수 있는 기록이 전한다.

"오전 5시 30분에 일어나 말린 채소를 삶아 아침식사를 했다. 오전 아홉시에 다시 삶은 채소를 먹고 채소 삶은 물을 차 대신 마셨다. 그리고 거처를 청소하고 장작을 패고 빨래를 했다. 일기와 아내 루시에게 보내는 편지를 썼다. 정오가 되면 섬을 한 바퀴 돌고 나머지 시간에는 벤치에 앉아 망망대해를 바라보았다…."

드레퓌스의 이미지는 예술가들의 영감에 불을 댕겼다. 시인 구상(具常)은 「드레퓌스의 벤치에서」를 남겼다. 시는 영화 속 빠삐용의 벗, 탈출을 단념하고 디아블에 남은 드가의 독백 형식으로 이어진다. 그 절창이 마음에 살이 되어 꽂힌다. 림보(Limbo) 또는 회색의 공간.

　"…이 세상은 어디를 가나 감옥이고 모든 인간은 너나없이 도형인임을 나는 깨달았단 말일세. (중략) 빠삐용! 그래서 자네가 찾아서 떠나는 자유도 나에게는 속박으로 보이는 걸세. 이 세상에는 보이거나 보이지 않거나 창살과 쇠사슬이 없는 땅은 없고 오직 좁으나 넓으나 그 우리 속을 자신의 삶의 영토로 삼고 여러 모상의 밧줄을 자신의 연모로 변절시킨 자유만이 있단 말일세…."

라울
따뷔랭

오리엔트 특급 또는 리스본행 야간열차

2018.04.05.

일상은 삶을 은유한다. 인간은 자신이 종사하는 일이 들이닥치는 운명을 반영하거나 설명한다고 믿으려 든다. 우리가 매일 보는 프로야구 경기를 중계하는 해설자는 승부의 갈림길이 될 만한 장면마다 추임새를 빠뜨리지 않는다. "야구는 이렇게 우리 인생과 흡사합니다."

그러니 사람을 먼 곳까지 실어 나르는 기차에 어찌 인생의 비의가 담기지 않으리. 이스탄불에서 부쿠레슈티, 부다페스트, 빈, 뮌헨, 스트라스부르를 거쳐 파리에 이르는 오리엔트 특급 열차에서 한밤에 벌어진 살인도 불가능한 일은 아니었던 것이다.

므슈 부크는 국제 침대차 회사의 중역으로 명탐정 에르퀼 푸아로의 친구이기도 하다. 특급 열차의 식당칸에 푸아로와 마주앉은 부크가 푸념한다. "아! 내게 발자크 같은 글재주가 있다면 이 장면을 아름답게 묘사할 수 있을 텐데." 푸아로가 장단을 맞추자 그가 말한다.

"지금 우리 주위에 있는 사람들을 보십시오. 계급과 국적과 나이가 다

다르죠. 서로 전혀 모르는 사람들이 사흘 동안 함께 지내게 된 겁니다. 한 지붕 아래서 먹고 자고, 서로에게서 벗어날 수가 없습니다. 그러다가 마지막 날이 되면 각자의 길로 가서 다시는 서로 만날 수 없을 겁니다."(『오리엔트 특급 살인』, 신영희 번역)

영화 〈리스본행 야간열차〉는 스위스 사람 파스칼 메르시어가 쓴 동명 소설(Nachtzug nach Lissabon)이 원작이다. 명배우 제러미 아이언스가 출연한 뛰어난 영화지만 인생의 심연을 들여다본다는 점에서 소설은 영화를 압도한다.

여기서 야간열차는 운명이다. 운명은 주인공 그레고리우스를 리스본으로, 그리고 다시 베른으로 실어 나른다. 리스본행 야간열차는 인생을, 그 여정을 은유한다. 메르시어는 실제 이름이 페터 비에리, 베른에서 태어나 하이델베르크에서 학위를 받고 마르부르크대학과 베를린자유대학에서 철학교수로 일해 왔다.

그는 독백하듯 써내려간다. "움직이는 기차에서처럼, 내 안에 사는 나." 전은경의 번역으로 책을 낸 들녘의 소개글도 훌륭하다. "여행은 길지만 언젠가는 끝난다. 그것을 온전히 선택할 수 없다는 데에 존재의 아픔이 있다." 다음의 프레이즈는 인생 그 자체를 설명한다.

내가 원해서 탄 기차가 아니었다. 선택의 여지가 없었고, 아직 목적지조차 모른다. 먼 옛날 언젠가 이 기차 칸에서 잠이 깼고, 바퀴 소리를 들었다. … 여행은 길다. 이 여행이 끝나지 않기를 바랄 때도 있다. 아주 드물게 존재하는, 소중한 날들이다. 다른 날에는 기차가 영원히 멈추어 설 마지막 터널이 있다는 사실에 안도감을 느낀다.

코끼리의 여행

2018.11.16.

여행이 대세인 시대다. 여행은 고단한 일이지만 미지와 조우하고 꿈을 현실로 바꿔주는 매력이 있다. 여행 상품도 넘친다. 인기 있는 여행지를 꼽으라면 단연 유럽이다. 여러 텔레비전 채널과 신문에 광고가 나온다. 대부분 패키지여행 광고다. 감각적인 문구로 소비자를 유혹한다. 러시아의 블라디보스토크를 '가장 가까운 유럽'이라고 표현하는 식이다. 유럽은 크고 넓구나! 한반도와 이마를 맞댄 러시아의 동쪽 도시부터 대서양으로 나가는 길목, 리스본에 이르기까지 다 유럽이라니.

하지만 오스만 제국이 두 차례에 걸쳐 빈 포위전을 결행한 16세기라면 문제가 다르다. 헝가리를 제압한 오스만은 1529년과 1683년 합스부르크 제국의 심장 빈을 포위한다. 유럽인들은 1453년 유럽의 영혼과도 같았던 콘스탄티노폴리스가 함락되는 모습을 생생히 지켜보았다. 오스만은 공포 자체였을 것이다. 이 시대의 유럽인들에게 빈은 유럽의 동쪽 끝이었을지 모른다. 그러니까 리스본에서 빈까지는 유럽, 즉 (유럽인의 생각에는) 문명화

된 기독교 세계의 끝에서 끝이었다고 할 수 있다.

1551년, 코끼리 한 마리가 리스본에서 빈까지 걸어서 간다. 코끼리의 이름은 솔로몬. 포르투갈의 동 주앙 3세가 오스트리아의 막시밀리안 대공에게 보내는 선물이다. 솔로몬은 사료 값도 못하는 리스본의 골칫거리. 동 주앙 3세의 결심은 처치 곤란한 후피 동물을 가장 진귀한 사물로 둔갑시킨다. 소설가 주제 사라마구는 이 역사적 사실에서 출발해 『코끼리의 여행』(A Viagem do Elefante · 2008)을 썼다. 인간과 권력의 본질 깊은 곳까지 천착한 소설이다. 그는 잘츠부르크를 여행하다 발견한 조각품에서 영감을 얻어 작품을 쓰기로 결심했다.

> "저기 저 조각들이 뭐죠?" 내가 말한 조각이란 한 줄로 서 있는 작은 나무 조각품들이었고, 그 첫 번째가 리스본의 벨렝 탑이었다. 그 뒤에 유럽의 다양한 건물과 기념물을 표현한 조각품들이 뒤따랐는데, 그것은 어떤 여정을 보여주는 것이 분명했다. 나는 그것이 16세기, 정확하게 말하자면 주앙 3세가 포르투갈 왕좌에 있던 1551년에 한 코끼리가 리스본에서 빈까지 여행한 것을 형상화한 작품이라는 이야기를 들었다. (사라마구, 지은이의 말)

사라마구는 알프스 산맥을 넘어 유럽 대륙을 가로지르는 솔로몬과 호송단의 이동 과정을 적어 나간다. 여행(Travel)과 곤경(Trouble)은 한 아비의 자식이라고 하지 않던가. 먼 길을 가는 동안의 우여곡절에서 코끼리를 둘러싼 인간들의 허영과 위선, 권력의 속성이 낱낱이 드러난다. 솔로몬은

"경박 때문에 존중을 희생하고, 미학 때문에 윤리를 희생하는" 인간에 떠밀려 가면서도 때때로 인간보다 더 절제된 행동을 보여준다.

코끼리의 이름은 대공을 만난 다음 '술레이만'으로 바뀐다. 솔로몬의 이슬람식 표기가 술레이만이다. 무슬림들은 예수를 '이사(Isa)'로 부르며 '신의 사도'나 '예언자'로 받아들이고 존중한다. 아랍어 이름으로 흔히 쓰는 무사(모세), 이브라힘(아브라함), 이스마일(이스마엘), 야꿉(야곱), 술레이만(솔로몬), 다우드(다윗) 등이 모두 성경에 나오는 선지자의 이름에서 따온 것이다.(이희수)

2009년 9월 8일, 스웨덴 한림원은 사라마구를 포르투갈 출신의 첫 노벨문학상 수상자로 결정한다. 선정 이유는 다음과 같았다. "상상력과 따뜻한 시선, 아이러니가 풍부한 우화적인 작품으로 허구적 현실의 묘미를 맛보게 해주었다." 부산외국어대 김용재 포르투갈어과 교수는 "사라마구의 작품세계를 이루는 네 축은 '시간', '초자연', '담론의 연속성', '여행'"이라고 분석했다. 사라마구는 과거에 비판적이지만 한편으로 과거로부터 배워야 한다는 두 가지 논리에 충실했다.

사라마구는 1922년 11월 16일 포르투갈의 아지냐가에서 태어나 2010년 6월 18일 스페인의 티아스에서 죽었다. 아버지는 주제 소자, 어머니는 마리아 피에데드. 사라마구는 아버지 가문의 별칭이다. 아버지의 실제 성이 아니라 별칭을 사용한 데서 세계와 인생을 바라보는 사라마구의 시선을 짐작할 수 있다.

로베르토 볼라뇨

2018.04.20.

지난해* 8월 아르헨티나 시인 에스테반 무어를 인터뷰할 때 물었다.

"누가 당신에게 영향을 주었는가. 혹시 보르헤스(Jorge Luis Borges)?"

에스테반은 대답했다.

"그는 위대한 시인으로서 나에게 큰 영향을 끼쳤다. 그는 언어야말로 시의 진정한 고향임을 항상 내게 상기시켰고, 잊지 말라고 했다. 그리고 내가 번역을 통해 접한 영국과 미국 시인들의 영향을 받았다는 사실도 밝혀둔다."

이보다 앞선 5월에는 칠레 시인 세르히오 바디야 카스티요를 인터뷰했다. 내가 "파블로 네루다의 영향은 어느 정도나 받았는가"하고 묻자 세르히오는 한숨을 푹 쉬는 듯한 어투로 대답했다.

"거의 없다. 보편적 역사의 특정 에피소드를 묘사하는 거대한 스케일

---

* 2017년.

224

같은 기본적 요소가 비슷할지는 모르겠다. 파블로 네루다가 쓴 「지상의 거주지」(1933)는 나보다 훨씬 앞 세대의 작품이다."

에스테반이나 세르히오가 나에게 "두 유 노 싸이?"나 "두 유 노 박지성?" 같은 질문을 하면 기분이 어떨지 모르겠다. 나쁘지는 않을 것 같다. 아무튼 두 사람은 시인이었기 때문에, 나는 가르시아 마르케스나 바르가스 요사에 대해 묻지 않았다. 2015년 5월에 인터뷰한 독일 시인 미하엘 오거스틴은 자신의 고향인 뤼베크에 대해 설명하면서 토마스 만과 귄터 그라스를 자랑스러워했다.

포르투갈어나 스페인어를 쓰는 라틴아메리카의 작가를 인터뷰했다면 로베로토 볼라뇨에 대해서 질문을 했을까. 섬광처럼 한 시대를 가로지르고 떠나 버렸기에 기억보다는 잔상처럼 남은 사나이, 한 번 보면 잊을 수 없을 정도로 강렬한 표지 속에 생살처럼 선연한 문장을 매설한 그의 소설에 대하여.

볼라뇨는 『야만스러운 탐정들』(1998)로 1999년 로물로 가예고스 문학상을 받아 문단에 이름을 알린다. 단숨에 비평계의 눈길을 사로잡고 대중의 관심을 모았지만 그의 수명은 명성을 누릴 새도 없을 만큼 짧았다. 그는 『칠레의 밤』 영문판이 나온 2003년에 죽었다.

그해 6월 27일 볼라뇨는 스페인 세비야에서 열린 라틴아메리카 작가 대회에 참가해 '라틴아메리카 문학의 새로운 대변자이자 토템'이라는 찬사를 누린다. 작은 해변 도시 블라네스에 있는 집으로 돌아간 볼라뇨는 각혈을 하며 「참을 수 없는 가우초」의 원고를 출력해 아나그라마 출판사에 넘겼다. 그리고 7월 1일 간부전 악화로 입원해 열흘 동안 혼수상태에 빠졌다가 7월 15일 사망했다.

글누림에서 출간한 『로베르토 볼라뇨』는 국내외 라틴아메리카 문학 연구자들의 연구 성과를 정리하여 '문학과 세계에 대한 볼라뇨의 문제 의식을 공유하고 논의의 장을 확대하기 위해' 준비한 책이다. 저자들은 우리 문학과 문단, 사회의 초상을 진지하게 성찰하는 계기를 마련한다는 뜻도 숨기지 않았다.

엮은이 이경민은 「참을 수 없는 가우초」 「남부」에 나타난 문명과 야만에 대한 재해석"에서 볼라뇨 작품 세계의 두드러진 특징 중 하나로 "기성 작품에 대한 변형적 다시쓰기를 창작 기법으로 활용한다"는 점을 든다.

> 이러한 상호텍스트적 글쓰기 전략은 필연적으로 기성 작품에 대한 문학적 유희와 경의를 넘나들며 기존의 고착화된 의미를 흐트러뜨리는 결과를 초래해 기성 작품의 권위와 위계를 무너뜨리고 문학 작품을 현재적 수평 관계로 재정립한다.

권위와 위계에 대한 도전은 볼라뇨의 내면에 선명한 문신과도 같다. 그는 『야만스러운 탐정들』에서 문단을 정글에 빗대면서 작가들이 회사원이나 갱스터처럼 계급 피라미드에서 상승하기 위한 글쓰기를, 즉 아무것도 위반하지 않으려고 엄청 조심하면서 자리를 굳히는 글쓰기를 하고 있다고 지적한다.(이경민)

사실 이 책은 로베르토 볼라뇨의 프로필을 이해하는 데 쉬운 길잡이는 아니다. 연구자들이 써낸 높은 수준의 논문을 모아 책으로 묶었기 때문이다. 볼라뇨의 작품을 많이 읽고 충분히 이해한 독자라면 모를까, 한 마디로 어렵고 때로는 혼란스럽다. 예를 들어 이경민은 「참을 수 없는 가우초」에 대해 쓰면서 볼라뇨의 상호텍스트적 글쓰기 전략을 반복해서 언급한다. 이 책은 단행본이 아니라 논문 모음이므로 피할 수 없는 중복이라고 볼 수도 있다.

볼라뇨에 대한 나의 이해는 2010년 출판사 '열린책들'이 호르헤 볼피의 책을 번역해 출간한 『볼라뇨 로베르토 볼라뇨』에 빚지고 있다. 박세형이 번역한 이 책은 볼라뇨에 대한 평론 선집이다. 볼라뇨의 생애와 작품 세계를 이해하는 데 더할 나위 없는 길잡이로서 볼라뇨에 대한 절절한 애정과 그리움이 충만한 책이다.

> 바로크적인 동시에 간결하고, 현학자인 척하지 않고도 박식하며, 비극적 형이상학자이자 진지한 농담꾼이며, 시에 미쳤지만 흠잡을 데 없이 효율적인 소설적 재능을 타고난 작가. … 우디 앨런과 로트레아몽, 타란티노와 보르헤스를 섞어 놓은 듯한 비범한 작가. (중략) 볼라뇨는 과도한 감정의 분출과 거창한 연설을 좋아하지 않았다. 이제부터 작품을 읽으며 그와 더불어 웃는 것만이 경의를 표하는 유일한 길이리라.

한 번도 볼라뇨의 작품을 읽어보지 못했다면 『칠레의 밤(Nocturno de Chile)』을 권하겠다. 충격적인 표지가 독자에게 쉽지 않은 독서 체험을 예고하는 듯하다. 두 팔을 벌리고 누운 사람의 가슴을 누군가 예리한 칼로 그어 벌려놓았다. 사제복인 듯한 검은 옷을 입은 남자가 카누 모양의 상처 속에 들어앉아 양손으로 노를 젓는다.

볼라뇨는 칠레의 보수적 사제이자 문학 비평가인 세바스티안 우루티아 라크루아의 독백 형식으로 소설을 써내려갔다. 임종을 앞둔 세바스티안이 어느 '늙다리 청년'의 환영에 시달려가며 피노체트가 통치하는 칠레에서 보낸 일생을 회고하기 시작한다. 이 책의 9~10쪽에 다음과 같은 글이 보인다. 독백을 넘어선 다짐이 볼라뇨의 침대 시트를 적신 각혈처럼 선연하다.

책임을 질 줄 알아야 한다. 나는 평생 그리 말했다. 모름지기 사람 은 자기 언행에 책임을 질 도덕적 의무가 있으니까. 심지어 자기 침 묵, 그래 그 침묵에도 책임을 져야 한다. 침묵도 하늘에 계신 하느님 에게 들리고, 오직 그분만이 침묵을 이해하시고 판단하시니까.

그리고 아무 말도 하지 않았다

2018.12.21.

47그룹(Gruppe 47)은 1947년에 결성된 독일의 문학 단체다. 참가한 문학가들은 청소년기와 나치스 시대와 제2차 세계대전의 경험을 공유한 세대였다. 이들은 반나치주의와 인도주의를 표방하고 새로운 독일 문학의 창조를 모색했다. 1년에 두 번 모였지만 고정 회원은 없었다. 초청받은 사람만 참석했다. 초청 대상자는 매번 달랐다. 모임에서 작가들은 출간되지 않은 작품을 낭독했다. 이 작품에 대한 비평도 했다.

47그룹은 영향력과 규모가 확대되면서 독일 문단의 주축으로 자리잡았다. 하지만 어떤 강령도, 유파의 형성도 없었다. "47그룹의 특징은 부조화의 총체"라는 발터 옌스의 말은 47그룹 창조력의 기원을 암시한다. 그래도 방향은 분명했다. 47그룹 작가들은 나치의 선전문구 등이 독일어를 부패시켰다고 생각했다. 과장과 시적 만연체를 배제한, 무미건조하고 객관적인 언어와 서술적 사실주의를 지향하였다.

1950년부터 신인작가들을 대상으로 '47그룹 문학상'을 주었다. 수상자

중에 권터 그라스와 하인리히 뵐이 있다. 한국의 소설 독자들에게는 그라스가 익숙할지 모른다. 많은 작가들도 그라스의 『양철북』을 읽고 영감을 받았다고 고백했다. 하지만 전후 작가들 가운데 일찍부터 두각을 나타낸 작가는 뵐이다. 그라스와 뵐은 나중에 노벨상도 받았다. 뵐이 먼저(1972년) 받았고 그라스는 27년 뒤(1999년)에 받았다.

뵐은 1917년 12월 21일 쾰른에서 태어나 1985년 7월 16일 랑엔브로이히에서 죽었다. 나치 시대에 청소년기를 보냈지만 히틀러 유겐트에 참여하지 않았다. 1939년 쾰른대학교에 들어갔지만 곧 제2차 세계대전이 터져 징집되었다. 1945년 4월 미군에게 붙들려 포로 생활도 했다. 전쟁이 끝난 뒤 귀향하여 글을 쓰기 시작했다. 그는 전쟁의 파괴적 본성, 전후사회의 모순과 비극적 참상, 보통사람들의 고단한 일상을 깊이 들여다보았다.

1951년에 47그룹 문학상을 받았다. 1953년에 출간한 『그리고 아무 말도 하지 않았다(Und sagte kein einziges Wort)』는 큰 성공을 거뒀다. 이 작품으로 독일 문단에서 입지를 굳혔다. 제목은 예수의 수난을 다룬 흑인 영가 '그는 아무 말도 하지 않았다(He Never Said a Mumbalin' Word)'에서 가져왔다. 1952년의 어느 주말, 한 부부를 둘러싸고 48시간 동안 벌어지는 이야기다. 뵐은 단칸방에서 자식들과 가난하게 살아가는 부부에게 독일의 과거와 현재를 투영했다. (전혜린의 이름으로 나온 같은 제목의 수필집은 이 작품과 관계가 없다.)

시인 채상우가 '좋은 시에는 그 시를 비로소 시로 이끄는 문장이 하나씩은 있게 마련'이라고 했듯이, 뛰어난 작품에는 읽는 사람의 마음을 건드리는 모서리가 반드시 있다. 『그리고 아무 말도 하지 않았다』는 먼지와 얼룩, 담배 연기로 가득한 전후의 풍경을 배경으로 삼아 쓰라린 사색과 따뜻한 대화가 조화를 이루는 뵐 특유의 글쓰기 방식을 선명하게 보여준다.

여행을 많이 다녔다. 하지만 정작 낯선 도시에 가서는 지금 내가 여기서 하는 것과 똑같이 행동했다. 호텔 침대에 누워 빈둥거렸고, 담배를 피우거나, 아무런 계획 없이 쏘다녔다. 가끔 성당에 들어가기도 하고 멀리 묘지가 있는 교외까지 나가 보기도 했다. 허름한 술집에서 술을 마셨고, 밤에는 다시는 만나지 못할 거라 생각되는 모르는 사람들과 사귀었다.

캐테는 어느 여자 꽃장수의 가게 앞에서 발걸음을 멈췄다. 나는 이 세상 어느 누구보다도 나와 긴밀히 연결되어 있는 그녀의 손을 자세히 보았다. 그 손을 잡고 10년 넘게 계속 잠을 자고 식사하며 이야기를 나눴었다. 뿐만 아니라 같이 잠자는 것 이상으로 사람들을 연결시켜 주는 그 무엇이 그 손과 나를 연결시켜 주었었다. 우리에게는 서로 손을 맞잡고 기도하던 시절이 있었던 것이다.

이반 데니소비치의 하루

2018.08.03.

트로이체 리코보(Troitse-Lykovo)는 모스크바 서쪽에 있다. 알렉산드르 솔제니친이 2008년 8월 3일 이곳에서 죽었다. 향년 89세, 사인은 심장마비였다. 한 시대의 양심으로서 존경받은 소설가의 죽음을 온 러시아가 애도했다. 솔제니친의 시신이 러시아 과학아카데미에 안치되자 조문객들의 행렬이 끝없이 이어졌다. 블라디미르 푸틴 당시 총리도 이곳을 찾아 애도했다. 장례식은 돈스코이 사원에서 러시아 정교회식으로 열렸다.

솔제니친은 『이반 데니소비치의 하루』로 우리에게 기억된다. 1951년 스탈린 강제노동수용소에 갇힌 사나이의 하루를 담담하게 묘사했다. 주인공 이반은 서민 출신으로, 생활력이 강한 인물이다. 그의 강한 영혼은 고통스러운 현실을 초월한다. 그럼으로써 세속적이고 인간의 존엄성을 땅에 떨어뜨리는 수용소 생활의 일상 속에서 자신의 존엄을 지켜낸다. 이 작품은 강제노동수용소 수감자들의 비인간화를 극명하게 보여준다. 솔제니친은 고통스러운 현실을 차분히 그려나간다. 놀랍게도 우리는 그의 문장에서 유머까지 발견할 수 있다. 솔제니친 문학의 힘과 진실이 그곳에 있다.

스웨덴 학술원은 1970년 솔제니친을 노벨문학상 수상자로 선정했다. '러시아 문학의 전통을 추구해 온 윤리적 노력'을 높이 평가했다. 그러나 솔제니친은 러시아(당시 소련)로 돌아가지 못할까 두려워 상을 받으러 가지 않았다. 그는 작가로서 양심과 정치적 신념 앞에서 꿋꿋했고, 그 대가를 치렀다. 시련은 일찍 시작되었다. 포병 대위로 동프로이센에 근무하던 1945년에 스탈린을 비판한 글을 편지에 썼다가 체포돼 강제노동수용소 8년, 추방 3년형을 받았다. 1967년엔 소련작가대회에 '검열폐지'를 요구하는 편지를 보냈다. 이때부터 소련에서 발표하지 못한 작품을 해외에서 간행한다.

강제노동수용소의 실상을 파헤친 『수용소 군도』를 발간하자 소련 정부의 인내도 바닥났다. 솔제니친은 1974년 2월 강제 추방됐다. 그는 미국 버몬트 주의 카벤디시에서 망명 생활을 하다 1994년에 귀국해 트로이체리코보에 칩거했다. 버스도 오지 않는 한적한 마을이었다. 마을 사람들조차 텔레비전을 보고 솔제니친이 한 마을에 산다는 사실을 알았을 정도로 두문불출했다. 그는 지하 서재에 틀어박혀 글을 쓰면서 기회 있을 때마다 물질주의를 비판하고 러시아의 전통과 도덕적 가치의 회복을 촉구했다.

나는 중학생일 때 『이반 데니소비치의 하루』를 처음 읽었다. 국어 선생님과 나눠 읽고 생각을 주고받았다. 나는 "이 책이 노벨상까지 받을 정도로 훌륭한지 모르겠다. 등장인물들이 먹는 데 집착하며 내용도 단조롭다"고 했다. 선생님은 작품이 드러내는 '인간의 꺾이지 않는 생명력과 의지'에 대해 설명했다. 내가 산 책은 양장본인데 번역이 좋지 않고 맞춤법이 형편없었다. 지금은 없다. 친구가 빌려갔다가 잃어버렸다. 그 일로 친구와 심하게 다퉜다. 소중한 책이었기 때문이다. 사춘기 소년이 흔히 그러하듯 나는 국어 선생님을 사모했다. 나는 솔제니친의 책을 매개로 선생님과 처음으로 교감했다.

나는 책을 잃어버린 다음 다시 사지 않았다. 선생님과 함께 읽은 그 책의 유일함을 훼손하고 싶지 않기 때문이다.

샨사

2018.10.26.

소설은 소설가를 드러낸다. 그래서 소설의 값은 꿈과 같다. 욕망이라는 점에서 프로이트의 과학과 친구가 된다. 프로이트의 임상기록은 초콜릿 빛깔의 서재 속에 이야기의 스펙트럼을 펼쳐 놓는다. 그가 뿜어낸 여송연 연기가 조용히 부유하듯 브라운 운동을 하면서. 거칠게 말하자면 유장하면서도 격렬한 배설의 과정 어디쯤에 있는 예술이다.

소설가들은 말이 많은 편이다. 꿀 먹은 벙어리야 왜 없겠는가. 하지만 탁주 집에서 입을 털어내기로 작정하면 소설가 이길 장사가 없다. 소설가의 토로는 고독을 반영한다. 고독은 비밀에서 오고 비밀은 체험에서 온다. 그러니 소설을 읽는 독자들은 확신해도 좋다. 지금 그들의 이야기를 듣고 있다고. 한 글자 한 획, 말줄임표 하나에 이르기까지 소설가의 언어 아닌 곳이 없다. 가령 샨사(山颯)가 쓴 『천안문』이나 『바둑 두는 여자』를 읽을 때. 우리는 소녀의 붉은 뺨을 에일 듯 스치는 대륙의 겨울바람을 느끼지 않는가. 그 바람, 그 쓰라림은 모두 현실이며 샨사와 우리가 공유하는 체험이다.

샨사는 프랑스어로 소설을 쓰는 중국인이다. 1972년 10월 26일에 태어났으니 마흔여섯.* 여덟 살 때 시를 쓰기 시작했다. 베이징대학 진학을 앞둔 열일곱 살 때 톈안먼(天安門) 사태를 겪었다. 특별한 행동을 하지는 않았다. 시위대에게 물을 가져다주는 정도였다고 한다. 1990년에 프랑스 정부의 장학금을 받고 파리 가톨릭 인스티튜트에서 철학을 배웠다. 그는 파리에서 "개를 데리고 산책하는 시민들을 보면서 비극적인 사태로 인한 심리적 내상까지 지닌 나는 난파선에서 살아남은 듯한 비참한 기분이 들었다"고 토로했다.

프랑스에 귀화한 그는 1997년 프랑스어 소설 『천안문』을 써서 '공쿠르 뒤 프르미에 로망상'을 받았다. 소설에서 톈안먼 사태 때 데모대에 속했던 여대생 아야메가 박해를 피해 달아난다. 마오쩌둥의 어록만이 진리라고 여기는 인민해방군 장교 자오가 그녀를 쫓는다. 자오는 아야메의 옛날 일기장을 발견하면서 그녀를 사랑하게 된다. 평론가들은 이 작품이 '역사적 사건 속에서 근원적 자유를 향한 인간의 내적 욕망을 그려냈다'고 평가했다.

샨사의 재능은 경험으로부터 쏟아져 나온다. 2006년 한국에 와서 언론과 인터뷰할 때 "어릴 때 인형을 갖고 놀지 않고 바둑, 장기, 카드 등 전략이 필요한 게임을 했다"고 기억했다. 그가 쓴 소설 『바둑 두는 여자』에 이런 문장이 나온다. "바둑은 계산을 비웃고, 상상력을 조롱한다. 구름들의 연금술만큼이나 변화무쌍한 모양 하나 하나가 모두 최초의 의도에 대한 배신인 셈이다. (중략) 바둑은 기만의 게임이다. 오직 하나의 진실, 바로 죽

* 2018년 시점.

음을 위해 온갖 허상으로 적을 포위해야 한다."(283쪽)

샨사의 문체는 아름답지만 불꽃처럼 뜨겁다. 샨사는 자신을 '불꽃을 건너 날아가는 새'라고도 했다. "이렇게 바쁜 생활 속에서 사랑은 언제 하느냐"고 묻자 자르듯 말했다. 불길한 예언 같았다. "사랑은 불가능합니다. 사랑은 우리 각자의 가장 훌륭한 부분, 서로 만나기로 되어 있는 두 존재의 완전한 융합입니다. 그러나 삶은 그 존재들이 서로 만나지 못하도록 만들어져 있습니다. 사랑은 짧은 순간들 속에서만 존재합니다."

'마지막으로 한 번?' 그러다 다친다
—소설은 아니지만

2015.01.07.

    라울 따뷔랭은 프랑스의 작은 마을 생 세롱에 산다. 여기서는 어떤 분야에 정통한 기술자가 만든 물건에 만든 사람의 이름을 붙여 경의를 표한다. 예를 들어 안경은 '비파이유'고 햄은 '프로냐르'다. 자전거는 '따뷔랭'이다. 따뷔랭은 자전거에 관해 모르는 것이 없는 자전거포 주인이다. 그런 그에게 비밀이 있다. 비파이유가 비파이유를 쓰고 다니고 프로냐르가 프로냐르를 먹지만 따뷔랭은 따뷔랭을 타지 못한다.

    따뷔랭은 어린 시절 자전거를 배우기 위해 노력했지만 소용없었다. 그는 자신이 자전거를 타지 못하는 이유를 알기 위해 자전거에 대해 연구한다. 그 결과 자전거에 대해 '박사'가 되었다. 그러나 여전히 자전거를 타지 못했다. 주변에서는 그가 자전거를 타지 못한다는 사실을 알지 못했다. 따뷔랭이 연모하는 처녀에게 비밀을 고백하자 그녀는 놀림 받았다고 생각하고 화를 내며 떠났다. 이 상처 때문에 따뷔랭은 끝까지 비밀을 지키기로 결심한다.

따뷔랭은 조신한 간호사와 결혼하여 아이 둘을 낳고 자전거포 주인으로 행복하게 산다. 그러던 어느 날 마을에 이사 와 친구가 된 사진사 피구뉴가 따뷔랭이 따뷔랭 타는 모습을 촬영하고 싶다고 부탁한다. 어떻게든 피하려 했지만 따뷔랭은 결국 사진사가 골라 둔 언덕에 올라 따뷔랭에 몸을 싣는다. 다음 날 신문에는 따뷔랭을 타고 허공을 나는 따뷔랭의 사진이 실린다. 따뷔랭은 크게 다쳐 병원 신세를 졌지만 유명 인사가 된다.

장 자크 상페가 쓴 『자전거포 아저씨 라울 따뷔랭』은 따뷔랭이 피구뉴에게 비밀을 고백하는 장면으로 끝난다. "이 얘기를 진작 했어야 하는 건데… 이건 비밀이오… 날 좀 이해해줘요… 내가 할 줄 모르는 것이 하나 있는데….." 그러면서 따뷔랭은 '별안간 기분이 맑게 개어' 웃는다. 피구뉴도 무슨 말인지 알아듣고 함께 웃는다. 나는 딸이 소개해 주어서 이 책을 읽었다. 다른 독자가 느낀 감동을 나도 똑같이 느꼈을 것이다. 그런데 나는 최근 딸의 책장에서 이 책을 다시 꺼내 다음 구절을 찾아냈다.

(따뷔랭의 아내 마들렌과) 친구로 지내는 한 심리학자는 마들렌에게, 격한 운동이 습관이 된 일부 남성들은 일정한 연령에 다다르면 마지막으로 한 번, 평소의 실력을 능가해 보고 싶다는 강렬한 욕망에 사로잡힌다고 설명해주었다. (중략) 그것은 오히려 건강에 좋은 일이라고까지 했다. 이 최후의 쾌거는 이들에게 우울증이라는 통과 의례를 생략하고도 자신들의 신체적 노쇠를 받아들일 수 있도록 해준다는 것이었다.

그럴까. 내 주변에는 요즘 뼈가 부러지거나 힘줄이 끊어져 깁스를 하고 목발 신세를 지는 분이 적지 않다. 대부분 "족구를 하다가 공을 살려내려고 다리를 뻗었는데…" "등산 가서 바위를 뛰어넘는데…" 몸의 어딘가에서 '뚝!' 하는 소리가 나더라고 했다. 베이비붐 세대의 끝자락을 장식하는 이분들은 따뷔랭처럼 비밀을 숨긴 채 무모한 도전을 하지는 않았을 것이다. 그러나 통과의례는 피할 수 없었나보다.

나도 요즘 '마지막으로 한 번'의 유혹에 시달린다. 나는 지난해 말 아내에게 "마지막으로' 철인삼종경기나 마라톤 풀코스에 한번 나가고 싶다"고 했다. 반응은 좋지 않았다. 그 뒤 상페의 책을 다시 읽었다. 책을 덮자 주변에 널린 정형외과 환자들이 눈에 들어왔고 나의 운동 습관을 돌아보게 됐다. 나의 운동량과 강도는 대학교를 갓 졸업한 젊은이 시절과 다름이 없다. 이대로 가면 깁스와 목발을 피할 수 없으리라.

독자 가운데 '큰 마음 먹고' 운동을 시작한 분이 적지 않을 것이다. 한창때 '날리던' 분도 갑작스럽게 심한 운동을 하면 위험하다. 나이와 몸 상태에 맞게 즐기기 바란다. 마들렌의 친구인 심리학자의 말은 못 믿겠다. 나이 오십 줄에 따뷔랭처럼 만신창이가 된다면 골병이 들면 들었지, 건강에 좋을 리 없다.

협궤열차를 타고 떠나다

2016.03.04.

시인 윤제림과 정광호, 동화작가 백미숙을 지난달* 24일 서울 필동에서 만났다. 1970년대와 1980년대, 그리고 1980년대와 1990년대의 경계를 저마다의 방식으로 가로질러 오늘에 도착한 사람들이다. 잔을 부딪치니 과거는 어제인 듯했고 내일은 이미 본 듯했다. 정광호가 '기시감'이라는 말을 꺼냈다.

"베네치아에 갔을 때의 일이다. 생뚱맞게 학창시절 친구 생각이 나더라. 그 전까지 나는 한 번도 그 친구를 생각한 적이 없다. 5분 뒤 그와 마주쳤다. 그런 경험을 자주 한다."

하지만 이건 기시감이 아니라 신기(神氣)다. '자리' 깔아야 한다. 나는 이스탄불에서 기시감을 경험했다. 아야소피아에 갔을 때, 잘 아는 곳에 오랜만에 간 기분으로 이곳저곳 둘러보았다. 2층에 올라가 대리석 벽에서 뜯

* 2016년 2월.

어낸 십자가의 흔적을 보았을 때, 난간에 기대 1층을 내려다볼 때. 기시감이란 전생(前生)이 현재를 향해 보내는 신호일까. 여러 해 전에 잡학(雜學)에 밝은 친구가 이것저것 묻더니 나의 전생이라며 설명해 주었다.

"네가 마지막 전생에 태어난 곳은 헝가리였어. 서기 800년에 태어났네. 지도를 만들고 점을 치고 별자리를 살피는 사람이었어."

서기 800년이라면 로마의 판노니아 속주가 사라진 지 400년, 마자르족이 오늘날의 헝가리를 세우기 100년 전이다. 판노니아는 훈족이 지배했을 것이다. 한때 일리리아 사람들이 살았고, 켈트족이 종횡무진한 땅이었다고 한다. 이곳에서 지도를 만들고 별자리를 살펴 점을 쳤다면, 나는 어느 인종에 속했을까. 조용히 고향을 떠나 콘스탄티노플까지 갔을까. 거기서 죽었을지도 모른다. 이스탄불에서 오래된 골목을 여럿 기억해 냈으니까. 1200년이나 뒤에.

나는 1층을 내려다보는 대리석 난간에 누군가 못 같은 물건으로 파낸 글자들을 발견했다. 그리스 문자였다. 거기서 아마도 영원한 사랑의 다짐이었을, 징표(♡)를 보았다. 그 징표 앞에서 윤후명의 소설 「누란의 사랑」을 떠올렸다.

그 사랑은 끝났다. 그리고 누란에서 옛 여자 미이라가 발견된 것은 다시 얼마가 지나서였다. 그 미이라를 덮고 있는 붉은 비단 조각에는 '천세불변(千世不變)'이라는 글자가 씌어 있었다. 언제까지나 변치 말자는 그 글자에 나는 가슴이 아팠다.

나는 가끔 주말 오전에 버스를 타고 시내에 나가다가 윤후명을 본다. 2014년 여름, 효자동에서 내린 그가 무언가 골똘히 내려다보았다. 뭘 보는지 궁금했다. 다음 정류장에서 내려 그곳에 가 보았다. 맨홀 뚜껑. 테두리에 'SEOUL METROPOLITAN GOVERNMENT'라고 씌어 있었다. 윤후명은 전생의 추억에 사로잡혔을까. 내가 마지막으로 읽은 그의 소설은 『협궤열차』다. 일 년 전, 회사를 그만둔 후배를 만나 함께 밥을 먹고 이 책을 사 주었다. 그는 남미 여행을 하겠다고 했다. 체 게바라 얘기도 했다. '리얼리스트가 되자. 그러나 불가능한 꿈을 지니자.'

후배는 한동안 '페이스북'을 열심히 했다. 가끔 내가 올린 글과 사진에 흔적도 남겼다. 그가 남긴 마지막 댓글은 '저도요'였다. 그리고 발길이 끊어졌다. 페이스북의 대문을 열어둔 채 조용히 떠난 것이다. 협궤열차를 타고, '빈 조개껍데기 같은 삶과 죽음'의 경계를 넘어. 그는 페이스북 대문에 제 명함을 사진 찍어 걸어 놓았다. 명함에 이렇게 쓰여 있다. '나는 내 삶에서 만난 사람들의 총체다.' 덜컹거리는 협궤열차에 이승의 짐을 들고 탔다면, 가방 속 어딘가 나의 인연도 덜그럭거리고 있을까?

10년 후 IT세상, 우리 삶은 예측불가일까

2016.05.20.

    이 글을 쓰는 시점에서 10년 뒤라면, 2026년 5월 18일이다. 몇 가지는 확신을 할 수 있다. 광주에서는 대통령까지 참석한 자리에서 〈임을 위한 행진곡〉을 '공식적으로' 부를 것이다. 그리고 자기 이익밖에 모르는 장사꾼과 '옛날 사람들'이 멈추어 놓았거나 뒤로 물려놓은 나라와 시민의 살림을 멈추거나 뒤로 물리기 이전으로 회복시키기 위해 수많은 민중이 피땀을 흘리고 있을 것이다.

    하지만 10년 뒤 내가 살아 있을지, 살아 있다면 무슨 일을 하고 있을지, 내 아이들이 공부를 마치고 자신들의 전문분야에서 일을 하고 있을지, 결혼을 해서 아이(나와 아내의 손자, 어쩌면 '아이들')를 낳았을지, 나의 소소한 삶에 대해서는 아무런 예상도 할 수가 없다. 운이 좋다면 강원도 철원 같은 곳에서 산기슭에 달라붙은 작은 밭을 매거나 전라도 어디쯤에서 갯벌을 기어 다니며 조개나 긁고 있을지 모른다. 물론 오래 못 본 친구와 (혹시 있다면) 큰맘 먹고 찾아올 손자들을 기다리겠지.

『10년 후의 일상』이라는 소설집은 제목만으로도 관심을 끈다. 표지에는 작은 초록색 활자로 '인공지능 시대가 낳은 발칙한 IT 엽편소설집'이라는 글귀가 인쇄되어 있다. '엽편소설(葉篇小說 또는 葉片小說)'이란 나뭇잎 한 장에 들어갈 정도로 짧은 소설이다. A4용지 한 쪽 정도라고 생각하면 된다. 손바닥만 한 지면에 실린다고 해서 '장편소설(掌篇小說)'이라고도 한다. 콩트와 비슷한 분량이지만 극적 반전에 초점을 맞춘 콩트에 비해 깊이 있는 삶의 국면을 성찰한다는 점에서 본격 문학의 깊이를 확보한다.

『10년 후의 일상』은 편안하게 읽을 수 있는 소설이다. 소설가가 그리는 10년 후의 일상은 우리 상상력의 범위를 크게 벗어나지 않는다. "그래, 그렇게 될 수도 있겠네" 정도다. 출판사는 책 소개를 이렇게 했다. "이 책은 SF소설은 아니다. SF소설과 IT소설은 과학이 아닌 과학 발전의 예측을 소재로 하고, 허구의 스토리란 점에서 공통점을 가진다. 그러나 SF소설은 아주 먼 미래의 과학 발전을 소재로 하여 보다 자유로운 상상력을 발휘하지만, IT소설은 가까운 미래의 과학 발전 정도를 소재로 해 제한된 상상력을 발휘한다는 점에서 차이가 있다."

몇 곳 맛을 보자. 「0.03%」에서는 직장인 세 명이 바닷가에 있는 바에서 업무 회의를 한다. 사무실은 대부분 사라지고 없다. 회사원들의 스마트폰(아직도 스마트폰을 쓴다!)에 '0.03%'란 숫자가 뜬다. 업무용 프로그램이 직장인들의 회사 기여도를 실시간으로 분석해 알려주는 것이다. 「점심시간」에서는 직장인이 '점심 메뉴 결정 앱'을 사용한다. 「소녀의 기도」에서는 이웃집 소년을 짝사랑하는 소녀가 드론에 선물과 고백 편지를 실어 소년의 집 옥상으로 보낸다. 하지만 드론은 착륙을 거부당한다. 허가받지 않은 드론으로 인한 피해가 많은 시대이기 때문이다. 그리고 197쪽.

이번 '최고의 역사 프로젝트 시행'에 관한 나의 투표는 사표가 됐다. SNS에 내 의사를 명백히 밝히긴 했지만 사실 난 비판만 했지 실천한 것은 없었다. 그동안 나는 현실과 상황에 따라 계속 변해 가는 법만을 탓하고 자신의 의사에 맞는 실천을 하지 않으며 반대 의견인 사람을 비난만 하는 걸 '정당하지 못하다'고 생각했다. 그렇지만 나 역시 내가 비판하던 말뿐인 투쟁가임은 부정할 수가 없다. (중략) 나는 내가 그냥 게으르고 남에게 무심한 이기적인 인간이란 것을 잘 알고 인정할 뿐이다.

소설가는 인공지능이나 IT와 같은 테크놀로지를 부단히 주워섬기지만 소설 속에 독자의 의식을 일깨울만한 충격적인 장면을 매복해 두지는 않았다. 내가 그려보는 10년 뒤의 삶이 현재도 가능하거나 상상할 수 있는 '거기서 거기'이듯이, 소설가가 그리는 미래 역시 시야를 크게 벗어나지 않는다. 그렇다면 인공지능이니 IT니, 심지어 엽편이니 하는 말도 맥거핀(macguffin)일지 모른다. 맥거핀이란 영화에서 극의 초반부에 중요한 것처럼 등장했다가 사라져버리는 '가짜 미끼'다. 소설가가 하고 싶은 말은 따로 있나 보다.

국부마취를 당하고

2019.05.03

소설가 귄터 그라스는 1969년에 『국부마취를 당하고』를 발표했다. 『양철북』(1959)이후 10년 만에 나온 이 작품은 '훗날 소심한 개량주의자로 변신한 젊은 혁명가의 소아적 호전성을 주제로 다룬' 소설로 이해된다. 읽기 쉬운 소설은 아니다. 그라스는 소설을 계획과 논쟁 따위로 채웠다. 셰르바움이란 인물이 나온다. 그는 미국이 베트남에서 네이팜 탄으로 사람들을 불태워 죽이는 데 대한 항의로 반려견을 베를린 중심가에서 불태우려 한다. 여러 인물이 이 계획을 놓고 논쟁한다. 이야기는 셰르바움의 선생인 슈타루쉬가 치과수술을 받으며 의사와 나누는 대화로 이어진다.

이 작품은 미국에서는 찬사를, 독일에서는 비판을 받았다. 『국부마취를 당하고』가 영어로 번역돼 나온 1970년 '뉴욕 타임즈'는 "그라스는 자유주의자의 운명을 어렵게 만드는 저 무능력과 매저키즘과 절망적인 수단들을 가차 없이 조소한다"고 썼다. 하지만 독일에서는 "자의적으로 끼워 맞춘" "작은 산문쪼가리들의 혼합"이라거나 "그라스의 작품이라고 믿지 못하겠다"는 혹평을 들었다. 좌파 평론가들은 그라스가 '68혁명'의 의미와 성격을 축소 · 왜곡했다고 힐난했다.

68혁명은 1968년 5월 3일 프랑스 파리에서 학생들을 중심으로 시작되었다. 파리 낭테르 대학이 학생들과 대립하며 학교를 폐쇄하자 소르본 대학의 학생들이 이에 항의하여 광장으로 진출했다. 파리 학생, 노동자의 시위와 파업은 6월 들어 베를린과 로마로 확산됐다. 더 멀리는 일본과 미국으로 퍼져나갔다. 68혁명은 사회 문화 전반에 걸쳐 큰 변화를 이끌어 냈다. 프랑스에서는 평등, 성해방, 인권, 공동체주의, 생태주의 등 진보적 가치가 종교, 애국주의, 권위에 대한 복종 등 보수적인 가치들을 대체했다. 프랑스 주간지 〈르 누벨 옵세르바퇴르〉는 이 혁명이 지금의 프랑스 사회를 만드는 데 일조했다고 평가했다.

독문학자 김누리는 2000년 9월 독어독문학회지에 발표한 논문 「변증법적 알레고리 소설의 가능성」에서 『국부마취를 당하고』를 천착한다. 그는 "기존의 비평들이 이 소설의 변증법적 인물구성과 알레고리 미학을 충분히 천착 · 규명하지 못한 결과 이 작품에 내장된 미학적 장치와 내재된 정치적 함의를 올바로 파악하지 못했다"고 지적했다. 그가 보기에 『국부마취를 당하고』는 그라스가 전후 독일 사회의 문제를 소재로 쓴 최초의 소설이다. 김누리는 하인츠 루드비히 아놀트를 인용한다. "우리의 현시대와 나란히 설정된 최초의 책이자 평화의 문제들과 씨름한 최초의 시도이다."

그라스가 말하는 '현재의 문제', '평화의 문제'는 무엇인가. 1960년대 후반 독일의 지식인들의 현안은 68혁명의 쟁점들이었다. 그들의 고뇌는 '폭력의 도덕적 정당성'과 '혁명이냐 개혁이냐'하는 변화전략의 문제로 집약

됐다. 『국부마취를 당하고』도 이러한 문제의식 언저리에 놓인다. 김누리
는 이 소설을 68혁명을 다룬 진지한 문학적 탐구로 받아들인다. 그에게
이 소설은 "모순적인 딜레마의 상황 속에서 올바른 정치적 입장을 찾으려
는 한 인물이 앓던 시대적 '통증'의 기록이고, 좌파지식인 내부에서 제기
될 수 있는 모든 입장들을 검토하고 이를 통해 사회적 합의의 가능성을 모
색한 한 지식인의 변증법적 사유의 산물"이다.

브람스를 좋아하세요?

2019.06.21

폴은 서른아홉 살 난 실내장식가다. 어느 일요일 아침 잠에서 깨어 문 아래 놓인 편지를 발견한다. 한때는 '푸른 쪽지'라고도 불린 속달우편. 우편집배원이 밀어 넣고 갔으리라. 거기 이렇게 쓰여 있었다.

"오늘 오후 6시에 플레옐 홀에서 아주 좋은 연주회가 있습니다. 브람스를 좋아하세요?"

폴은 바람둥이 로제와 6년째 연인 관계를 유지하고 있다. 로제에게 완전히 익숙해져 다른 사람을 사랑할 수는 없으리라고 생각한다. 그런 그녀 앞에 스물다섯 살 청년 시몽이 나타난 것이다. 신비로운 분위기에 둘러싸인 몽상가 같은 사나이. 시몽은 폴에게 반해 열정적으로 사랑을 고백한다. 시몽의 애정 공세 앞에서 폴은 불안감과 신선한 호기심을 느낀다. 젊고 순수한 청년 시몽은 그녀를 행복하게 만든다. 그러나 폴이 세월을 통해 깨달은 감정의 덧없음은 시몽의 사랑 앞에서도 그 종말을 예감할 뿐이다.

시몽은 브람스를 좋아하느냐는 물음으로 폴을 콘서트에 초대한다. 초대

장 앞에서 폴은 상념에 젖는다. 전축을 뒤져 브람스의 협주곡을 찾아 듣는
다. 그리고 깨닫는다. 그녀는 자아를 잃어버렸다. 로제를 진정 사랑하기보
다는 사랑한다고 여겼을 뿐인지도 몰랐다. 콘서트홀에서 시몽을 만난 폴이
고백한다. "내가 브람스를 좋아하는지 잘 모르겠어요." 시몽이 대답한다.
"저는 당신이 오실지 안 오실지 확신할 수 없었답니다. 분명히 말씀드리지
만, 당신이 브람스를 좋아하든 좋아하지 않든 제겐 큰 상관이 없어요."

『브람스를 좋아하세요』는 프랑수아즈 사강이 써서 크게 성공한 소설이
다. "인생에 대한 사탕발림 같은 환상을 벗어버리고 냉정하고 담담한 시
선으로 인간의 고독과 사랑의 본질을 그렸다"는 평가에 걸맞게, 작가로서
사강의 본질을 확인하게 해준다. 평단은 사강의 작품에서 '도덕에 얽매이
지 않는 자유로운 감성과 섬세한 심리묘사'를 발견한다. 사강은 1935년
6월 21일 프랑스 카자르크의 부유한 가정에서 태어났다. 열아홉 살이던
1954년 발표한 장편소설 『슬픔이여 안녕』이 세계적인 베스트셀러가 되
면서 단숨에 유럽 문단의 별이 되었다.

어느 인생에나 빛과 그늘이 공존한다. 사강은 결혼과 이혼을 반복했고
사치와 낭비가 심했다. 수면제 과용과 마약 중독, 도박과 경제적 파산을
경험하며 나락을 맛보았다. 마약 복용 혐의로 재판정에 선 그녀는 외쳤다.
"타인에게 피해를 주지 않는 한, 나는 나를 파괴할 권리가 있다." 타인은
나를 동정하고 경멸할 수도 있지만 나의 삶의 방식을 결정하고 강요할 권
리는 없다는 것이다. 사강은 죽음(2004년 9월 24일) 앞에서 말했다. "진정 후
회 없이 신나는 인생을 즐겼다"고.

『브람스를 좋아하세요』에서 시몽은 변호사다. 함께 간 식당에서 포도

주 잔을 앞에 놓고 그가 폴에게 말한다. "저는 당신을 인간으로서의 의무를 다하지 않았다는 이유로 고발합니다. 이 죽음의 이름으로, 사랑을 스쳐 지나가게 한 죄, 행복해야 할 의무를 소홀히 한 죄, 핑계와 편법과 체념으로 살아온 죄로 당신을 고발합니다. 당신에게는 사형을 선고해야 마땅하지만, 고독 형을 선고합니다." 폴은 반박하지 않고 웃으며 말한다. "무시무시한 선고로군요." 그렇다. 무시무시하다.

소설가 조정래와의 대담

2018.06.15.

　　조정래의 『태백산맥』은 우리 분단 문학의 거대한 성과로서 20세기 한국인에게 가장 큰 영향을 미친 소설이다. 이 소설은 두 줄기 시간의 터널을 관통하면서, 우리 분단의식과 역사인식에 근본적인 성찰의 기회를 제공했다. 첫 줄기는 소설의 시대적 배경으로서 한반도가 광복과 분단을 동시에 맞아 남한 정부가 수립되고, 4·3항쟁과 여순사건이 일어난 1948년 10월부터 한국전쟁이 끝나 휴전협정이 조인되는 1953년 10월까지다. 또한 조정래가 이 작품을 쓰고 출간한 1980년대는, 민주주의에 대한 열망과 군사정권의 철권이 격돌하는 시대였다. 조정래는 1983년 〈현대문학〉에 『태백산맥』을 연재하기 시작해 1986년 제1부를 출간했다. 제10부를 내놓아 완간한 해는 1989년이다. 그로부터 한 세대가 지난 지금까지 『태백산맥』의 숨결은 선명하며 작품이 던지는 메시지는 유효하다. 또한 작가 조정래는 원고지의 행간에 안주하지 않고 시대의 교사로서 예언자적 사명에 충실해왔다. 그의 사자후는 매서운 채찍으로, 따뜻한 격려로 우리 사회에 영감을 주었다.

『태백산맥』은 올해로 완간 30년째를 맞았습니다. 연재가 시작되자마자 문단과 독자를 사로잡기 시작해서 여전히 우리의 의식을 지배하고 있는 작품이죠. 이 작품이 한 세대를 지나도록 변함없이 읽히고 의미로 남는 힘은 어디에 있나요.

두 가지겠죠. 첫째 우리 민족의 분단 비극이 계속되고 있는 것, 두 번째는 소설이 추구하고자 하는 진실. 진실이라고 하는 건 변하지 않는 거고 진실은 곧 진리로 가는 길이잖아요. 진리의 불변의 가치와 남북 분단이 계속되고 있는, 두 가지가 합해져서 독자들에게 읽히는 게 아닌가 생각해요.

『태백산맥』의 현재적 가치가 진실의 측면에 있다면, 바꾸어 말해 『태백산맥』을 통해서 규명하고 밝히고자 했던 진실에 대한 작가의 목표와 욕구가 실현되지 않았다고 봐도 옳은가요.

『태백산맥』에서 말하고자 하는 것은 분단 극복을 한 다음 단계로 남북통일을 지향하자는 것이에요. 좌익, 우익, 남북한 다 편들지 않고 중립지대에서 진실을 말하고자 한다는 거죠. 그런데 우리 분단이라고 하는 것이 지금 73년째잖아요. 해방과 함께 와 버린 게 분단이니까. 그리고 6·25 전쟁 이후에 65년. 저 앞의 목표는 통일인데 언제 될지는 아무도 몰라요. 그때까지 『태백산맥』은 살아있을 거예요.

통일이 되면요.

분단된 세월에 대한 비판적 역사가 시작될 거예요. 우리가 분단된 세월은 73년이니 일제강점기의 딱 두 배예요. 일제강점기에 목숨을 바친 독립투사들은 나라를 되찾는 염원 하나였는데 후대들이 잘못해서 분단이 됐잖아요. 여기에 대한 역사적 책임을 묻는 작업이 시작될 겁니다. 그때까지도 내 소설은 살아있을 것입니다. 왜냐면 근본적인 문제를 얘기하고 있기 때문에. 나는 그렇게 생각해요. 작가로서.

최근 남북한 지도자가 만나고 당장 내일이라도 왕래가 가능하고 비무장지대가 해체될 것 같은 기대들을 합니다만 선생님 말씀을 듣다 얼핏 지금 동작동 현충원에 있는 분들과 평양 혁명열사릉에 계신 분들은 통일이 되면 어떻게 되나 하는 막막한 생각이 들었습니다.

막막할 것 없어요. 일제강점기 36년 동안 죽은 사람이 대략 300만 명. 독립을 염원하며 300만 명이 죽어갔는데 분단을 막지 못한 우리의 책임이 있잖아요. 그것을 부인하면 정말 악질이거나 역사에 대한 무책임이거나 무의식일 거예요. 역사와 민족에 대한 무책임 때문에 일어난 일이 6·25예요. 남쪽에서 죽은 만큼 북쪽에서도 죽었어요. 민족 전체가 그 죽음에 대해 참회하고 사죄하는 제사를 지내야 해결할 수 있어요. 그게 통일이에요.

『태백산맥』집필을 1983년에 시작하셨죠. 광주의 상처가 아물지 않은, 군사정권의 서슬이 퍼럴 때.

작가에게는 선도자, 예언자인 부분이 있어요. 현실의 모순과 제약에 저항하고 맞서야 하는 사회적 임무가 주어진 거죠. 광주, 그때는 '사태', 즉 민주화 투쟁이 벌어졌을 때 '어떻게 적을 무찌르라고 국민의 세금을 들인 군대가 국민을 향해 총을 쏠 수 있는가' 이해하기 어려웠죠. 거기에 미국의 묵인이 있었고, 그 묵인 속에 분단을 핑계 삼으면 모든 게 다 해결되는 전두환 정권이 탄생한 겁니다. 이러한 모순을 언제까지 두고 볼 것인가. 아니다, 이제 제대로 써야 한다(고 결심했습니다).

그래도 엄청난 용기가 필요했을 것 같습니다.

당연히 정치적 압력이 오리라고 각오했죠. 그걸(태백산맥) 쓰면서 위궤양에 걸려 위에 구멍이 뚫리기도 했습니다. 국가보안법 위반으로 고소당해 11년 동안 조사를 받았고, 유서를 두 번이나 썼습니다. '내가 갑자기 교통사고나 어떤 이유로 죽으면 나를 고발한 여덟 개 단체가 죽인 것이다'라는…. 이런 각오를 하지 않고는 상황을 돌파할 수 없었고 그걸 각오했기 때문에 『태백산맥』이 30년이 되도록 독자들에게 읽히는 힘이 있지 않나 싶습니다.

『태백산맥』에 등장인물이 300명 이상 나옵니다. 어떻게 이 많은 캐릭터를 창조할 수 있었을까요.

소설은 언어(문자)와의 싸움이면서 인물과의 싸움이죠. 인물을 얼마만큼 개성적이고 능동적이고 입체적으로 그려내느냐에 따라서 소설의 승패가 좌우돼요. 70억 인구가 생김새만 비슷할 뿐 다 다르죠. 그 다름을 파악해내는 것은 작가의 투시력과 관찰력, 그리고 감각이에요. 그것은 말로 되지 않습니다. 끝없는 노력, 재능 더하기 노력.

그중에서 제일 마음에 드는 인물은.

남자로서는 하대치, 여자로서는 외서댁. 그들이 마지막까지 살아남잖아요.

살아남는 걸 가장 가치 있게 보시나요.

수많은 『태백산맥』 연구자들마저도 제게 묻곤 합니다. 주인공이 누구냐고. 힌트를 주자면, 영화의 마지막 장면엔 주인공이 파란만장한 일을 겪고 살아남지 않는가, 마지막에 여섯 명 중에 두 명의 이름이 밝혀지는데 네 명은 그림자처럼 취급해버리고 남자 하나, 여자 하나 …. 역사는 남녀가 함께 짊어지고 가는 것입니다. 실패한 민중을 위한 혁명은 끝없이 되풀이해 다가옵니다. 오늘날의 민주화 투쟁도 결국은 하대치나 외서댁이 추구했던 세계잖아요.

연구자들은 『태백산맥』이 여순사건이나 토지개혁의 실상 같은 것을 처음으로, 그리고 사실적으로 다뤘음을 높이 평가합니다. 이런 사실들을 취재하고 작품화하는 과정이 어떻게 개인적인 차원에서 가능했을까요.

두 가지예요. 첫째 해방공간. 1945년부터 1953년까지 8년은 역사에서 지워지고 없어요. 그걸 연구하면 나처럼 고발당하거나 감옥에 갈 테니까, 모든 연구자들이 기피해요. 그런데 그 8년의 모순을 드러내지 않고는 다음 역사가 이어지지 않아요. 나는 여순사건을 초등학교 1학년 때 겪었어요. (소설에 나오는) 법일 스님은 내 아버지야. (작품 속에) 생김새도 아버지와 똑같이 그려 넣었죠. 역사의 파란을 보통 내 나이 사람들보다 열 배는 심하게 겪었기에 그 이야기가 내 문학의 원형질이 됐죠. 또한 이 인식이 민족 전체를 관통하는 역사의 문제로 연결됐습니다.

『태백산맥』이 묘사한 이념의 불일치, 분단은 엄연히 현실로 우리 앞에 있습니다. 분단의 역사를 왜, 어떻게 기억해야 합니까.

분단은 결코 안 된다고 한 사람이 둘 있어요. 몽양 여운형과 백범 김구 선생. 두 분 다 어떻게 됐어요. 암살당했잖아요. 북쪽에서도 그런 주장을 한 사람은 죽는 거예요. 진실을 말하는 사람들을 제거하고 불의가 지배해온 게 우리 분단의 역사잖아요. 이런 비극을 계속해온 우리가 스스로 사함을 받기 위해서라도 역사는 제대로 책임 있게 봐야 합니다. 남북 정상회담도 모두 마음을 모아 해야죠. 그것이 역사가 현시점에서 요구하는 우리 책무가 아닌가….

언젠가 TV에 출연해서 우리나라의 이념은 공산주의도 자본주의도 아니고 가족주의다. 통일도 이산가족의 하나됨도 필연이라는 취지로 말씀하셨는데요.

6·25의 수많은 문제점과 피해 중의 하나가 이산가족입니다. 이산가족 1000만 명 중에 90%가 세상을 떠났어요. 남북 회담이 잘 되면 제일 먼저 이산가족부터 자유 왕래시켜야 해요. 그들이 살 날이 얼마 남지 않았는데…. 가족이 확대된 공동체가 민족이잖아요.

지금 (남북관계) 어떻게 될 것 같습니까.

잘된다고 생각합시다. 그러면 평화선언을 하지요. 불가침조약하지요. 군축하지요. 자유왕래하지요. 남녀가 결혼하지요. 거기까지. 그러면 그 다음부터는 와르르 통일이 되는 겁니다. 그 세월이 20년이냐 30년이냐 40년이냐 차이만 있을 뿐이에요. 그저께 일(북한이 고위급 회담 연기를 선언한 시점)은 예견된 거예요. '기 싸움'하는 거지요. 잘될 거예요. (우리나라) 매스미디어가 너무 방정맞아. 무슨 일만 있으면 큰일 난 것처럼 난리를 치는데 이건 아니에요. 잘되길 우리가 바라고, 미국과 북한에 압력을 가해 우리 민족 전체가 원하는 것임을 거듭 환기해야 합니다.

대통령이 말한 운전자론, 우리가 계속 핸들을 잡고 갈 수 있을까요.

있죠. 김정은 북한 국무위원장에게도 문 대통령은 우리 동포, 같은 민족이란 말이에요. 도보다리에서 그런 밀담을 할 수 있었던 것도 말이 통하는 민족이기 때문에 가능한 거예요. 굉장히 중요한 거예요. 그리고 처음에 나는 (문 대통령은) 언제 (군사분계선을) 넘어갈 건가 했는데 '지금 넘어가보시죠'라며 손잡고 하는 것은 민족 동질성이 바로 확인이 되는 거예요. 다른 나라 사람이면 절대 그렇게 안 돼요. 누가 먼저랄 것 없이 서로 손을 잡으면서 이끌림, 그게 피의 끌림이라는 거예요. 이론이나 논리로 설명할 수 없는 저절로 되는. 앞으로 문 대통령 사명이 커요. 양쪽으로 서로 믿게 해주는 가교 역할을, 징검다리 역할을 잘 해야 돼요.

모래시계처럼 정해진 시간 안에 해야 되는 것 아닙니까.

이것 보세요. 평창동계올림픽 전에 난리 났었잖아요. 곧 전쟁이 일어나는 것처럼. 그리고 겨우 평창올림픽 마치고 나면 전쟁 터진다고 난리 났었잖아요. 정반대의 일이 벌어지잖아요. 그 짧은 시간 동안 진정성, 진실을 가지면 아무리 큰일도 단시간에 해결할 수 있어요. 자꾸 시비 붙고 속이려고 하기 때문에 오래 끄는 것이지. 도널드 트럼프 미국 대통령도 김 위원장도 진실성 있게 마주 앉으면 다 해결돼요. 그걸 믿어야 되는 거지.

요즘도 원고를 손으로 쓰시고 컴퓨터는 켜고 끄는 것조차 모르신다고 알고 있습니다. 신문이나 뉴스는 따로 챙겨서 보십니까.

그럼요. 신문은 매일 보고 필요한 것들은 언제 필요할지 모르지만 전부 스크랩하죠. 내가 보는 신문은 전부 걸레가 돼 버려요. 중요한 걸다 스크랩해서 날짜 표시하고 하기 때문에. 열심히 보죠.

선생님의 작품에는 꼭 기자가 나옵니다. 기자 캐릭터를 꼭 작품에 넣는 이유는.

(웃으며) 사실과 진실을 운반하는 매개자로서 가장 합리적이잖아요. 설득력 있고.

너무 기자를 좋게 보시는 거 아닌가요.

(정색하며) 열 명이나 스무 명 중에 쓸 만한 기자는 한두 명뿐이에요. 자본에 물들어 재벌과 정부 편만 들고. 내가 쓰는 다음 작품은 주제가 '국민에게 국가란 무엇인가'인데 거기 기자의 역할이 굉장히 크게 나와요. 그런데 열 명 중에 한 명이거나 스무 명 중에 한 명쯤이 괜찮고 나머지는 다 개×끼들이에요. 소설에서 기자 30명, 40명이 하나의 사안을 공동으로 취재합니다. 중요한 사회적 문제죠. 그런데 한 명, 두 명 떨어져 나가고 1년이 지나니 한 명만 남아요. 그 고독한 기자의 모습으로 조명해나가는 이야기입니다. 신랄하게 쓸 거예요. 언론의 적폐에 대해. 입법, 사법, 행정, 재벌, 언론 등 다섯 정치권력이 어떻게 국민을 속이고 유린하고 억압하는가를. 우리는 천 년 동안 물어왔습니다. 국민에게 국가란 무엇인가, 과연 필요한가. 지식인들이, 철학자들이, 사회학자들이 해왔어요. 인생은 무엇인가란 답이 없는 질문처럼. 그 응답을 조정래가 해보겠다는 겁니다.

작품을 쓸 때 취재를 기자 이상으로 하십니다. 작가와 기자의 취재는 어떻게 다를까요.

기자는 5W1H(육하원칙)에 따라 사실만을 전달하죠. 한 줄도 작문이 아니잖아요. 작가는 그게 아닙니다. 취재를 충분히 하되 주인공들을 만들어 그들로 하여금 소화시킴으로써 문학으로 승화시키는, '문학적 거짓말'을 아주 잘 꾸며내야 하죠.

(가브리엘 가르시아) 마르케스는 "저널리즘이 할 수 없는 걸 문학은 할 수 있다"고 했습니다만.

훨씬 더 크게 할 수 있죠. 내가 『태백산맥』에서 한 이야기를 기자들이 한 번이라도 했습니까. 내가 국가보안법을 위반했다고 고발당했을 때 모든 신문이 문제 있는 작품이라고 썼어요. 한 곳만 빼고. 『태백산맥』 문학관에 다 전시돼있어요. 이건 말이 안 됩니다. 그러니까 언론이 하지 못한 것을 소설이 하잖아요. 마르케스가 얘기했어요. 진실을 말하고 정의에 편에 설 용기가 없으면 소설가가 되지 말라고.

그러다 보니 스스로 '글 감옥'을 지었군요. 왜 만들고 왜 들어갔습니까.

소설에 내 살아있는 생각을 바친다는 의미가 매우 크다는 게 첫 번째 이유죠. 두 번째는 소설의 진실은 역사와 현실을 바꿀 수 있다는 확신입니다.

글 감옥에 안 가시고 사업을 하셨으면 큰 돈을 버셨을 거라는 지인들이 계신데요.

(으하하하 웃음)나는 사업을 했으면 진짜 돈을 많이 벌었을 겁니다. 가령 외국에 나가 취재할 때 '저거 하면 되겠다'는 게 눈에 보여. 미국에 갔을 때 식당에 갔는데 탁 눌러서 불을 붙이는 긴 가스 라이터가 있더라고. '아 저거 되겠네' 싶었죠. 그때가 1996년, 1997년…. 그런데 그게 20년, 30년 뒤에 우리나라에 들어와 일반화되더라고. 베트남 하노이에 취재 때문에 갔는데 길거리 식당에 허름한 의자 놓고 먹는 쌀

국수가 맛있어요. 가이드가 말하기를 300가지 쌀로 국수를 만든다고 하는데 그게 다 맛이 다르다는 거예요. '아, 이거 되겠다.' 한국 사람들은 DNA가 쌀이잖아요. 밀가루가 아니고 쌀이잖아요. 이후에 한국에서 베트남 쌀국수 인기가 폭발했잖아요. 집사람(시인 김초혜 씨)이 그래요. '당신은 참 이상한 사람이야. (웃음) 사업 했으면 잘했을 거야'라고.

문학 외적으로 누리는 소소한 즐거움이 있나요.

없어요. 우리는 모두 한 번밖에 못 살잖아요. 그리고 한 가지 일밖에 못 해요. 그 한 가지 일로 세상이 알아줄 만큼, 인정할 만큼 열매를 맺으려면 목숨을 걸고 최선을 다하지 않으면 안 돼요.

그건 너무 가혹한 표본 아닌가요.

인생이란 스스로를 말(馬)로 삼아 끝없이 채찍질하며 달려 나가는 노정입니다. 두 개의 돌덩이를 바꾸어 놓아가면서 건너는 징검다리이기도 하죠. 누가 놓아둔 징검다리가 아닙니다. 거센 물줄기 앞에서 돌 두 개를 바꿔 놓아가는, 얼마나 처절하고 절박한 인생입니까. 수십 번 죽음과 맞닥뜨리지 않고는 노력했다고 말하지 말라-그러한 정신으로 지금까지 해왔습니다. 『태백산맥』을 쓰기 시작했을 때 내 나이 마흔이었습니다. 『아리랑』과 『한강』을 쓰고 나니 육십이 됐어요. 그동안 술 한 잔 안 마셨어요. 왜. 술 마시는 시간이 아까워서. 내가 조계사에 가서 스님들과 신도들을 대상으로 강연을 했어요. "스님들 내 앞에서 면벽참선 3년, 10년 했다고 자랑하지 마시라. 이 속인은 면벽참선 20년을 해서 『태백산맥』, 『아리랑』, 『한강』을 썼다"고. 스님들이 막 박수를 치십디다. 예술의 길이란 게 그런 거요. 예술의 길만 그러하겠는가, 아니죠. 힘이 세다고 하는 표범, 사자가 토끼 한 마리를 사냥하기 위해 혼신의 힘을 다하잖아요. 하물며 인간이….

다른 말씀을 좀 듣죠. 최근 문화계의 '미투' 운동, 어떻게 보시나요.

(큰 한숨)남존여비, 남자중심사회. 이것이 대한민국에 상존해왔어요. 말로만 민주주의고 뒤로는 남자우월. 아니, 우리나라만 그런 게 아니고 정도의 차이가 있을 뿐 전 세계가 똑같아요. 누적돼온 병폐의 문화가 미투로 터진 것은 당연한 일이고, 행위를 잘못한 자들은 당연히 처벌받아야 됩니다. 법적, 도덕적, 양심적 처벌을 받아야 해요. 말이 안 돼. 문학, 예술을 빙자해 그따위 짓을 하고 합리화하려 들고. 절대 용서할 수 없습니다. 난 당당하게 말할 수 있습니다. 어떤 여성이 그러더군요. "지금 발 뻗고 자는 남자는 조정래 딱 한 사람 있다"고요.

노벨상 거론되는 어른도 한 방에 그렇게.

우리 사회의 힘이죠. 우리 사회가 그 정도로 발전한 거예요. 인권의식이 그만큼 발전했다는 거.

그 분을 입에 담기도 싫으신 건가요.

그럼요.

부인과는 캠퍼스 커플로 유명하시죠.

캠퍼스 커플 원조가 우립니다. 그 전에는 그런 이름도 없었어요. 한 20년 전에 만들어진 말이잖아요. 나는 김초혜 선생에게 결혼하자고 할 때 이렇게 말했어요. "우리는 문학하는 장르가 다르기 때문에 결혼할 수 있다"고. 시와 소설이니까요. 만약에 함께 시를 썼거나 소설을 썼으면 서로 비교하게 되니까 누구만 못해 누구만 못해 이렇게 되죠. 다행히 장르가 다르니까 결혼을 했지요. "그러므로 우린 앞으로 평생 죽을 때까지 서로의 세계를 존중하되 간섭하지 말자"고 했고, 그 약속을 지켜왔어요. 서로의 문학을 철저히 옹호해주고 받들어주면서 상대방이 소화할 수 있는 만큼만 지적해요. 그리고 그 이상은 절대 간섭하지 않습니다. 그래서 김초혜는 『사랑굿』을 쓸 수 있었고 조정래는 같은 시기에 『태백산맥』을 썼지요. 내가 『아리랑』을 쓸 때 김초혜는 「어머니」 연작시를 썼습니다. 그렇게 해서 인생을 함께 살아오다 보니까 지금 52년, 52주년이 됐네요.

셰익스피어
&컴퍼니

그림 동화, 숲의 이야기

2019.01.04.

하나우에서 브레멘까지 약 600㎞. 독일 여행안내서는 이 길을 '동화의 길(Maerchen Straße)'이라고 알려준다. 하나우는 그림 형제가 태어난 곳이고 브레멘에는 '브레멘 음악대'의 동상이 있다. 자동차로 달리는 동화의 길은 아름답기 그지없다. '괴테의 길(Goethe Straße)', '낭만의 길(Romantische Straße)', '옛 성의 길(Die Burgenstraße)'과 더불어 손꼽히는 관광 코스다.

하나우를 떠나 브레멘으로 가는 길에 먼저 슈타이나우에 들른다. 그림 형제가 어린 시절을 보낸 곳이다. 해마다 3월부터 12월까지 인형극을 상연한다. 대부분 『그림 동화』를 소재로 만든 작품들이다. 슈타이나우에서 북쪽으로 운전하면 알스펠트가 나온다. 『빨간모자』의 무대다. 그림형제는 카셀에서 가장 오래 살았고 마르부르크대학을 나왔다. 자바부르크는 『잠자는 숲속의 공주』의 배경이 된다.

그림 형제는 야콥 루드비히 카를 그림과 빌헬름 카를 그림을 일컫는다.

1785년 1월 4일에 태어난 야콥이 형이다. 형제는 대학에서 법학을 전공해 괴팅겐에서 교수로 일했다. 둘 다 다재다능했는데 특히 야콥은 근대 게르만 언어학의 개척자로 명성이 높다. 그가 저서인 『독일어 문법(Deutsche Grammatik)』에서 정리한 음운법칙을 '그림의 법칙'이라고 한다. 하지만 형제의 가장 큰 업적은 1812년에 초판을 낸 『그림 동화』로 집약된다.

『그림 동화』의 정확한 제목은 『어린이와 가정을 위한 옛날이야기(Kinder-und Hausmaerchen)』이다. 『개구리 왕』, 『라푼젤』, 『헨젤과 그레텔』, 『신데렐라』, 『빨간 모자』, 『브레멘 음악대』, 『어리석은 한스』, 『백설공주』, 『하멜른의 피리 부는 사나이』, 『털북숭이 공주』, 『양치기 소년』처럼 우리가 아는 독일 동화 대부분을 그림 형제가 정리했다. 이들은 또한 1852년부터 8년에 걸쳐 쓴 『독일어 대사전』 열여섯 권으로 불멸의 업적을 새겼다.

『그림 동화』를 읽다 보면 숲의 한기(寒氣)를 느낀다. 빨간 모자를 쓴 소녀도, 깊이 잠든 공주도 숲속에 있다. 숲은 그림 동화의 고향이자 독일 정서의 근원이다. 『그림 형제의 길』(바다출판사·2015)을 쓴 손관승은 "숲은 게르만족의 정신적 고향"이라고 했다. 유대인에게 사막이 있어 유일신과 성경이 탄생했듯 게르만족의 어둡고 차가운 숲에서 『그림 동화』가 탄생했다는 것이다. 그들에게 숲은 영혼의 고향이자 상상력의 샘, 독일 정신의 뿌리이다.

독일인들은 자신의 정체성을 뼈에 새긴 최초의 역사적 경험도 숲에서 한다. 서기 9년 9월, 게르만 부족들이 니더작센 주와 노르트라인베스트팔렌 주에 걸쳐 있는 토이토부르크 숲(Teutoburger Wald)에서 침략자 로마의 3개 군단을 섬멸했다. 지휘자는 로마인들이 '아르미니우스'라고 부르는 헤르만. 이 전투 이후 로마는 라인강 너머 게르만의 땅을 다시 넘보지 못했다. 헤르만은 불굴의 독일 정신을 상징하는 첫 아이콘이 되었다.

독일은 숲에서 역사와 전설, 무엇보다 자기 자신을 발견하고 간직했다. 그러니 독일인은 숲의 민족이며 독일은 곧 숲이다. 발트.

사진 너머

2018. 12. 01.

김석원은 여러 가지 일을 했다. 약력이 꽤 길다. 중앙대학교 사진학과를 나왔고 같은 학교 대학원에서 석사학위를 받았다. 동국대학교 영화영상제작학과 박사과정을 수료했는데 학위는 숭실대학교 미디어 학과에서 받았다. 논문 제목은 「언캐니 이론으로 본 라제떼의 정신분석학적 연구」이다.

언캐니(uncanny)란 단어는 영어로서 '이상한, 묘한' 등으로 번역된다. 박문각에서 낸 『시사상식사전』은 언캐니를 '낯익은 두려움'으로 정의했다. 이 책은 언캐니를 지그문트 프로이트가 논문에서 사용한 독일어 '운하임리히(unheimlich)'를 영어로 번역한 것이라고 설명한다. 낯익은 두려움은 친밀한 대상으로부터 낯설고 두려운 감정을 느끼는 심리적 공포다. 자신의 영혼을 보거나 기시감을 느끼는 것이 대표적인 사례이다.

영화팬이라면 알프레드 히치콕의 영화 〈새〉를 떠올리면 된다. 주변에서 흔히 보는 갈매기와 까마귀 같은 새들이 어느 순간 구체적인 공포가 되어 들이닥칠 때 인간이 느낌직한 감정. 〈라제떼〉는 크리스 마르케가

1962년에 만든 영화다. 동영상이 아니라 흑백 스틸사진으로 전개되며 내레이션으로 이야기를 진행한다. 훗날 많은 영화감독들에게 영감을 주는 작품으로 영화나 사진 관련 논문에도 반복해 등장하고 있다.

숭실대학교에서 받은 학위로는 양에 차지 않았는지 저자는 고려대학교 영상문화학과에서 다시 박사과정을 수료했다. '왕성한 활동'이라고 부르기에 부족함이 없다. 책도 다섯 권이나 냈다. 김석원은 『사진 너머』를 내면서 쓴 '작가의 말'에서 독자가 자신의 책을 이해하는 데 필요한 일종의 프레임을 정해 준다.

김석원은 사진은 단순한 기록행위가 아니라고 전제한 다음, "예술사진은 어떤 의미가 있는지 사진을 매체로 작업하는 작가들의 작품을 비교하고 검토해서 현대사진의 맥락을 짚어 보고자 했다"고 책을 쓴 목적을 설명한다. 책에 등장한 작가들은 그가 잡지를 비롯해 '외부'에 글을 쓸 때 다른 사람들이다. 그가 쓴 글은 대부분 전시 리뷰와 서문이다.

이 책에서 이야기하는 예술 사진가 열네 명은 관음증, 인간의 감정, 도시와 공간성, 자아와 기억에 대해 말한다. 김석원은 예술 사진가들을 다섯 가지 큰 주제로 묶었는데 여성, 일상, 상상, 문화, 풍경이다. 이 주제 아래 작가들의 작품을 소제목을 정해서 설명했다.

김석원은 "자신의 영역에서 독특한 사진개념을 펼치고 있는 젊은 작가들을 발굴하려고 노력했으며, 작가를 선정하는 문제에 있어서 출신학교와 학력에 대한 문제는 배제시키고, 특정한 주제 의식, 장르에 치우치지 않는 최대한 다양한 담론을 형성하는 작가를 언급하고자 했다"고 적었다.

결코 읽기 좋은 문장은 아니다. "인간은 누구나 자신이 살아온 인생과 연결된 중요한 기억들이 남아 있다"(136쪽), "그의 이론에 따르면, 모든 아이들이 느끼는 성욕은 특정부위에서 느끼는 리비도 단계를 거쳐서 성장한다고 주장한다"(152쪽)와 같이 주어와 술어가 맞지 않는 비문도 적지 않게 보인다. 그러나 저자가 언어의 예술가는 아니라는 점을 이해한다. 굳이 언짢아하며 책을 파헤칠 필요까지는 없지 않은가.

사진은 말하기의 예술이다. 또한 우리의 언어는 말할 때와 글자로 적을 때가 대개는 똑같지 않다. 김석원은 뛰어난 동시통역사 또는 복화술사로서 사진예술의 심리 영역을 들춰 보이는 수완을 발휘한다.

"'독서의 계절'에서는 화면의 앞쪽에는 의자에 앉아서 한 남학생이 새끼손가락을 깨물고 에드거 앨런 포우의 '우울과 몽상'을 읽고 있다. 얼굴 표정과 손동작을 유추해 보면 책의 내용이 이해가 가지 않은 것처럼 보인다. 작가의 말'해' 의하면 '어린 시절에 이해가 되지 않은 책을 읽었던 기억을 구체화한 것'이라고 한다. 오른쪽 화면에는 안경을 쓴 남학생이 창문을 쳐다보고 있다. 그 학생의 손에 들려있는 책은 랭보의 『지옥에서 보낸 한 철』이라는 책이다."

읽기 괴로운 문장이다. 오자도 보인다. 그러나 달을 가리키는데 손끝을 보지는 말자.* 저자는 우리가 사진을 충분히 이해할 수 있도록 세심하게 설명하고 있지 않은가. 사진의 세계는 우리 정신의 한가운데다. 우리는 로캉댕처럼 구토를 넘기면서 삶의 진공 속을 허우적거리고 있다. 여기서 문

---

* 그러나 잔망스런 손짓 한 번이 모든 것을 망치는 경우도 자주 있다. 경계를 풀 수는 없다는 뜻이다.

득, 그의 박사학위 논문에 등장하는 영화를 떠올린다.

〈라제떼〉의 감독은 왜 주인공의 서사를 사진으로 표현했을까. 사진은 정지된 장면이 응축된 시간이다. 관객은 스크린 속의 사진을 보면서 주인공의 목소리를 포기하고 표정에 주목할 것이다. 사진은 오롯이 메타포가 된다.

28분짜리 영화의 앞부분에 "기억을 부르는 것은 일상이 아니다. 그것은 기억의 상처가 요동칠 때만 가능하다"는 내레이션이 등장한다. 기억의 상처는 곧 트라우마다. 트라우마는 기억이 포착한 과거의 흔적, 기억이 찍어둔 사진이다. 기억은 일부러 지우려는 순간 왜곡돼 버린다. 왜곡돼 버린 기억은 마침내 무엇으로 남는가.

김미경, 『그림 속에 너를 숨겨 놓았다』

2018.11.18.

김미경은 여러 가지 일을 했다. 오랫동안 〈한겨레신문〉에서 기자로 일했고 미국 뉴욕의 한국문화원 직원, 아름다운재단 사무총장을 지냈다. 월급생활자로 지낸 세월이 27년이다. 그러던 그가 '전업 화가'가 되어 전시를 하고 책도 써낸다. 지금 김미경은 화가다.

그가 그림을 그리게 된 과정이 2015년 2월 24일자 〈아시아경제〉에 실렸다. 김미경은 첫 전시를 하면서 〈아시아경제〉 문화부에서 미술·전시를 취재하던 오진희 기자와 대담했다. 이 인터뷰에 따르면, 그는 〈한겨레신문〉에서 일할 때 만평가 박재동이 만든 사내 그림반에서 그림을 그리기 시작했다.

"당시엔 정말 못 그렸다."

김미경은 박 화백의 칭찬에 용기를 얻어 그리기를 멈추지 않았다. 뉴욕에서 지낸 7년 동안에는 뉴욕현대미술관(MOMA)과 첼시갤러리를 가게 드나들듯 다녔다. 그림을 엄청나게 많이 봤고, 화가 친구들도 많았다. 그때

까진 '먼 훗날 화가가 될 테야'라고만 속으로 생각했지, 정말 전업화가가 될 각오는 없었다. 그런데 다시 한국으로 돌아와 서촌을 만났을 때 그림을 그리지 않고서는 살 수가 없다는 기분에 휩싸였다.

김미경은 대학시절 서촌에서 잠시 자취를 했다. 그때는 낡고 세련되지 못한 동네라고 생각했다. 하지만 미국에서 돌아와 보니 놀라움 그 자체였다. 감나무, 집들, 오래된 책방, 정선이 그린 많은 장소들과 골목길, 인왕산이 모두 새롭게 다가왔다. 한 시민단체에서 연 미술교실에 들어가 다시 그리기를 훈련하면서 아름다운 서촌을 다 담고 싶었다. '페이스북에 그림을 올렸고, 응원의 소리들이 커졌다.'

"동네 주민들이 자기네 옥상에 와서 그리라고 댓글을 달아줬고, 서촌뿐 아니라 북촌, 용산, 지방에서까지 자신들이 있는 곳으로 와서 그려 달라고 해줬다. 사람들은 자신과 관련 있는 이야기가 있는 그림을 참 좋아하더라."

오진희 기자는 당시의 김미경을 깔끔하게 점묘해 나갔다. '생생한 서촌의 길거리·옥상 화가가 되면서 그에게는 그림만큼 소중한 인연이 많아졌다. 길에서 그리고 있을 때면 매실차나 쑥떡, 한과 등을 내놓는 인심 좋은 이웃사촌들, 서촌지역문화 살리기를 위해 함께 손 잡아 달라는 주민들이다. 옥상에서는 빨래 널러 온 이들, 기와집을 수리하는 목수와 미장이를 가까이서 보고 슬쩍슬쩍 눈도 마주친다….'

김미경이 새로 낸, 화가의 세 번째 책 제목은 그의 그림과 언어가 그렇듯 진솔함을 담았다. 『그림 속에 너를 숨겨 놓았다』. 제목을 정한 사연을 그의 글에서 짐작한다.

"동네 한 모자 집 간판에 '나는 아직도 너를 내 시 속에 숨겨놓았다(I still hide you in my poetry)'라는 문구가 붙어 있었다. (중략) 좋아하는 마음을, 열정을, 그림 어딘가에 꽁꽁 숨겨 놓는 재미가 솔찬하다. 처음 그림을 그리기 시작할 때부터의 기억을 더듬다가 무릎을 탁 쳤다. 그렇구나! 좋아하는 사람이, 좋아하는 사람과의 기억이, 추억이, 나를 그리게 하는구나! 좋아하는 사물들이, 좋아하는 사람들이 나를 그리게 하고, 그리다 보면 점점 더 좋아지기도 하는구나!"(61쪽)

책을 먼저 읽은 독자들, 김미경의 그림에 반한 사람들의 공감은 같은 샘에서 우러나고 있다. 예를 들어 우리 시대의 대가수 양희은은 이렇게 썼다.

"김미경 작가가 그리는 모든 풍경이 20대 내 눈에 담았던 것과 같다. 암수술 후 몇 발짝 떼는 연습을 한 곳도 옥인아파트 옥상이어서 서촌의 지붕들이 그림처럼 내려다 보였다. 나의 어린 날을 가슴에 들여놓고 싶어서 그림을 가졌다. 현관과 거실에 걸어놓고 하루에도 여러 번 눈길을 준다. 아련하면서도 애틋한 내 청춘, 기댈 곳 없던 가여운 나를 안아준다!"

출판사에서는 이 책을 '가난하더라도 하고 싶은 일을 하면서 행복하게 살기로 마음먹고 화가의 길을 선택한' 서촌 옥상화가의 '그림 작황 보고서', '그림 성장 에세이'라고 표현했다.

"오랫동안 가슴에 품었던 '무엇으로 그림을 그리는가?'라는 질문에 '그리움' '시간' '추억' '꽃과 나무' '자유' '몸'이라 답을 내놓고 지난 5년간의 이야기를 풀어놓았다. 어쩌다 옥상에서 그림을 그리게 되었는지, 좋아하는 사람과 그 기억, 추억과 사물, 그리고 자연이 훌륭한 동기부여가 되었음을, 딸과 함께 나눈 정치, 사회, 페미니즘 이야기가 그림에 어떻게 녹아들었는지, 미술 대학을 나오지 않고도 화가로 살아갈 수 있었던 구체적인 과정과 자유와 꿈, 기쁨 등 (후략)"

서촌은 나의 거처에서 멀지 않다. 인왕산 길을 걷다가 수성계곡으로 내려가거나, 커피나 포도주 마실 약속을 하고 골목을 걷다가 김미경을 마주칠 때도 있다. 나는 화가를 알지만 화가는 나를 모르니까 재빨리 기억 속에 쟁여 두고 지나친다. 그는 카페 테라스에서 커피를 마시거나 누군가와 함께 걷는다. 내가 볼 때는 늘 웃고 있었다.

〈아라비아의 로렌스〉

2017.06.13.

　〈아라비아의 로렌스〉는 1962년에 나온 영국 영화다. 감독은 데이비드 린. 제1차 세계 대전 기간 동안 아라비아에서 활동한 실존인물 토머스 에드워드 로렌스(1888~1935)를 주인공으로 삼아 대배우 피터 오툴에게 그 역할을 맡겼다. 수에즈 운하의 지배권을 놓고 영국과 터키가 맞선 상황에서 로렌스 중위가 아랍부족을 연합하여 터키 군을 무찌른다는 내용이다.

　70㎜ 와이드 스크린에 구현한 광활한 사막의 풍경은 영화사에 길이 남을 명장면이다. 로렌스의 친구 알리 역의 오마 샤리프, 아우다 역의 안소니 퀸, 파이잘 왕자 역의 알렉 기네스 등 한 시대를 장식한 스타들이 등장한다. 1989년에 재복원한 작품의 러닝타임은 216분. 마틴 스콜세지 감독은 "내 영화 인생에서 경험한 가장 아름다운 작품"이라고 격찬했다.

　로렌스는 1910년 옥스퍼드 대학교를 졸업한 뒤 대영박물관의 탐험대에 참가하여 1910년부터 1914년까지 아라비아와 시리아 지역을 조사했다. 이때 아랍에 대해 애정을 느꼈다고 한다. 제1차 세계대전 때는 정보

장교로 참전했다. '아라비아의 로렌스'라는 존칭이 아랍에 대한 그의 헌신을 집약한다. 그는 1935년 5월 12일 오토바이 사고로 죽었다.

영화는 아주 복잡미묘하다. 린 감독은 주인공 로렌스의 성격이나 심리의 기복을 매우 세밀하게 묘사하고 있다. 로렌스를 다루는 안목은 이중적이다. 그를 영웅화하는 한편 편집증적 면모를 보여주기도 한다. 또한 린 감독은 영화에 아랍민족을 바라보는 서구인의 두 가지 관점을 모두 담고 있다. 하나는 오리엔탈리즘, 하나는 로렌스가 보여주는 공감과 이해다.

시대적 배경을 염두에 두고 영화를 포괄적으로 이해하려면 후세인-맥마흔 서한(Hussein-McMahon Correspondence), 사이크스-피코 협정(Sykes-Picot Agreement)과 밸푸어 선언(Balfour Declaration)을 기억해야 한다. 유럽 제국의 이해에 따라 상호 모순적으로 설치된 장치들로서 오늘날 팔레스타인의 불행을 초래했기 때문이다.

후세인-맥마흔 서한은 영국의 이집트 주재 고등판무관 헨리 맥마흔이 아랍 지도자 알리 빈 후세인에게 제1차 세계 대전 중인 1915년 1월부터 1916년 3월까지 열 차례에 걸쳐서 전달한 전시외교정책에 관련한 서한이다. 오스만 제국의 영토인 팔레스타인에 아랍인들의 국가를 세우는 데 찬성한다는 내용을 담고 있다.

사이크스-피코 협정은 1916년 5월 9일 영국과 프랑스가 제정 러시아의 동의 아래 맺은 비밀협정으로 오스만 투르크의 분할을 결정하고 있다. 제1차 세계대전 이후 협상국이 오스만 제국을 격파한 이후 중동의 세력권을 나누기 위한 협정이다. 투르크의 영토였던 시리아·이라크·레바논·팔레스타인을 프랑스와 영국 관할지역으로 분할한다는 내용이다.

영국 외무장관 아서 제임스 밸푸어가 1917년 11월 2일 영국계 유대인 지도자인 라이어널 월터 로스차일드에게 보낸 서한 형식으로 이루어진 밸푸어 선언은 "팔레스타인에 유대인을 위한 민족국가 수립을 지지한다"는 내용을 담았다. 그런데 이 선언은 후세인-맥마흔 서한과 정면으로 대립한다. (『죽기 전에 꼭 알아야 할 세계 역사 1001 Days』, 마로니에북스)

영화만으로는 이러한 역사적 맥락을 이해하는 데 충분하지 않다. 로렌스를 중심으로 한 영웅 담론과 오리엔탈리즘이라는 한계는 영화를 수용자의 입장에 따라 단면적으로 이해하게 만든다. 그렇기에 미국의 국제분쟁 전문 기자 겸 작가 스캇 앤더슨이 지은 책 『아라비아의 로렌스』(글항아리)는 로렌스를 입체적으로 이해하는 데 매우 유용하다.

앤더슨은 주인공 로렌스 외에 중동을 둘러싼 열강들의 이해관계를 대변하는 인물 세 명을 동원해 당시의 중동 정세를 재구성한다. 이집트 카이로 주재 독일 대사관에서 일한 쿠르트 프뤼퍼, 루마니아 출신의 유대인 시온주의자 아론 아론손, 중동의 유전을 노린 미국의 스탠더드오일이 비밀리에 파견한 윌리엄 예일이 그들이다.

작가는 네 젊은이의 이야기를 중심으로 중동이 갈등과 혼돈에 이르게 된 과정을 보여준다. 서구 중심적 시선이라는 비판을 받은 영화의 약점을 의식하고 상황을 객관적으로 바라보고 이해하려는 노력이 곳곳에서 드러난다. 추천사를 쓴 세바스찬 융거는 "아라비아의 로렌스가 전쟁의 개념을 새로 쓴 인물이라면, 스콧 앤더슨은 로렌스를 새로 쓴 사람"이라고 했다.

시인이 쓴 동화, 『거북이는 오늘도 지각이다』

2018.10.13

시인 윤제림은 걷기를 좋아한다. 그는 2016년 7월 1일부터 매주 〈아시아경제〉에 원고지 열두 장씩 칼럼을 쓸 때 대문을 '행인일기'라고 손수 지어 걸었다. 대학에서 학생들을 가르치는 그는 방학을 맞으면 곧잘 히말라야를 찾아간다. 거기서 고산증 때문에 숨을 헐떡이면서도 마냥 걷는다. 그가 산티아고 길을 걸었다는 얘기는 아직 듣지 못했다. 언젠가는 걸을지도 모르지만 그는 이미 인생의 기나긴 길을 걷기로 작정하고 행동으로 옮기고 있다.

인생사 길을 걸으며 윤제림은 무엇을 할까. 뛰어난 관찰자인 그는 이것저것 살피고 느낄 것이다. 그런데 그의 여러 감각기관 중에서 가장 중요한 기능을 하는 곳은 귀다. 그는 큼지막하면서도 잘생긴 귀를 기울여 열심히 듣는다. 그 다음은?

내 받아쓰기 공책을 보고
바람과 나무, 아이와 노인,
귀신과 저승사자 모두
한마디씩 하고 간다,
"내가 이렇게 말했나?"
"내 이야기는 이게 아닌데."
"잘못 들었군."

귀가 어두워져서 걱정이다.

　－「자서(自序)」

　그렇다. 시집『그는 걸어서 온다』에 실린 이 시에서처럼 윤제림은 듣고, 받아 적는다. 그는 2015년 봄에『고물과 보물』이라는 책을 냈다. 사물에 대한 산문을 모았다. 이때 윤제림은 산문을 통해 사물에 대한 인식을 드러내면서, '물활론'을 말했다. 그는 책의 서문에 쓰기를 "그것들이 말했다"고 했다. 그러므로 "내 글쓰기는 '받아쓰기'다. 사람, 짐승, 식물이 나에게 대신 말해달라고 외치고 떠들고 속삭인다. 그래서 감각기관 중에 귀가 가장 중요하다"는 말은 완전히 사실이다.

　그에게 사물과 인생은 산문으로만 말하지 않는다. 인생의 여러 국면은 그에게 시와 산문으로 나누어 받아 적게 한다. 시로 받아 적을 때 그의 이름은 윤제림이지만 산문으로 받아 적을 때는 윤준호가 된다. 그래서『고물과 보물』의 지은이는 윤준호다.

동시는 윤제림의 세 번째 글쓰기 방식이다. 윤제림을 동시 쓰는 사람으로 아는 독자는 많지 않다. 그러나 윤제림은 시인의 관을 쓰기 전에 동시로 먼저 문단에 거처를 마련했다. 1987년 봄과 가을에 동시와 시로 각각 등단한 것이다. 한 시대를 수놓은 동화작가 정채봉의 예에서 보듯 뛰어난 산문가는 좋은 시인일 수밖에 없다. 그리고 좋은 시인이 투명한 영혼의 소유자일 때 아름다운 동시를 쓰지 않을 수 없을 것이다. 위에 인용한 윤제림 시인의 '자서'는 윤준호가 낸 산문집의 서문 '그것들이 말했다'를 시로 쓴 것과 같다. 동시집 『거북이는 오늘도 지각이다』를 내면서도 윤제림은 거듭 고백한다.

> 귀가 조금 큰 편이라서 그럴까요. 남의 소리를 잘 듣습니다. 잘 들어 주니까, 바위와 나무가 말을 걸어옵니다. 꽃과 구름이 비밀을 털어놓습니다. 귀신이 와서 수다를 떱니다. 강아지와 고양이가 고민을 늘어놓습니다. … 물론, 잘못 알아들을 때도 많습니다. 꽃 이름을 혼동하기도 하고, 새의 울음을 노래로 착각하기도 합니다. 반대로 기억하기도 하고, 중요한 대목을 빼먹기도 합니다. 안과 밖을 곧잘 뒤집고, 머리와 꼬리를 바꿔 놓습니다.

동시집을 낸 출판사(문학동네)에서는 소개글에 쓰기를 "그의 시가 우리에게 평화롭고 완전무결한 태곳적의 감정을 환기한다면 '자연'과 '아이'의 비밀스러운 그 말들을 유심히 듣고 그대로 적으려고 노력했기 때문일 것이다. 그러나 그는 가끔 그들의 이야기를 잘못 알아듣는다. 그로 인해 생기는 틈과 자리바꿈이 깊이와 웃음을 만들어 낸다"고 했다.

　사실 '그대로 적는다'는 행위는 (노력이야 할 수 있지만 사실은) 불가능에 가까운 시도다. 한 사람의 세계관과 인간관, 심성과 본능이 끼어들어 다채로운 언어의 무지개를 만들어내기 때문이다. 이때 윤제림은 자기 몸무게보다 훨씬 무겁고 큰 확성기가 되어 세상의 속삭임을 전해준다. 그가 넘나드는 여러 장르는 그가 사는 인생 마을의 크고 작은 골목길들이다. 그래서 저 자서의 세계는 윤제림이 지켜가는 받아쓰기의 세계로부터 멀지 않다. 온전한 문학의 언어로 지켜나가는 순정한 정서, 따뜻한 영혼의 공간으로 독자를 안내한다. 그곳은 이런 곳이다.

　　　　물 구름 나무 의좋게 모여 사는
　　　　강마을에선
　　　　하늘도 되고 강물도 되고 싶은 산들이
　　　　하늘도 되고 강물도 되는 게
　　　　보인답니다.

　　　　파란 햇살 머금고 파랗게 솟는 봉우리
　　　　푸른 강물 마시고 푸르게 흐르는 산자락
　　　　휘이휘이 삐이삐이
　　　　휘파람 부는 저녁 산.

　　　　-「물 구름 나무 모여 사는 강마을에선」 일부

'구름처럼 높아지고 싶은 강물은 나무를 타고 하늘로 오르고, 헤엄치는 강물이 되고픈 까만 먹장구름은 초록 빛깔 아름다운 장대비로 내려와 흐른다. 오랜 시간을 두고 일어나는 자연의 순환을 알아차릴 수 있을 만큼 고요하고, 땅에선 하늘로, 하늘에선 땅으로 가고 싶어 하는 마음을 알아차릴 수 있을 만큼 여유로운 마을.'

윤제림이 쓴 동시 속에는 마음들이 모인 작은 마을이 나온다. 그곳은 "꽃집 미니 트럭은 지금 막 문을 연 약국 앞에서, / 퀵 서비스 오토바이는 / 아이들로 붐비는 문구점 앞에서, / 속셈 학원 버스는 길 건너 정류장 시내버스 뒤에서, / 암탉 한 마리가 그려진 치킨집 꼬마 자동차는 / 골목 끝에서 // 사람 하나씩 조심스럽게 내려놓고 / 가려던 길을 가거나 / 왔던 길을 되돌아"가는 눈 온 날 아침의 등굣길 풍경(「아침 배달」)이 있는 곳이다. 이곳에서 자란 동심은 장차 어른이 되어 윤제림이 쓴 시집 속에서 우리를 맞는다. 예컨대 「한여름 밤의 사랑노래」 같은 작품들이다. 여기에도 마을이 있고 동심이 있고, 사무치는 사랑이, 그리고 지극한 삶이 있다.

산장여관 입구에도 매표소 광장에도
학소대에도 선녀탕에도
오늘은 어제보다 더 많은 별이 떴다.

막차마저 놓쳤는지 이십 리 길을 그냥 걸어들어온
가난한 연인들과 민박집 주인 여자의
숙박비 흥정이 길어지고 있을 뿐

산속 피서지의 밤은 대체로 평화롭다.

제아무리 잘 된 영화래봤자
별 다섯 개가 고작인데,
우리들 머리위엔
벌써 수천의 별들이 떴다.

골프가 가르쳐주는 인생

2014.08.11.

골프 칼럼니스트 제임스 도드슨. 그가 쓴 『마지막 라운드』를 읽었을 때, 아들에게 골프를 가르쳐야겠다고 생각했다. 골프채를 사주고 레슨도 받게 해주겠다고 제안했다. 아들은 싫다고 했다. 녀석은 이 무렵 청소년기였다. 내가 동네 공터에서 아들이 던지는 야구공을 마지막으로 받은 지 여러 해가 지났다. 동네 초등학교 농구장에서 일대일 내기를 하거나 가끔 낚시를 함께 하는 정도였다. 나는 책을 아들에게 주면서 "한번 읽어보라"고 했다.

『마지막 라운드』는 논픽션이다. 1999년에 번역본이 나왔다. 줄거리는 간단하다. '나'는 아버지가 여든이 되었을 때, 영국으로 골프 순례를 함께 떠나기로 했다. 그러나 아버지는 말기 암을 앓고 있다. 아버지는 여행을 앞두고 조건을 제시했다. 불평하지도, 피곤해하지도 말고 즐겁게 공을 치자고. "어쨌든 한 수 가르쳐 주마. 너는 싫든 좋든 나를 기억할 테니까." 이 여행을 통해 아들은 인생의 진정한 의미와 깊은 사랑을 깨닫는다.

책은 도드슨이 아버지에게 크리스마스 선물로 새 골프 클럽을 보냈다는 문장으로 시작된다. 두 주일 뒤 클럽 세트가 돌아왔다. 손자 둘에게 골프 클럽을 사주라는 메시지, 그리고 1,000달러와 함께. 책 끝부분에서, 도드슨은 골프 용품점에 들러 아버지가 사용하던 낡은 아이언 세트의 손잡이를 바꾸어 달라고 주문한다. 가슴 뭉클한 수미상응(首尾相應)이다.

스포츠인이라면 누구라도 그렇듯, 도드슨도 골프를 자주 인생에 비유한다. "누구에게나 재기할 기회, 새 출발이 필요하다. 우리가 골프를 좋아하는 이유도 여기에 있다. 매번의 라운드는 모든 일을 끝까지 바르게 하기 위해 재기할 기회를 부여받는 것과 같다." 그리고 골프는 가끔 인생의 본보기가 된다.

가장 인상적인 부분. 부자는 추첨으로 라운드 기회를 주는 세인트앤드루스 올드 코스에서, 캐디를 사서 편법으로 공을 치고 싶은 유혹을 뿌리치고 상상의 라운드를 즐긴다. 아버지는 아들을 달래면서 이렇게 말한다.

"룰을 깨면서까지 올드 코스에서 플레이하는 게 옳다고 생각하니? 룰대로 하면서 플레이를 못하는 사람도 생각해야지."

바람이 레프트에서 라이트로 붑니다

2014.11.04.

　미하엘 오거스틴은 독일의 브레멘에 사는 시인이다. 뤼베크 태생으로 나의 스승 가운데 한 분이신 박제천 시인과 친구다. 두 분은 1984년 미국 아이오와에서 열린 국제창작프로그램(IWP) 행사에서 만났다. 박제천 시인은 "술꾼들끼리는 서로 통하는 법"이라고 했다. 나는 박제천 시인을 인연의 고리로 삼아 오거스틴 시인을 알게 됐다. 그는 "박제천 시인은 나의 형제"라고 했다.

　오거스틴 시인의 시집을 두 권 가지고 있다. 동양 문화에 관심이 많은 그는 하이쿠(俳句)를 여러 편 쓰기도 했다. 하이쿠는 5, 7, 5의 3구(句) 17자(字)로 이루어지는 일본 고유의 단시(短詩)이다. 매우 적은 언어를 사용하며 표현은 암시적이지만 단정하면서도 짜릿하다. 요사 부손(與謝 蕪村)이 "나는 떠나고 그대는 남으니 두 번의 가을이 찾아오네" 같은 하이쿠로 지어낸 우주는 이 계절의 정서를 사로잡는다. 오거스틴 시인의 하이쿠는 맛이 다르다. 그는 "새벽에 홀로 깨어 코 고는 베개를 시샘한다"와 같은 하이쿠를 썼다.

오거스틴 시인은 지난 1일* 뮌헨에서 열린 시낭송회에 참가했다. 나는 행사 사진을 보고 놀랐다. 그가 입은 티셔츠 가슴에 '하늘을 우러러 한 점 부끄럼 없기를'이라는 한국어 글귀가 씌어 있었다. 나는 "티셔츠 가슴에 한국어가 씌어 있다. 어디서 구한 옷이냐"고 인터넷 메신저를 사용해 물었다. 그는 서울에서 구했다고 짧게 대답한 다음 "이 글귀는 시이거나 최소한 시의 일부분일 것 같다"고 했다. 나는 윤동주 시인이 쓴 「서시(序詩)」의 첫줄이라고 알려주었다.

오거스틴 시인은 어떻게 티셔츠 가슴에 쓰인 글귀가 시이거나 시의 일부분일 것이라고 짐작했을까. 누군가 말해 주었을까. 아니면 시인다운 직감이었을까. 어느 쪽이든, 나는 한글의 아름다움이 오거스틴 시인을 매혹했으리라 짐작한다. 그러므로 가슴에 한글을 새긴 티셔츠를 시를 낭송할 때 입어도 좋겠다고 생각했을 것이다. 사실 문자는 생각을 담는 그릇이지만 그 자체로서 빛을 내며 새로운 의미와 이미지를 창조해 내기도 한다.

우리가 지금 사용하는 한글은 세종대왕이 창제하였을 때에 비하면 반편이다. 「훈민정음」은 창제 당시에 다양한 소리값과 높낮이를 가지고 세상의 모든 언어를 표현할 수 있었다고 한다. 순경음 비읍(ㅸ)을 우리가 아직도 사용한다면, 경상도나 함경도 사람들이 "어어, 추버"라고 하거나 "어어, 더버"라고 할 때 내는 소리가 서울 사람이 발음하는 '비읍' 소리와 다르다는 사실을 알고 '더버'나 '추버'라고 표기했을 것이다. '시옷'과 '지읒'

* 2014년 11월.

사이 어딘가에 있는 '여린시옷(ㅿ)'은 어린이들의 혀 밑을 수술 칼로 베지 않아도 영어 발음을 세련되게 할 수 있도록 도와주었을 것이다.

우리 가운데 상당수가 우리글에 대해 잘 모른다. 훈민정음의 창제과정에 대해서도 마찬가지다. 최근 정찬주 소설가가 소설 『천강에 비친 달』에서 훈민정음을 창제하는 데 조선 초 최고의 산스크리트어 전문가였던 신미스님이 크게 기여했다는 주장을 했다. '상당한 논란을 빚겠구나' 싶었지만 의외로 조용했다.** 논쟁은 관심과 집착의 산물이다. 우리글은 논쟁거리가 될 만한 관심조차 끌지 못하고 있는 게 아닐까.

스포츠 언론 분야는 외국어(주로 영어)가 지배하는 세계다. 현지어(?)를 사용해야 수준을 보장받는다고 생각하는 종사자들이 적지 않다. 기자들은 영국에서 벌어지는 골프 대회가 '디 오픈'인지 '브리티시 오픈'인지를 놓고 말다툼한다. '로케이션(location)'이나 '커맨드(command)' 없이 야구 투수의 능력을 설명하지 못한다. 몇 해 전 골프 중계를 보다 해설자가 "바람이 레프트에서 라이트로 붑니다"라고 하는 말을 듣고 식은땀을 흘린 적도 있다. '바람'을 '윈드'라고 하지 않아 고마웠다.

** 이로부터 5년이나 지난 2019년 7월에 같은 주장을 담은 영화 〈나랏말싸미〉가 개봉되자 "역사를 왜곡했다"는 비판을 받으면서 논쟁이 뜨거워졌다.

루드비히 비트겐슈타인

2019.04.26

2019년은 철학자 루드비히 비트겐슈타인의 탄생 130주년. 비트겐슈타인은 1889년 4월 26일 오스트리아의 빈에서 태어났다. 제철사업으로 성공한 아버지 슬하에서 자란 '금수저'다. 그의 집엔 교양과 품위가 넘쳐서, 요하네스 브람스나 구스타프 말러 같은 예술가들이 일상처럼 드나들었다고도 한다. 비트겐슈타인의 생애는 몇 가지 인연으로 해서 아돌프 히틀러와 연결된다. 히틀러는 비트겐슈타인보다 일주일 앞서 태어났고(4월 20일) 린츠에 있는 국립실업학교(레알슐레)에서 함께 공부했다. 히틀러는 성적이 나빴고, 비트겐슈타인과 동갑이었지만 두 학년 아래였다.

히틀러의 유대인에 대한 혐오가 비트겐슈타인에게서 느낀 열등감 때문이라는 주장도 있다. 그러나 둘 사이에 각별한 인연을 짐작하게 하는 에피소드 따위는 없다. 다만 비트겐슈타인과 히틀러가 함께 나온 사진이 전할 뿐이다. 히틀러는 학교에서 "이상한 유대인을 만났다"고 말한 적이 있다는데 그 이상한 유대인이 비트겐슈타인일지 모른다. 비트겐슈타인은 유대인이며 엄청난 부자의 아들로서 독일어의 2인칭 존칭 대명사인 'Sie'를 사용하는 등 귀족 티를 냈다고 한다. 비트겐슈타인이 부잣집 자제들이 가는 김나지움이 아니라 실업학교에 진학한 데는 사업가 아버지의 뜻이 작용했을 것으로 본다.

비트겐슈타인이 히틀러와 마주치는 지점이 또 하나 있다. 오토 바이닝거. 1902년 빈 대학을 졸업하고, 이듬해 『성과 성격(Geschlecht und Charakter)』을 발표한 다음 이탈리아를 여행하고 돌아와 스스로 목숨을 거뒀다. '천재가 아니면 죽는 게 낫다'는 어록을 남긴 사나이다. 『비트겐슈타인 평전』(필로소픽)은 사춘기의 비트겐슈타인이 "바이닝거의 저작을 읽고 자신의 정체성을 끝없이 고민하며 천재의 의무에 사로잡힌다"고 설명한다. 바이닝거는 유대인이었는데, 히틀러는 「참모본부에서의 독백(Monologe im Fuehrerhauptquartier)」이라는 글에서 "유대인은 다른 민족들이 해체되는 것으로 살아간다는 사실을 알고 자살한 오토 바이닝거 말고는 인정할 만한 유대인이 없다"라고 했다.

비트겐슈타인의 철학은 전기와 후기로 나뉜다. 케임브리지 대학에서 버트런드 러셀의 제자로 지낸 시기부터 1차 세계대전 이후 시골에서 교사생활을 하기까지를 전기, 교사생활을 마치고 케임브리지 대학으로 돌아간 뒤 사망할 때까지를 후기로 구분한다. 전기를 대표하는 책이 『논리철학논고(Logisch-Philosophische Abhandlung)』, 후기를 대표하는 책이 『철학적 탐구(Philosophische Untersuchungen)』이다.

비트겐슈타인에 대해 조금이나마 아는 사람이라면 그의 유명한 경구를 떠올릴 것이다. "말할 수 없는 것에 대해서는 침묵해야 한다." 비트겐슈타인은 일기에 "한 문장에는 하나의 세계가 연습 삼아 조립되어 있다"고 썼다. 이러한 사고의 바탕 위에서 기존 철학, 특히 형이상학이나 도덕학에서 신이나 자아, 도덕 등은 실제 그것이 나타내고자 하는 것이 없어서 뜻(Sinn)이 없다고 보았다. 따라서 이러한 개념에 대한 논의는 무의미하다고 주장한다. 하지만 비트겐슈타인은 편집자에게 보내는 편지에서 오히려 말할 수 없는 것을 더 중요하게 생각한다고 고백했다. 말할 수 없는 것은 증명할 수 없어서 무의미한 것이 아니며, 증명하려 하여 도리어 무가치하게 만들지 말라는 뜻이었다.

비트겐슈타인 탄생 130주년을 기념해서 책이 여러 권 나왔다. 『비트겐슈타인 평전』, 『색채에 관한 소견들』(필로소픽), 『철학, 마법사의 시대』(파우제) 등이다. 볼프람 아일렌베르거는 『철학, 마법사의 시대』의 첫 장을 비트겐슈타인의 박사학위 구술시험 장면으로 시작한다. 1929년 6월 18일, 러셀은 불혹의 비트겐슈타인에게 박사학위를 주기 위해 『논리철학논고』를 박사논문으로 인정하기로 했다. 비트겐슈타인이 러셀의 질문에 어떻게 대답했는지 기록이 전하지 않는다. 다만 비트겐슈타인은 "오늘은 여기까지만 하자"는 말로 시험을 마친 뒤 러셀의 어깨를 토닥이며 이렇게 말했다고 한다.

"괜찮아요. 당신들이 이해 못할 줄 알았어요."

파우스트

2019.03.22

메피스토펠레스는 악마다. 인간을 악덕으로 유혹해 계약한다. 악마와 계약한 인간은 그 손에 찢겨 지옥에 떨어진다. 국적을 따지면 독일이다. 구사노 다쿠미는 『환상동물사전』에 메피스토펠레스가 털북숭이이며 부리와 날개가 있다고 썼다. 인간의 모습으로 나타날 때는 뿔 두 개에 박쥐 날개, 당나귀 발굽을 달았다. 하지만 다른 모습으로도 변신한다.

괴테가 쓴 『파우스트』에도 메피스토펠레스가 나온다. 1832년 3월 22일에 세상을 떠난 괴테가 죽기 일 년 전에 완성한 작품이다. 메피스토펠레스는 검은 개나 어린 학생, 귀공자의 모습으로 파우스트 박사 앞에 나타난다. 박사는 학문에 통달했으나 결코 만족하지 못하고 고뇌하는 사람. 악마는 박사를 유혹할 수 있다고 신에게 장담한다.

장담은 내기로 이어진다. 메피스토펠레스는 신의 세계 창조가 실패했다고 주장한다. 특히 인간. 파우스트 박사를 보라는 것이다. 만족을 모르고 방황하지 않는가. 그러나 신은 인간을 신뢰한다. "그가 비록 지금은 오직 혼란 속에서 나를 섬기지만, 나는 그를 곧 밝음으로 인도하리라."

내기는 파우스트와 메피스토펠레스, 인간과 악마의 대결이 된다. 파우스트는 자신도 모르는 사이에 신의 대리자로서 싸운다. 신은 "당신이 허락하면 박사를 끌어 내리겠다"는 악마에게 "네게 맡긴다"며 불개입을 약속한다. 그리고 약속을 충실히 지킨다. 이제 박사는 등대 없는 밤바다에 홀로 뜬 돛배처럼 신의 돌봄 없이 선악을 구분하고 자기 판단에 따라 도덕적 행위를 해야 한다. 즉 인간의 대표로서 신의 그늘에서 벗어나 성숙한 존재가 되어야 한다.

파우스트에서 가장 빛나는 대목이다. 인간은 '주님의 종'을 벗어나 자신이 주인이 된다. 그가 일궈나가는 세계의 운명은 신이 아니라 인간의 의지와 실천에 따라 결정된다. 창조는 신의 노동이 아니라 인간의 과제가 되었다.「파우스트와 현대성의 기획」을 쓴 김수용은 이 대목을 "중세적 신본주의의 종말을 고하는 더할 수 없이 극명한 현대적 인본주의의 선언"이라고 본다.

메피스토펠레스가 파우스트 박사에게 제안한다. 이 세상에서는 내가 너를 섬겨 명령에 따르고 저승에서는 반대로 하자. 그는 박사가 "너는 아름답다"고 말하면 그 목숨을 거두기로 한다. 마지막 장면에서 박사가 말한다. "매일 매일 정복한 자만이 자유를 누릴 수 있다. 이것이 나의 결론이다. 이 자유로운 곳에서 자유로운 민중과 함께 하리라. 이 순간에 말하리라. 멈추어라, 너는 참으로 아름답구나!" 악마가 박사의 영혼을 챙기려 한다. 그러나 하늘에서 천사들이 내려와 박사를 구원한다.

괴테가 창조한 파우스트 박사는 신이 인간에게 부여한 한계를 극복하려는 시대의 욕구를 열정적이고도 비극적으로 구현한 인물이다. 더 높은 곳을 향해 끝없이 나아가는 자아실현의 과정은 인간 존재를 무한한 역동의 세계로 인도한다. 괴테가 썼듯 "인간은 노력하는 한 방황하게 되어 있다." 괴테는 또한 메피스토펠레스를 '악을 갈구하지만 결과로서 선을 남기는 존재'로 그린다. 그러므로 인간에게는 파우스트 박사와 메피스토펠레스의 모습이 모두 깃들였다.

괴테는 『파우스트』를 완성한 뒤 봉인해 버렸다. 세상은 그가 죽은 다음에야 이 걸작을 만날 수 있었다. 괴테는 『파우스트』를 완성함으로써 한 세계를 맺고 다른 세계를 열어 보였다. 사실 역사의 모든 국면은, 절망의 세기이자 새로운 시작을 알리는 신호이며 갈림길이다.

비펠슈테트

마이스터트룽크, 생명의 원샷

2014.07.29.

로맨틱 가도(Die Romantische Straße). '로마로 가는 길'이었다고도, '로맨틱한 길'이라고도 한다. 뷔르츠부르크에서 퓌센까지 약 360㎞, 그 사이 크고 작은 마을 20여개가 보석처럼 박혔다. 천년 고도 뷔르츠부르크, 백조의 성이 자리 잡은 퓌센, 그리고 중세의 향기를 간직한 '타임캡슐' 로텐부르크…. 제2차 세계대전이 끝난 뒤 진주한 미군 가족들이 전쟁의 참화를 면한 이 지역을 여행하면서 독일의 대표적인 여행상품이 됐다고 한다.

한국 관광객들은 백조의 성을 좋아한다. 영화 〈미녀와 야수〉의 무대로서 디즈니랜드에 영감을 준 아름다운 성. 반면 일본 관광객들은 로텐부르크로 몰려간다. 얼마나 로텐부르크를 찾는 관광객이 많은지, 대부분의 상점에서 일본어 안내문을 볼 수 있다. 최근에는 중국인 관광객이 몰려들기 시작했다고 한다.

독일에는 로텐부르크가 여러 곳 있다. 니더작센주(로텐부르크 안 데어 메), 헤센주(로텐부르크 안 데어 풀다), 바덴뷔르템베르크주(로텐부르크 암 네카), 바이에른주(로텐부르크 옵 데어 타우버) 등. 바이에른주의 로텐부르크가 바로 로맨틱 가도에 있는 성곽도시다. 면적은 41.45㎢로, 우리 낙안읍성(22.31㎢)의 두 배쯤 된다.

오후 세 시. 관광객들이 도심에 있는 마르크트 광장에 모인다. '포도주 마시는 인형'을 보기 위해서다. 오전 열한 시부터 오후 다섯 시까지 매시 정각 시의원 회관 벽에 걸린 시계 좌우의 창이 열리고 인형들이 나타난다. 인형들은 30년 전쟁(1618~1648년) 때 도시를 점령한 틸리 장군과 느슈 시장의 일화를 재현한다.

30년 전쟁은 신·구교의 전쟁이다. 구교도인 틸리 장군은 도시를 불태우고 신교도들을 처형하라고 명령했다. 느슈 시장은 자비를 청했다. 그러자 틸리 장군은 기상천외한 제안을 한다. 포도주 한 통(3.25L였다고 한다)을 단숨에 마시면 명령을 철회하겠다는 것이다. 시장은 포도주를 '원샷' 했다. 술을 못했다고도 하고, 고령이었다고도 한다. 그는 도시와 시민을 살린 다음 3일 동안 인사불성이 됐다. 로텐부르크에서는 매년 6월 '마이스터트룽크'라는 축제를 열어 당시를 기념한다.

광장 한편에 있는 노천카페에 앉아 와인 대신 맥주 한 잔을 주문한다. 그리고 생각한다. 마이스터트룽크(Meistertrunk)는 '위대한 들이킴'이라는 뜻이다. 나는 '생명의 원샷'이라고 부르고 싶다. 틸리 장군은 로텐부르크를 살육하고 싶지 않았을지 모른다. 느슈 시장은 자비를 청하면서 죽음을 각오했을 것이다. 포도주에 입을 대는 순간, 아니 자신을 던지기로 작정한 순간 느슈는 곧 로텐부르크다. 그것이 지도자의 숙명이고 리더십의 본질이 아닐까.

월드컵에서 우승한 독일은 떠들썩하다.* 토너먼트 대회에서 챔피언을 빼면 모두 패배자다. 실패한 감독들은 대부분 자리를 위협받았다. 비판과 압력을 대하는 감독들의 자세는 천차만별이었다. 브라질의 루이스 펠리피 스콜라리, 이탈리아의 체사레 프란델리 같은 감독은 "모든 책임은 감독에게 있다"며 물러났다. 이란의 카를로스 케이로스는 심판에게 책임을 돌렸다. 우리 대표팀 감독도 어렵게 물러났다. 시작할 때 자신을 던지지 않은 사람은 끝낼 때도 그럴 수 없을 것이다.

마르크트 광장의 벽시계는 명성만큼 대단하지 않다. 인형들의 동작도 불분명해서 '그렇다 치고' 봐야 실망을 줄일 수 있다. 느슈 시장이 잔을 기울이다 말고 슬쩍 틸리 장군의 눈치를 보는 순간이나 시장을 흘겨보던 틸리 장군이 문득 "그만하면 됐다"는 듯 고개를 까딱하는 순간은 아마도 내 상상 또는 희망이 만들어냈을 것이다. 그 찡함. 로텐부르크에서.

* 2014년 브라질월드컵.

사라진 칼 딤 벡, 그리고 친일파 기념물 스무 개

2015.03.04.

'구글 맵'으로 들어가 '스트리트 뷰'를 실행하니 2008년 9월이다. 남색 풀오버 아니면 점퍼를 입고 배낭을 멘 금발(이라기보다는 갈색에 가까운) 학생이 독일체육대학교(Deutsche Sporthochschule Koeln · 흔히 '쾰른체대')로 들어가려 한다. 그가 타고 왔을 자전거도 보인다. 학생 주변에 일렁이는 햇살로 보아 오전인 듯하다.

나는 지난해* 7월에 내가 속한 체육 관련 학회에 제출할 논문 자료를 검색하기 위해 독일체대에 갔다. 저 학생처럼 현관을 통과해 중앙도서관 2층으로 올라갔다. 나는 출발하기 전에 독일의 문헌학자와 도서관 관계자에게 이메일을 보냈다. 그들은 "알아보겠다" 또는 "찾아보겠다"고 했는데 정말 알아보고 찾아보았나 보다. 내가 부탁한 자료를 대부분 준비했다. 또한 내용을 잘 이해하고 있었다.

---

* 2014년.

나는 그들에게서 넘겨받은 자료를 들고 나와 학생식당에서 칠면조 고기를 먹었다. 그리고 학교를 떠나기 위해 다시 저 학생이 들어가려는 현관 앞에 섰다. 잠시 코끝이 찡했다. 나는 23년 전에 처음 이곳에 갔다. 겨울이었다. 젊은 스포츠 기자는 그때 '기회가 있다면 이곳에 와서 제대로 스포츠와 체육을 배워 보고 싶다'고 생각했다. 기회는 10년 뒤에 왔다. 회사에서 해외 연수를 보내주었는데, 당연히 독일로 갔다.

사진 속의 학생은 자전거를 타고 넓지는 않지만 정감이 넘치는 가로수 길을 달려왔을 것이다. 내가 한일월드컵 취재를 마치고 쾰른에 갔을 때 이 길은 칼 딤 거리(Carl Diem Weg)였다. 그러나 지금은 암 슈포르트파크 뮝거스도르프(Am Sportpark Muengersdorf · '뮝거스도르프 스포츠공원 앞길' 정도?)라고 부른다.

딤은 현대 체육사를 공부할 때 반드시 등장하는 이름이다. 1882년 뷔츠부르크에서 태어난 체육학자이자 행정가로 독일 체육의 발전에 큰 영향을 끼쳤다. 1936년 베를린올림픽 조직위원장을 역임했고 1947년에는 쾰른에 체육대학을 설립했다. 그가 중심인물로 활동한 '황금계획(Golden plan)'은 독일이 사회체육 선진국이 되는 데 기여했다. 딤의 공을 기려 독일 여러 도시가 그의 이름을 길에 새겼다. 독일체육대학 앞길도 그중 하나다.

그러나 딤은 나치정권에 협력한 전력 때문에 비판을 받았다. 그가 조직위원장을 맡은 1936년 베를린올림픽은 2차대전이 끝난 뒤 가장 정치적인 올림픽으로서 스포츠를 선전수단으로 악용했다는 오명을 썼다. 1945년 봄에 그가 베를린에서 청소년들을 상대로 참전과 희생을 종용한 연설은 일제 학도병과 징용, 위안부 참여를 독려한 일제강점기 친일인사들의 연설이나 신문 기고문을 연상케 한다.

　나치를 위한 부역에는 대가가 따랐다. 1948년 국제올림픽위원회(IOC)는 딤의 IOC위원 취임을 거절했다. 그는 IOC가 정한 신사(gentleman)의 기준을 충족하지 못했다. 딤의 이름이 들어간 거리가 있는 도시에서는 계속해서 뜨거운 논쟁이 벌어졌다. 적잖은 도시가 길에서 칼 딤의 이름을 지웠다. 쾰른시의회는 2006년 3월에 칼 딤 벡을 암 슈포르트파크 묑거스도르프로 개명하기로 결정했다.

　흔히 과거의 인물에 대해 공과 과를 구분하되 공은 계승하고 과는 교훈으로 삼는다고 한다. 사뭇 현학적인 이 말은 사실 우리 사회에서 친일 부역자나 독재에 협력한 자를 용서하고 복권하는 한편 공을 과장해 과를 지우는 암수(暗數)에 불과하다. 딤이 살아 있었다면 한국을 부러워했으리라. 칼 딤 벡이 대한민국에 있었다면 사라지지 않았을 것이다.

　공부 많이 했다는 사람들이 모인 곳이 대학이다. 3·1절 95주년을 맞아 민족문제연구소가 공개한 자료에 따르면 무려 스무 개 대학에 친일 인사를 기리는 기념물이 있다.

미라보 다리

2018.11.09.

센 강이 파리를 상징하는 힘은 테베레 강(로마)이나 아르노 강(피렌체)을 압도한다. 그러나 장엄하지 않다. 파리의 일부가 되어 제 흐름을 지킨다. 그리고 다리(橋)들이 그 위에 엎드려 인간의 걸음에 등을 맡긴다. 삶이 희극이든 비극이든, 센 강도 다리들도 개입하지 않는다. 희극일 땐 희극의 일부가 되고 비극일 땐 비극의 일부가 된다. 그래서 수많은 소설과 영화가 센 강에 걸린 다리 위에서 시작되거나 끝난다.

소설 『개선문』의 주인공 라비크는 알마 다리에서 조앙 마두를 만난다. 영화 〈파리에서의 마지막 탱고〉에서 주인공들은 비라켕 다리에서 처음 만난다. 〈미드나잇 인 파리〉는 알렉상드르 3세 다리에서 시작하는 새 사랑의 예고로 막을 내린다. 〈퐁네프의 연인들〉은 노숙하는 남자와 시력을 잃어가는 여인의 사랑을 그렸다. 파리에서 가장 오래된 퐁네프 다리는 영화가 나온 다음 연인들의 명소가 됐다.

사랑으로 범벅이 된 센 강의 다리 어디에 자물쇠를 사랑의 징표로 걸

수 있을까. 퐁데자르 다리는 가능할 것이다. '예술의 다리'. 이 보행자 전용 다리는 거리의 화가와 음악가들로 붐빈다. 세상의 어떤 사랑을 자물쇠로 봉인할 수 있으랴. '사랑은 움직이는 것'이 아닌가. 저 강물처럼. 사랑은, 그래, 그물에 걸리지 않는 바람과 같다. 그래서 세월을 닮았다. 유수와 같다고 하지 않았던가.

> 미라보 다리 아래 센 강이 흐르고 우리의 사랑도 흐른다. 그러나 괴로움에 이어서 오는 기쁨을 나는 또한 기억하고 있나니, 밤이여 오라 종이여 울려라, 세월은 흐르고 나는 여기 머문다. (중략) 사랑은 흘러간다. 삶이 느리듯이 희망이 강렬하듯이. 밤이여 오라 종이여 울려라, 세월은 흐르고 나는 여기 머문다. 날이 가고 세월이 지나면 가버린 시간도 사랑도 돌아오지 않고 미라보 다리 아래 센 강만 흐른다. (후략)

기욤 아폴리네르는 1918년 11월 9일 파리에서 죽었다. 시인이자 평론가로서 이름을 남겼고 피카소의 친구였다. 20세기 초기를 장식한 전위 미술 이론가로 유럽 예술에 큰 영향을 주었다. 그러나 보통 사람들에게 아폴리네르는 미라보 다리와 함께 영원한 이름으로 남았다. 아폴리네르는 연인 마리 로랑생과 헤어진 다음에 이 시를 썼다. 로랑생은 뛰어난 화가였다. 아폴리네르와 친구들을 그린 초상화가 여러 점 남아 있다. 〈예술가들〉이라는 작품에는 아폴리네르와 로랑생이 게르트루트 슈타인, 파블로 피카소 등과 함께 등장한다.

아폴리네르와 로랑생은 1907년에 피카소의 소개로 만났다. 5년 동안 뜨겁게 사랑했다. 1911년 루브르 박물관에서 〈모나리자〉가 도난당할 때까지. 모나리자는 1911년 8월 21일 갑자기 사라졌다. 아폴리네르는 피카소와 함께 조사를 받았다. 이 일로 로랑생과 다툰 다음 갈라섰다. 그러나 사랑은 두 사람의 가슴 속에 남았다. 아폴리네르는 스페인 독감에 걸려 죽었다. 로랑생은 1956년 6월 8일 세상을 등졌다. 사인은 심장마비였다. 아폴리네르가 보낸 편지와 함께 묻혔다.

인간은 강을 건넘으로써 결심을 현실로 바꾼다. 죽음을 삶으로, 때로는 삶을 죽음으로 치환한다. 다리는 강을 건너는 통로다. 가끔은 인간을 강에 붙들어 맨다. 인간이 진정 무엇인가를 변화시키고 스스로 달라지는 순간은 강을 건너, 마침내 다리마저 떠나 버리는 순간이다. 다리는 무의식의 공간을 건너가는 조각배다. 아무리 거대해도 한 몸 싣기에 족할 뿐. 강을 건너 내면을 변화시킨 인간은 배마저 부숨으로써 영원에 든다. 카에사르의 반역도, 아폴리네르의 후회도 결국은 그런 것들이다.

「추일서정 秋日抒情」

2018.11.23.

토룬(Torun)은 폴란드 중부에 있다. 수도 바르샤바에서 자동차를 북서쪽으로 운전하면 세 시간이 채 걸리지 않는다. 비스와 강이 지나는 아름다운 도시. 토룬은 시문(市門)이란 뜻이다. 1231년 폴란드에 진출하는 독일 기사단의 요새로 건설되어 교통과 무역의 요충으로 발전하였다. 근대 이후 폴란드의 주요한 중공업 도시가 됐다. 성 요한, 성 야곱, 성모교회 등 13~14세기 고딕식 사원을 비롯해 옛 건물이 많다. 1997년 유네스코 세계문화유산으로 지정되었다.

가톨릭 사제이자 철학자, 천문학자인 미코와이 코페르니크가 토룬에서 태어났다. 라틴어로는 니콜라우스 코페르니쿠스. '태양중심설(지동설)'로 근대 자연과학의 지평을 갈아치운 사람이다. 이탈리아에서 유학할 때 알게 된 아리스타르코스의 태양중심설을 천착해 지구중심설(천동설)의 오류를 지적하고 지동설을 확립하였다. 그의 천문학 체계를 집대성한 책이 『천구(天球)의 회전에 대하여』다. 코페르니크는 이 책이 나온 해에 죽었다.

우리에게 토룬은 익숙한 도시가 아니다. 유럽 여행이 일반화되면서 바르샤바를 거쳐 토룬을 찾는 관광객이 적지 않지만 토룬 다녀왔음을 자랑삼는 나그네는 많지 않다. 구시가지에 있는 코페르니크의 생가(박물관)도 흔한 관광지 중의 한 곳일 뿐이다. 하지만 나그네가 시를 읽는 독자라면 토룬을 영원히 기억하리라. 1914년 11월 23일 세상을 떠난 시인 김광균이 「추일서정(秋日抒情)」에서 이 도시를 노래하기 때문이다.

> 낙엽은 폴란드 망명 정부의 지폐
> 포화(砲火)에 이지러진
> 도룬 시의 가을 하늘을 생각게 한다.
> 길은 한 줄기 구겨진 넥타이처럼 풀어져
> 일광(日光)의 폭포 속으로 사라지고
> 조그만 담배 연기를 내뿜으며
> 새로 두 시의 급행열차가 들을 달린다.
> 포플라 나무의 근골(筋骨) 사이로
> 공장의 지붕은 흰 이빨을 드러낸 채
> 한 가닥 구부러진 철책(鐵柵)이 바람에 나부끼고
> 그 위에 셀로판지로 만든 구름이 하나.
> (후략)

김광균이 '도룬 시'라고 쓴 곳이 바로 토룬이다. 그가 어떻게 이 시를 쓸수 있었는지 신기할 따름이다. 시인은 개성에서 태어나 송도상업학교를 졸업하고 고무공장 사원으로 군산과 용산 등에서 일했다. 폴란드를 여행했다는 기록이 없는 그가 중공업 도시 토룬의 이미지를 선명하게 포착하여 시어로 읊어내고 있는 것이다.

「추일서정」은 〈인문평론〉 1940년 7월호에 게재되었다. 폴란드가 나치 독일과 소련의 침략을 받아 서부 지역은 독일에, 동부 지역은 소련에 분할 점령된 이듬해다. 강대국의 손에 떨어진 고도(古都)는 과연 처량했을 것이다. 이 무렵 토룬을 방문한 한국인이 있었을까. 토룬은 고사하고 폴란드에 가본 사람도 손에 꼽을 정도다.

1896년 5월 18일 민영환이 이끄는 조선의 사절단 일행이 러시아 황제 대관식에 참석하러 가는 길에 바르샤바에 들렀다. 역관 김득련이 『환구음초』와 『환구일록』에 이 때의 일을 적었다. 1927년 7월 17일에는 화가 나혜석이 유럽여행을 하다 바르샤바에서 하룻밤을 보냈다. 그는 자동차로 시내를 구경하고 기록을 남겼다.

> 서양(西洋) 냄새가 충분이 나는 것 갓고 (중략) 폴란드 사람들은 남녀 간에 인물이 동글납작하고 토득토독하야 모다 귀염성스럽게 생기고 모다 단아한 맛이 잇다. (중략) 철도원 기차 보이가 사각모자를 쓰고 순사는 청색복장을 하엿다. (1933년 1월 〈삼천리〉 제5권 1호)

1936년에 마라토너 손기정이 기차를 타고 베를린올림픽에 참가하러 가는 길에 바르샤바를 거친 기록도 있다. 같은 해 고고학자 한흥수와 영문학자 정인섭도 바르샤바에 들렀다. 최초의 폴란드 거주 한인은 유경집이란 사람이다. 어쨌든 김득련이나 나혜석, 정인섭 같은 사람들이 남긴 기록은 시기로 보아 김광균이 시를 쓰는 데 크게 도움이 되었을 리 없다. 「추일서정」은 기적 또는 수수께끼다.

김광균은 신문을 읽고 토룬의 현실을 상상했을 수 있다. 영감이 그의 뇌리를 스쳤으리라. 우주의 운행을 직관하는 데는 저녁 하늘을 가로지르는 유성 하나만으로도 충분하다. 영감은 접신(接神)과도 같아서 현실의 구렁텅이에서 진리의 문턱에 이르는 길을 단숨에 열어 놓는다. 코페르니크의 지동설도 그러했을지 모른다. 눈으로 별을 살피는 자의 가슴에는 늘 시심(詩心)이 일렁이게 마련이니까.

반뇌 2002

2002

반뇌(Banneux)에 가고 싶습니다. 반뇌는 제게 아주 특별한 장소입니다. 저는 천주교 신자이기 때문입니다. 반뇌는 벨기에에 있습니다. 쾰른에서 아헨 방향으로 달리다 보면 옛 국경검문소가 나오고(지금은 국경 검문이 없습니다) 리주 방향으로 가다 보면 야트막한 산록에 반뇌로 접어드는 입구가 보입니다. 반뇌 가는 길에는 아주 조그마한 기도소를 만나게 되는데요. 마치 동화 속의 그림처럼 아름답습니다.

반뇌는 아름다운 곳입니다. 성모 마리아께서 연거푸 여덟 번이나 모습을 나타내셨다고 합니다. 그러나 고관대작이나 그 부인이나 딸 앞이 아니었습니다. 1933년 1월 15일 저녁 일곱 시쯤, 가난한 시골 사나이 베코 베지몽의 딸 마리에뜨에게 모습을 보이셨습니다. 성모께서는 마리에뜨에게 "나는 가난한 이들의 동정녀"라면서 "고통받는 이들을 위로하기 위해서 왔다"고 말씀하셨다는군요.

이곳에는 성모님을 위한 작은 성당이 지어집니다. 가까운 곳에 샘이 솟

아나는데, 성모께서는 "이 샘물은 모든 백성들과 병자들을 위해서 보존되어 왔다"고 말씀하십니다. 그래서일까요? 이곳을 찾는 순례자들은 이 샘에 손을 담그고 또한 샘물을 육신에 담으면서 많은 기적을 체험했다고 합니다.

저는 이곳에 두 번 갔습니다. 한 번은 어느 주일날 쾰른에 거주하는 동포들과, 한 번은 겨울방학을 맞아 독일을 방문한 제 가족과 함께. 동포들과 갔을 때는 날씨가 더할 나위 없이 좋았습니다. 가족과 함께 갔을 때는 비가 많이 왔고요. 그러나 가족과 함께 참례한 미사의 감동으로 해서 내리는 비조차 축복으로 느껴졌습니다.

어머니를 모시고 가지 못한 게 아쉽습니다. 제 생각에, 세상의 모든 어머니들께서는 성모님의 모습을 숨기고 계십니다. 성모께서 하느님께 기도해 제 안에 이룩하신 기적이 뭔지, 저는 아직 모르겠습니다. 이렇게 건강하게 살아 있다는 사실, 여러분을 향해 글을 쓰고 있는 이 삶 자체가 기적인지도 모르겠습니다.

반뇌 2005

2005

이번 여행길에 축복이 있었던 듯합니다. 두 번이나 반뇌를 참배했습니다. 반뇌는 늘 제 마음을 사로잡습니다. 마치 구원을 약속받은 곳인 양 편안합니다.

제가 도착한 날 밤에 눈이 내려 쌓이고, 이튿날은 흐린 가운데 조금 싸늘한 바람이 불었습니다. 아침에 반뇌를 향해 출발했습니다. 뒤셀도르프에 계신 안양대학교 철학과의 강학순 교수님께서 동행하셨습니다. 그분은 신교를 믿는 분인데, 신앙의 뿌리는 하나라며 거부감 없이 동행해 주셨습니다.

흰눈이 쌓인 독일의 검은 숲을 꿰뚫고 달리는 길에서 교수님과 나눈 말씀이 저에게는 새로운 영혼의 양식이 되어 주었습니다. 그분의 관대함과 온화함으로부터 맑고 그윽한 영혼의 기운을 느꼈습니다. 아헨 방면으로 차를 달리다가 벨기에 국경을 넘기 위해 리주 방면으로 트인 국도로 접어들 무렵, 교수님께서 말씀하십니다.

"인류의 신앙은 박해의 시기에 더욱 빛을 내고 많은 기적을 일구었습니다. 그러나 물리적 박해가 사라진 작금의 신앙계는 예수님의 가르침으로부터 너무 멀리 떨어지는 경우가 있습니다."

한반도에서의 물리적 박해는 불과 한 세기 전의 일입니다. 저는 6·25 동란의 시기에 어떤 박해가 이뤄졌는지 알지 못하므로 이 시기에 대해서는 확언하지 못합니다. 우리는 많은 대화를 나누었습니다. 그리고 반뇌로 가는 길을 보여주는 초콜릿 색 표지판을 볼 무렵 이런 결론에 도달한 것 같습니다.

"박해는 여전히 계속되고 있으며 더욱 가혹하다. 악마의 책략처럼 느껴질 만큼 종교와 신앙의 위치는 위험하다. 작금의 물질주의와 세속주의야말로 당대 기독교에 대한 가공할 박해가 아닐 수 없다."

강 교수님은 제가 귀국한 후 메일에 이렇게 적으셨습니다.

"나이가 들어갈수록 세상의 가치와 영합하고 교활해져가는 부패한 본성을 십자가에 못 박고, 숨겨진 탐욕과 이기심을 날마다 장사지내는 치열한 회개의 기도와 고백성사가 필요함을 절감하고 있습니다."

저의 내면을 돌아보며 스스로 부끄러워해야 할 번갯불 같은 한 말씀입니다. 천주교회에 가서 미사를 시작할 무렵에 하는 반성의 기도 가운데 "생각과 말과 행위로 죄를 많이 지었으며 또한 자주 의무를 소홀히 하였나이다. 제 탓이오, 제 탓이오, 저의 큰 탓이옵니다"라는 대목이 있습니다. 느낌을 강하게 하려고 옛투로 썼습니다. 요즘은 현대어투로 고쳐서 합니다. 저는 정말 이 기도를 입으로만 뇌일 뿐 진정으로 가슴에서 떠내지 못하여 또 한 번 죄악을 저지르고 있었던 게 아닐까요?

교수님의 말씀과 관련지어 생각할 때, 지율스님의 단식을 바라보는 우리의 시선에도 얼마간 자비로움과 인간적 긍정이 필요하지 않을까 싶습니다.* 사실 저는 터널 공사가 환경을 어느 정도 파괴해 생태계의 위기를 가져오는지 정확히 모릅니다. 그러나 환경평가를 시민단체와 환경전문가들이 참가한 가운데 공사 착공 기획단계에서부터 신뢰할 수 있는 방법으로 했다면 어땠을까요? 아직도 저는 우리 사회의 질서를 주관하는 분들이 일방주의의 편리함에 대한 미련을 버리지 못한 것이 아닌가 의심하기도 합니다.

환경을 우리 것이라고 생각하기 쉽지만 사실은 아닙니다. 우리 몫의 환경을 누리면 그뿐, 나머지는 우리 후손들 것입니다. "북경의 나비가 일으킨 날갯짓 한 번이 뉴욕에 폭풍우를 몰고 온다"고 합니다만 오늘 사라진 도롱뇽이 미구에 닥쳐올 어떤 재앙을 암시하는지 앞당겨 보는 눈은 우리에게 없는 것입니다.

어려운 환경 이야기는 젖혀둔다 하더라도 "100일 동안 굶은 게 맞냐? 왜 안 죽었지? 굶기는 굶은 거냐? 사기 아냐?" 하고 몰아붙이는 마음 씀씀이는 너무 박한 것 같습니다. '스님'을 '승려'라고 표기한대서 가치중립적이고 객관적임을 보장받는 것은 결코 아닙니다. 하물며 '여중'이라고 부르는 데야 드릴 말씀도 없습니다만.

눈 내린 반뇌는 처음이었습니다. 안내소와 기념품점에는 '휴가'라는 팻

---

* 지율스님은 경부고속철도 천성산 터널 공사가 자연과 생태계를 훼손한다는 이유로 반대 운동을 벌이며 2003년 2월 4일부터 2006년 1월 말까지 다섯 차례에 걸쳐 단식을 했다. 4차와 5차 단식은 100일 넘게 이어졌다.

말이 나붙었습니다. 소성당에 들러 기도하고, 십자가의 길을 걷고, 허공에 더운 입김을 뿜으며 말없이 숲을 지났습니다. 이날의 사진은 없습니다. 딸 아이가 쓰는 디지털 카메라를 빌려가지고 갔는데 건전지가 바닥나 새로 사야 했습니다. 그러나 아까 말씀드렸듯 상점들이 문을 닫아, 디지털 카메라는 주머니 속의 불편한 짐으로 전락하고 말았습니다.

사진은 두 번째 반뇌 가는 길에 찍게 됩니다. 그날은 전형적인 독일의 날씨로서 비가 간간이 내리고, 험악하게 춥다기보다는 냉기가 몸의 구석 구석으로 스머드는 그런 겨울 날씨가 하루 종일 계속됐습니다. 가족과 가까운 분들을 위해 성모님께 촛불기도를 바치고, 성수를 받고, 약간의 기도 용품을 구입했습니다. 이번엔 눈이 녹아 작은 시내를 이룬 십자가의 길을 걸으면서 행복감과 해방감을, 그리고 이미 세상을 떠난 제 부모님에 대한 사무치는 그리움을 느꼈습니다.

알래스카

1997.06.19

알래스카 동남부 연안은 트로이 전쟁의 영웅 오디세우스가 10년 동안
이나 표류했다는 신화 속의 지중해를 닮았다. 그가 신의 저주를 받아 헤맨
지중해는 프랑스의 시인 장 그르니에가 『지중해의 영감』에서 노래했던 아
름다운 북아프리카와 유럽의 내해가 아니었다. 성경 속에서 바울이 디모
테오에게 '겨울이 되기 전에 오라'고 일렀던 혹독한 바다였다.

피요르드(침식해안)를 이루며 이어지는 북미대륙의 서쪽 끝자락을 바라
보며 북상하는 뱃길. 극지로부터 비껴 내려온 차가운 바람에 낯을 씻긴 해
안선은 짙은 안개에 감긴 채 그 윤곽만을 드러낸다. 순간순간 눈앞에 드러
났다 사라지는 바다사자와 고래무리를 끝없이 따라 날며 바닷새들의 날
갯짓은 원시와 신화를 함께 털어낸다.

알래스카의 여름 해는 늦게 진다. 힘이 다한 저녁 해가 수평선에 이마
를 찧을 때, 사람들은 내일의 태양이 다시 떠오를지를 의심한다. 침묵 속
에 넋을 적신 채 차고 날카로운 수평선에 눈을 베인 사람들의 얼굴에 흘러

내리는 석양은 온통 핏빛이다. 그러나 그들도 그날 오후 쌍무지개가 그려낸 천국을 보았으리라. 노아가 방주에 올랐을 때부터 항해는 인간의 숙명. 갑판 가득 어둠을 실은 채 불빛 몇 개만으로 발밑을 비추는 8만 톤급의 강철 선박은 그저 배일뿐, 고행하는 성자처럼 말수를 줄인 영혼들의 무게는 바다로 기운다.

환히 불을 켠 선실과 극장, 카페, 레스토랑과 카지노, 그리고 추억의 중심을 꿰뚫으며 길게 이어진 상가의 풍경들. 바다를 내다보는 레스토랑의 선미쪽 테이블에는 "빈방 있습니까"라고 묻던 영화 〈남과 여〉의 주인공 장 루이 트랭티냥의 목소리가 묻어 있다.

파도는 새벽에 거세다. 쉴 새 없이 내리는 빗속에서, 멀리 지나치는 얼음조각들은 푸른색 솜뭉치 같다. 빙산은 거대한 신음을 토해내며 빙하협곡에서 몸을 떼어내 검은 바다 속으로 몸을 던진다. 글래시아 베이의 생성 과정을 설명하는 가이드는 하와이 마우나케아에서 왔다.

검은 화산암 절벽이 과묵한 풍경을 그어 내린 모퉁이를 돌자마자 곤두선 단층이 하늘 끝에 닿아 세상의 끝을 열어 보인다. 밴쿠버를 떠난 지 나흘, 글래시아의 아침풍경은 빈병에 담아 보낸 유년의 꿈을 열어보기엔 적당치 않다. 정연한 침묵 속에 '나'와 풍경이 한 이름으로 겹쳐지는, 오직 끝없는 '순간'만이 있을 뿐이다.

주의! 격정을 꿈꾸는 사람이라면, 갑판에 담요를 덮고 누워 시시각각 변해가는 하늘빛과 끝없는 고독에 몸을 맡길 준비가 되어 있지 않다면 배에 오르지 말라. 알래스카에서는 쓰디쓴 차를 나누며 이방인과 나누는 대화조차 진공 속인 듯 아련한 먼 곳에서 영감처럼 밀려온다. -크루즈쉽 갤럭시 선상에서.

오래된 인사

2002.12.

11월까지만 해도 "에이, 겨울 날씨가 이래서야 쓰나" 싶을 만큼 포근한 기온이 계속되던 쾰른-레버쿠젠 지역에도 12월 들어서면서 마침내 추위가 들이닥쳤습니다. U-반을 타기 위해 뮬하임으로 가는 길에 아랍인이 사는 저택과 철길 아래로 뚫린 터널, 맥주공장을 차례로 지나치면 검붉은 벽돌로 담을 쌓은 공동묘지가 나오는데요, 담장 높은 곳에 길이 40㎝정도 되는 송곳을 줄줄이 세워 놓았군요. 창날 같은 그 송곳들은 어디에 소용이 닿는 걸까요? 묘역을 지키기 위해서일까요, 우리네 삶의 공간을 지키기 위해서일까요. 무언가 두려움 때문이라면 잠든 영혼들의 공포 때문일까요, 아니면 깨어 있는 우리들의 공포 때문일까요. 새벽 나절, 가끔은 하얗게 서리 내린 묘지를 거니는 사람들을 봅니다. 그들이 잠든 이들에게 건네는 평화의 인사는 또한 자신들에게 내리는 축복이기도 합니다. 그들에게는, 담장 높이 늘어선 송곳들은 그냥 송곳들일 뿐입니다. 저물어가는 한 해를 돌아보며 저도 이미 잠든 친구들과 살아 있는 모든 벗들의 마음속으로 들어가 평화의 인사를 전하고 싶습니다.

블루노트 나고야

2006.09.

나고야는 제가 농구를 취재하는 기자로서 처음 방문한 외국의 도시입니다. 이 출장을 시작으로, 저는 농구 경기가 열리는 수많은 도시를 여행하게 됩니다. 그 여행은 농구 공부를 하는 여행으로 바뀌기도 했고, 심지어는 누구에겐가 농구를 가르치는 여행이 되기도 했습니다.

나고야에 처음 간 때는 1990년의 늦은 여름이었습니다. 나고야의 무더위에 치를 떨면서, 한편으로는 서울로 돌아가면 여름이 다 가고 가을이 도착했으려니 기대했지요. 1998년에 두 번째로 나고야를 방문했지만 그 당시의 기억은 별로 남아 있지 않습니다. 이번이 세 번째 나고야 방문이었습니다. 처음 가서 묵었던 호텔, 센트럴 팰리스 호텔에서 멀지 않은 곳에 숙소를 정했습니다. 역과 공원, 간선도로와 고속도로가 모두 가까워 이곳저곳 돌아다니기 좋은 그곳에서, 저는 그다지 많이 움직이지 않았습니다. 기억의 모서리를 더듬으며, 하고픈 일을 했을 뿐입니다.

이상하게도 16년 만의 방문인 것 같은 심정. 어느 날 호텔 지하에 있는 식당에서 아침을 들다가 문득 생각했습니다. '어라? 이거 시끄러운걸?' 그래요. 아이들이 식탁 사이를 뛰어다니고, 어른들은 그래도 아무 말 하지 않았습니다. 그들도 제법 큰 목소리로 대화하더군요. 첫방문 때, 저는 일본은 참으로 고요한 곳이라는 생각을 했습니다. 그리고 밤늦도록 걸어 다니며 둘러본 골목골목의 차분하면서 깔끔한 매력은 충격적이기까지 했지요. 솔직히 저는 한동안 나고야를 추억했습니다.

태풍의 영향인지, 가끔 숙소의 앞뒤 골목으로는 바람에 실린 휴지 조각들과 비닐봉투 같은 것들이 날렸습니다. 거리는 무척이나 분주해서, 소란하다고까지 느낄 정도였습니다. 물끄러미 거리를 내려다보면서 언뜻언뜻 시즈오카의 오래된 골목과, 센다이에 있는 '도호쿠가쿠엔대학'을 그리워했습니다. 도호쿠가쿠엔대학은 가톨릭계 학교로서(그렇습니다. 피천득 선생님이 「인연」이라는 수필에서 쓴 성심학원처럼) 오래된 목향(木香) 같은 분위기로 손님을 맞곤 했어요.

9월 20일에, 나고야는 제게 추억 한 조각을 선물했습니다. 저는 '블루노트'에서 '소울라이브(Soulive)'의 공연을 관람합니다. 담배연기가 피어오르는 어두운 실내, 피부 위에 샘솟은 땀방울들은 금세 증기가 되어 허공으로 증발하는 것 같았습니다. 밴드를 하는 아들과 함께 봤으면 좋겠다는 생각도 했습니다. 그래서 공연이 끝난 다음, 이들의 음반을 한 장 샀습니다. 가끔 녀석이 음반을 돌리게 되면 저도 옆에서 주워들으며 약간은 무더운 날 베이지색 바지에 검은 나이키 셔츠를 입고 운동화를 신은 채 찾아간 블루 노트 지하의 어둠을 그리워하겠지요.

꼭 쓰고 싶었던 한 줄

"비펠슈테트는 아름다웠다. 밤이면 눈이 내려 무릎까지 쌓였다. 새벽엔 거짓말처럼 구름이 걷히고 달이 떴다. 어디서 왔는지 사슴들이 발굽으로 눈을 헤치고 먹이를 찾았다. 축구장의 잔디가 그들의 메뉴였다."

펜웨이
파크

스포츠 팀의 팬으로 산다는 것

2014.04.15.

이 시즌에 아버지와 나는 하이버리에 대여섯 번쯤 더 갔다. 1969년 3월 중순이 되자 나는 단순히 팬이라고만은 부를 수 없는 상태에 이르렀다. 경기가 있는 날이면 아침에 눈뜰 때부터 신경이 곤두서서 속이 메슥거렸고, 그런 증세는 점점 심해지다가, 아스널이 두 골 차이로 앞서 나가 이길 거라는 안도감이 들기 시작할 때에야 괜찮아졌다.

하이버리는 잉글랜드 프로축구팀 아스널이 에미리트 스타디움 이전에 본거지로 사용한 경기장이다. 그러므로 이 글의 주인은 두말할 것도 없이 아스널의 '광팬'이다. 닉 혼비. 부모가 이혼한 뒤 어머니와 살면서, 매주 한 번 아들을 보러 오는 아버지와 함께 어느 날 찾아간 하이버리에서 혼비는 아스날과 스토크시티의 경기를 본다. 그리하여 선택받은 자의 열락(悅樂)이요 때로는 천형(天刑)과도 같았던 거너스(아스널의 애칭)의 삶이 시작되었다.

맨 위의 글은 혼비가 베스트셀러 『피버 피치(Fever Pitch)』에 썼다. 혼비는 케임브리지대학을 졸업한 다음 『피버 피치』를 발표하면서 작가 생활을 시작했다. 골수 아스널 팬이 아스널만을 생각하며 쓴 책이다. 그러나 스포츠를 사랑하고, 응원하는 팀이 있는 사람이라면 누구라도 공감할 만한 이야기를 담았다. 혼비에게 '팬'이 되는 일의 의미는 이렇다. "내가 통제할 수 없는 일에 시간과 감정을 투자하는 행위는 비판적 시각 없이 오직 한 가지 대상을 응원하고 거기 속하는 일의 가치이다." "축구에 있어서 충성심이란 용기나 친절 같은 도덕적 선택이 아님을 알았다. 그것은 사마귀나 혹처럼 일단 생겨나면 떼어낼 수 없다. 결혼도 그 정도로 융통성 없는 관계는 아니다."

현대 스포츠에서 팬은 '팬덤(Fandom)' 현상을 낳는다. 팬덤은 광신도를 뜻하는 'fanatic'의 'fan'과 나라를 뜻하는 접미사 '-dom'을 합성한 말이다. 대중적인 특정 인물이나 분야에 편향된 사람들을 묶어서 정의한 개념으로, 팬과 이들을 둘러싸고 벌어지는 현상을 일컫는다. 이 현상은 학자들의 연구 대상이다. 존 피스크는 팬덤의 주요 특성을 세 가지로 설명했다.

첫째, 차별과 구별. 팬들은 자신이 선택한 스타(또는 팀)를 통해 스스로를 남과 구별하고 같은 스타와 팀을 응원하는 사람들과 더불어 소속감과 안정감을 느낀다. 둘째, 생산과 참여. 팬들은 수동적인 수용자에 머무르지 않고 적극적으로 과정에 참여함으로써 새로운 결과를 창출한다. 셋째, 자본 축적. 팬들은 스타나 팀과 관련된 상품을 수집하고 소유함으로써 그들만의 자본을 축적한다. 그러므로 "정말 팬이라면 팀이 잘되도록 응원이나 열심히 하라"는 식으로 대해서는 씨알이 먹히지 않는다.

국내에서도 팬들의 규모와 수준이 각종 프로스포츠가 출범하던 1980

년대 초반과는 완전히 달라졌다. 놀라운 점은 각종 미디어를 통해 본고장 스포츠의 수준 높은 콘텐츠를 접하면서도 국내 프로스포츠에 대한 관심을 접지 않는 팬들이 적지 않다는 점이다. 전체로 보아 프로스포츠를 즐기는 인구는 꾸준히 늘고 있다. 이들은 가장 뜨거운 응원을 보내 주는 '같은 편'이지만 실패에 대해서는 혹독한 비판자고, 과정에 대한 감시자다. 이들은 다이너마이트와 같은 존재인데, 폭약은 머리가 아니라 가슴에 장착했다. 다시 혼비의 말.

> 우리 가운데 이성적으로 응원할 팀을 선택한 사람은 거의 없다. 어쩌다 보니 그 팀을 응원하게 됐다. 그래서 팀이 2부리그에서 3부리그로 강등되거나, 뛰어난 선수들을 팔아치우거나, 형편없는 선수를 사들이거나, '멀대' 같은 최전방 공격수에게 공을 제대로 연결하지 못하는 일이 700번이나 반복되어도 우리는 그저 욕이나 하고 집에 돌아가 2주 동안 속앓이를 하다가 다시 축구장으로 돌아와서 또 경을 친다. 나도 왜 아스널을 사랑하게 됐는지 자세히 모르겠다.

필자에게도 응원하는 팀이 있다. 변변한 성적을 올리지 못해 놀림거리가 되기 일쑤인 서울의 오래된 프로야구팀. 그 팀의 팬으로 사는 일은 때로 '천형'이지만, 그 팀의 팬으로 살 수 없다면 하루하루가 훨씬 더 불행할 것이다.

스포츠 팀 하나를 사랑하는 일=식성食性

2014.09.15.

카메라는 86년 동안 한 곳에 고정됐다. 펜웨이 파크(Fenway Park). 미국 프로야구 보스턴 레드삭스의 홈구장이며, 레드삭스 팬들의 성지(聖地)다. 1919년, 두 소년이 아버지의 손에 이끌려 야구장에 간다. 그날 이후 그들은 레드삭스 없이는 살 수 없게 된다. 시간이 흐르고, 소년들은 청년이 됐다. 시간이 계속 흐른다. 여전히 펜웨이 파크. 청년들은 중년이, 다시 노인이 됐다. 아들과 손자가 그들 곁을 지킨다. 카메라는 2004년에 멈춘다. 그리고 그 유명한 스포츠 용품업체의 카피가 뜬다. '저스트 두 잇.'

이 오래된 텔레비전 광고의 시간적인 배경은 1919년부터 2004년 '월드시리즈' 직전까지다. 레드삭스의 암흑기, '밤비노의 저주(Curse of Bambino)'에 사로잡힌 시기다. 저주는 1920년에 시작된다. 훗날의 홈런왕 베이브 루스를 뉴욕 양키스에 팔아버린 것이다. 최초의 월드시리즈(1903년) 챔피언 레드삭스는 1918년 다섯 번째 우승을 마지막으로 20세기가 끝날 때까지 우승하지 못했다. 대신 양키스가 전설을 써나갔다.

레드삭스는 1946·1967·1975·1986년 월드시리즈 7차전에서 패했다. 이들을 사로잡은 저주는 2004년에야 풀린다. 레드삭스는 월드시리즈에서 세인트루이스 카디널스를 4승무패로 제압했다. 기둥투수 커트 실링이 다친 발목을 피로 물들인 채 역투했다. 거포 데이비드 오티즈는 불방망이를 휘둘렀다. 드루 베리모어가 주연한 할리우드 영화는 이때의 이야기를 소재로 다룬다. 레드삭스는 이후에도 두 번(2007·2013년) 더 우승했다.

이 광고를 보면서 목이 메었다. 아버지를 따라 펜웨이 파크를 찾은 두 소년이 늙어가는, 그리하여 그들의 아들과 손자를 거느리고 변함없이 그 자리를 지키는 스토리에 마음을 빼앗겼다. 감정이입. 나의 마음이 펜웨이 파크에 가 있었다. 늙어가는 내가 그곳 어디에 앉아 응원하는 팀의 성공을 기원했다. 아들과 손자가 마음을 합쳐 나와 함께 응원했다. 그러나 백일몽일 뿐이다.

나는 서울에서 나고 자랐으며, 당연히 서울 팀을 응원한다. 그러나 아들에게 나의 팀을 상속하지 못했다. 중학생 시절부터 서울운동장(오세훈이 서울시장을 하던 시절에 헐어 버린, 마지막 이름은 '동대문운동장'이었던) 야구장을 들락거리던 나는 대학을 졸업하고 신문기자가 된 뒤 오랫동안 야구장에 가지 못했다. 스포츠 기자에게 야구장은 출입처일 뿐이다. 아들은 외삼촌과 함께 야구장에 갔다. 한때 타이거즈의 모기업에서 일한 처남은 잠실에서 경기가 열리면 응원하러 갔다. 처남이 내 아들과 함께 응원할 때마다 타이거즈가 승리했다. 아들은 타이거즈의 팬이 됐다.

스포츠 팀에 대한 기호는 식성(食性)을 닮았다. 그리고 사나이의 입맛은 아버지를 닮는다. 어머니는 아버지의 식성에 따라 간을 맞추고 재료를 정한다. 나는 아버지에게서 갈비 뜯는 법과 냉면 먹는 법을 배웠다. 아버지는 프로야구가 출범하기 전에 세상을 떠났다. 살아 있었다면, 나를 데리고 MBC 청룡을 응원하러 갔을 것이다.

내 주변에서는 아들이 나를 빼닮았다고 한다. 나는 아들을 양식당에 데리고 다녔고, 동해에 가서 회를 먹였다. 가끔 낚시를 함께했고 초등학교 운동장에서 일대일로 농구를 했다. 유치원에 다니는 녀석을 안고 잠실 종합운동장에서 열린 대한민국과 호주의 대통령배국제축구 결승전도 함께 보았다. 하지만 야구는 그러지 못했다. 아들을 뺏긴 기분에 가끔 사로잡힌다.

그래도 감사할 일은, 아들도 스포츠를 좋아한다는 점이다. 아들은 야구 정보에 빠삭하고, 해외축구 경기가 열리는 주말이면 거실에 드러누워 함께 중계방송을 본다. 물론 아들은 내가 응원하는 야구팀의 줄무늬 저지(jersey)를 절대 입지 않을 것이다. 하지만 서로 다른 유니폼을 입고 자신의 팀을 응원하기 위해 함께 경기장에 갈 수는 있다. 그것만으로도 충분하다.

나는 희망한다. 혹시 손자가 생긴다면, 그 녀석은 제 아비와 같은 팀을 응원하기를.

LG 트윈스

2019.03.15

2014년의 일이다. 〈아시아경제〉 편집국이 있는 건물 현관에서 젊은이들이 시위를 했다. A3크기의 복사용지에 매직같이 굵은 펜으로 글씨를 써서 들고 있었다. 말하자면 피켓이나 플래카드다. 젊은이들은 복사용지를 턱밑에 받쳐 들었다. 힘 있게 높이 들었으면 좋았을 것을. 젊은이들은 프로야구 LG 트윈스의 팬이었다. 그들은 〈아시아경제〉의 온라인 기사를 비판하고 사과를 요구했다.

스포츠부에서 일하던 젊은 기자가 트윈스에서 KT로 이적한 이 아무개 선수의 기사를 썼다. 시즌 초반 성적이 좋은 이 선수를 높이 평가하는 기사였다. 문제는 '표현'이었다. '탈× 효과.' 트윈스와 관련해서 사용해서는 절대 안 되는 금칙어다. 트윈스의 팬들은 'DTD(내려갈 팀은 내려간다)'까지는 몰라도 '탈× 효과'는 절대 용서하지 않는다.

기사는 스포츠 데스크로 일하던 내가 자리를 비웠을 때 출고되었다. 그러나 데스크의 책임이 없지는 않다. 며칠에 걸친 팬들의 비난을 묵묵히 받아들였다. 팬클럽 회장과 여러 번 대화해 유감을 표하고 주의하기로 약속했다. 이 일을 치르는 동안 인생의 아이러니를 느꼈다. 나는 트윈스의 팬클럽 회장과 대화하면서 '서울야구'의 오랜 팬이라는 사실을 이야기하지 않았다. (Je suis jumeaux).

초중학생일 때, 야구를 보고 싶어 봄을 기다렸다. 대통령배 고교야구대회가 가장 먼저 열렸다. 3월이면 예선경기를 했다. 서울운동장에서 경기 시작을 알리는 첫 사이렌 소리가 들리면 가슴이 울렁거렸다. 1970년대의 3월은 겨울이었다. 가끔은 눈이 내렸다. 그래도 어지간하면 경기를 했다. 마운드와 타석 주변만 붉은 흙이 드러났다. 눈 쌓인 모자챙 아래 포수의 사인을 확인하는 투수의 눈빛이 반짝거렸다.

1982년에 프로야구가 시작되었다. 여섯 팀이 서울과 부산, 광주, 대전, 대구, 인천(강원과 이북5도 포함)으로 연고지를 나눠 경쟁했다. 서울에서 태어나 서울 야구만 보며 자란 청년에게는 선택의 여지가 없었다. MBC 청룡. 삼성 라이온즈와 맞붙은 개막전에서 이종도의 만루 홈런으로 역전승했을 때 정말 기뻤다. 하지만 서울야구 팬의 가슴에 불을 지른 청룡은 한 번도 우승을 해보지 못했다.

청룡은 LG에 팔려 역사의 저편으로 사라졌다. LG는 1990년 3월 15일 트윈스라는 이름으로 새 출발했다. 1990년과 1994년 한국시리즈를 제패한 트윈스는 2002년 한국시리즈 준우승을 끝으로 곤두박질쳤다. '잠실야구장의 내야가 유난히 붉은 이유는 트윈스 팬들이 흘린 피눈물이 쌓였기 때문'이라는 말이 있다. 스포츠 데스크를 그만둔 지금, 나는 말할 수 있다. 그 붉은 흙더미에 내 피눈물도 스몄다고.

트윈스의 모기업 LG는 신상(紳商)으로 꼽힌다. 사회공헌을 적극적으로, 그러나 드러나지 않게 해왔다. 역대 회장들은 스캔들을 남기지 않았다. 고 구본무 회장이 서거한 뒤 중책을 맡은 현 회장의 인품을 칭송하는 분도 적지 않다. 최근에는 전국의 초중고등학교에 공기청정기를 1만 대나 무상지원하기로 했다. 모기업이 이토록 훌륭하면 거기 속한 운동 팀들도 그 정신을 본받아야 마땅하다.

트윈스. 야구 잘해라. 말썽 그만 피우고.

무라카미 하루키 씨 미안합니다

2016.01.08.

2000년 9월 25일. 시드니에서 올림픽이 열렸다. 나는 취재기자였다. 전날 밤에 마신 포스터 맥주 탓이었을까. 화장실에 자주 갔다. 그러나 오전 기사를 마감하는 동안은 자리를 뜰 수 없었다. 송고를 마치고 서울에 전화를 걸어 확인한 다음에야 겨우 자리에서 일어섰다.

취재부스에서 화장실까지 거리는 30~40m. 동쪽 복도를 걸어 현관을 나선 다음 오른쪽으로 꺾어지는 곳에 가건물이 있었다. 나는 급했다. 그러나 남자의 '볼일'은 급할수록 빨리 걷거나 달릴 수 없게 만든다. 한 걸음 한 걸음 조심스럽게 옮겼다. 현관은 검은 도화지로 만든 어둠상자에 바늘로 콕 찍은 구멍처럼 아득하게 보였다. '도저히 못 참겠다' 싶을 때 까마득한 어둠의 터널 저 끝, 바늘구멍 속의 한 줄기 빛을 등지고 누군가 걸어오는 모습이 보였다. 걸음이 빠르지도 느리지도 않았다. 그가 지나치려는 순간 나는 소리쳤다.

"무라카미 하루키 씨()"

() 안에 물음표(?)를 찍어야 할지 느낌표(!)를 찍어야할지 모르겠다. 둘

338

다였을 것이다. 세상에 흩어진 모든 의미를 다 합친 '다급함'을, 아마 하루키도 느꼈을 것이다. 그렇지 않았다면 그가 그토록 명료하게 대답했을 리 없다. "하이!"라고. 인터뷰를 청했다. 하루키는 좋다고 했다. 내가 일하는 취재부스에서 하면 어떠냐고 묻자 "화이 낫(Why not)?"이라고 했다. 그러나 "급한 볼일이 있다. 40분 뒤에 보면 안 되겠느냐"고 했다. 나도 "화이 낫"이라고 했다. 그는 프레스센터에서 책상 하나를 빌려 사용했다. 자리를 확인해야 했다. 나는 울고 싶은 심정으로 그의 뒤를 뒤뚱거리며 따라가 40분 뒤에 찾아가야 할 장소를 외웠다.

하루키는 〈스포츠 그래픽 넘버〉란 잡지의 청탁을 받고 시드니에 갔다. 그는 23일 동안 올림픽을 취재하며 매일 400자 원고지 30장씩 글을 썼다. 이때 쓴 글을 묶어 2008년에 『승리보다 소중한 것』을 냈다. 여기에 100장 정도 원고를 더해 묶은 책이 지난해* 12월에 나온 『시드니!』다. 하루키는 책에 인터뷰를 한 사실도 적었다.

> 프레스센터 책상에서 일하고 있는데, 한국의 젊은 신문기자가 "무라카미 씨 아니세요?"하고 말을 걸었다. 인터뷰를 해줄 수 없겠느냐고 물었다. 3시 반까지 마침 시간이 비어서 30분 정도라면 괜찮다고 대답했다. 1시 반부터 2시까지 인터뷰를 했다. 어떻게 올림픽에 오게 됐는가, 같은 질문을 했다. 영어로 질문을 받고 영어로 대답했다.

하루키는 30분이 아니라 한 시간 가까이 인터뷰를 했다. 그는 영어를 막힘없이 사용해서 생각을 드러냈다. "올림픽 개막식이 너무 지루해 덴마

* 2015년.

크가 입장할 때쯤 경기장을 박차고 나와 버렸다. 그리고 숙소 앞 생맥주 카페에 들러 맥주를 마시고 취해버렸다. 그러나 남북한이 공동입장한다는 사실을 알았다면 기다렸을 것"이라며 '원더풀'을 연발했다. 이런 말도 했다. "스포츠는 스포츠 자체로 즐기면 된다. 왜 애국심을 들먹이나. 선수들이 메달을 딸 때도 국기 게양식 같은 것은 없애버리는 것이 낫다."

하루키가 나와 똑같이 기억하지 않는다고 해서 아쉬울 것은 없다. 두 사람의 기억이 데칼코마니와 같다면 또한 이상한 일이다. 다만 이 대목을 읽으면서 나는 오랫동안 간직해온 빚이 있음을 기억해냈다. 채권은 하루키와 내 기사를 읽은 독자와 나의 양심에 속해 있다. 나의 인터뷰 기사에 이런 대목이 나온다. "그는 '경기장 출입이 가능한 ID카드 받기가 너무 어려웠다. 세상에 하루키가 필요하다는데 ID카드를 안 주겠다고 하더라'며 약간의 오만이 깃들인 너털웃음을 시작으로 말문을 열었다." 그러나 하루키는 내게 이렇게 말하지 않았다. 나도 이렇게 쓰지 않았다.

하루키는 웃으며 말했다. "취재를 하려면 경기장 출입이 가능한 ID카드가 필요했다. 그래서 '저 무라카미 하루키인데요, 경기장 출입이 가능한 ID를 받을 수 있을까요?' 하고 사정을 했지만 번번이 퇴짜를 맞았다. 아, 그것 참 곤란했다." 내 글을 누가 고쳤을지 짐작은 한다. 그러나 누군가 내 글을 고쳤다고 해서 남의 글이 되지는 않는다. 그러므로 하루키와 내 글의 독자에게 사과해야 할 사람은 세상에 오직 나뿐이다. 사과한다. "하루키씨, 정말 미안합니다. 용서하세요."

이 글은 15년하고도 3개월 뒤에 쓰는 정정기사이다.

도쿄올림픽 보이콧

2019.07.26.

    미국 대통령 해리 트루먼과 영국 총리 윈스턴 처칠, 소련 공산당 서기장 이오시프 스탈린이 1945년 7월 26일 독일 포츠담에서 정상회담을 했다. 5월 8일 독일이 항복하고 두 달이 지난 시점이다. 일본의 항복을 권고하고 제2차 세계대전 이후 일본에 대한 처리 문제를 논의하는 자리였다. 그 결과물이 '포츠담 선언(Potsdam Declaration)'이다. 중국 총통 장제스도 서명한 선언문은 "일본이 항복하지 않는다면, 즉각적이고 완전한 파멸"에 직면하게 될 것을 경고했다.

    일본이 포츠담 선언을 묵살하자 미국은 8월 6일과 9일 원자폭탄을 사용했다. 소련은 8월 8일 일본에 선전 포고를 했다. 결국 일본은 8월 10일 포츠담 선언을 수락했다. 포츠담 회담은 우리에게 중요한 이정표다. 한국 독립이 의제는 아니었지만 카이로 선언을 확인했다. 포츠담 선언 제8항은 "카이로 선언의 모든 조항은 이행되어야 한다"고 명기했다. 1943년 11월 22~26일 열린 카이로 회담에서 미국과 영국, 중국 등 3개국 정상은 다음과 같이 결정하였다.

> 연합국의 목적은 일본으로부터 1914년 제1차 세계대전 개시 이후에 일본이 장악 또는 점령한 태평양의 모든 섬들을 박탈할 것과 아울러 만주·대만·팽호도 등 일본이 중국인들로부터 절취한 일체의 지역을 중화민국에 반환함에 있다. 또한 일본은 폭력과 탐욕에 의하여 탈취한 모든 다른 지역으로부터도 축출될 것이다. 위의 3대국은 한국 민중의 노예상태에 유의하여 적당한 시기에 한국이 자유롭게 되고 독립하게 될 것을 결의하였다.

카이로 선언은 일본으로부터 반환받고 일본을 축출해야 할 지역으로 ①1914년 제1차 세계대전 발발 이후에 일본이 장악 또는 점령한 태평양 안에 있는 모든 섬들 ②1894~1895년 청·일전쟁 이후 일본이 중국으로부터 절취한 만주·대만·팽호도 등 ③일본이 폭력과 탐욕에 의하여 탈취한 모든 다른 지역 등을 특정하였다. 한국의 영토는 ③의 조항에 해당하고 원상복구 시점의 상한은 1894~1895년 청·일전쟁 시기에 이른다. 따라서 일본이 대한제국으로부터 1905년 2월에 약취한 독도도 당연히 한국에 반환되어야 할 대상이었다.

일본의 언론은 23일* 한국 정부가 도쿄올림픽 조직위원회 공식 사이트 지도에 지도에 독도가 표시된 점에 대해 항의했다고 보도했다. 우리 외교

---

* 2019년 7월.

부가 "독도가 일본의 영토인 것처럼 기재돼 유감"이라고 지적했다는 것이다. 일본 측은 독도가 "국제법적으로 일본 고유의 영토"라고 주장하며 우리 항의를 일축했다. 2018년 평창올림픽 때 우리는 정치를 배제하는 올림픽 정신에 위배된다는 그들의 항의를 받아들여 독도를 삭제했다. 얼마나 멍청한 짓이었나.

대한민국의 공군이 러시아와 중국 항공기의 방공식별구역 침범에 대응하자 일본은 또 고유영토를 들먹이며 항의했다. 가당치 않은 입질이다. 올림픽을 앞둔 도쿄는 베를린올림픽 때 나치 독일이 그랬던 것처럼 이성을 잃어가고 있다. 올림픽이 정치와 무관한 스포츠 제전이라고? 천만에. 올림픽은 오랫동안 정치·체제 선전으로 오염돼왔다. 도쿄 조직위원회가 우리의 영토주권을 끝내 훼손하면 어쩔 것인가. 잠자코 선수단을 파견할 것인가. 독도를 포기해가며 올림픽에 나가야 하나. 우리가 선수단을 보내지 않으면 어떤 일이 벌어질까. 안과 밖, 어디가 더 시끄러울까.

허진석

시인. 한국체육대학교 교수. 서울에서 태어나 동국대학교 국어국문학과를 졸업하고 동국대학교 대학원에서 이학박사 학위를 취득했다. 주요 저서로 『농구 코트의 젊은 영웅들』(1994), 『타이프라이터의 죽음으로부터 불법적인 섹스까지』(1994), 『농구 코트의 젊은 영웅들 2』(1996), 『길거리 농구 핸드북』(1997), 『X-레이 필름 속의 어둠』(2001), 『스포츠 공화국의 탄생』(2010), 『스포츠 보도의 이론과 실제』(2011), 『그렇다, 우리는 호모 루덴스다』(2012), 『미디어를 요리하라』(2012·공저), 『아메리칸 바스켓볼』(2013), 『우리 아버지 시대의 마이클 조던, 득점기계 신동파』(2014), 『놀이인간』(2015), 『휴먼 피치』(2016), 『맘보 김인건』(2017), 『기자의 독서』(2018), 『옆구리에 대한 궁금증』(2018), 『한국 태권도연구사의 검토』(2019·공저) 등이 있다.

기자의 산책 promenade

초판 1쇄 인쇄 2019년 10월 29일
초판 1쇄 발행 2019년 11월 6일

지은이	허진석
펴낸이	최종숙
펴낸곳	글누림출판사
책임편집	문선희
편집	이태곤 권분옥 임애정 백초혜
디자인	안혜진 최선주
영업	박태훈 안현진
주소	서울시 서초구 동광로46길 6-6(반포4동 577-25) 문창빌딩 2층(06589)
전화	02-3409-2055(대표), 2058(영업), 2060(편집)
팩스	02-3409-2059
전자우편	nurim3888@hanmail.net
홈페이지	www.geulnurim.co.kr
블로그	blog.naver.com/geulnurim
북트레블러	post.naver.com/geulnurim
등록번호	제303-2005-000038호(2005.10.5.)

정가는 뒤표지에 있습니다.
ISBN 978-89-6327-592-5 03800

* 이 도서의 국립중앙도서관 출판예정도서목록(CIP)은 서지정보유통지원시스템 홈페이지(http://seoji.nl.go.kr)와 국가자료종합목록 구축시스템(http://kolis-net.nl.go.kr)에서 이용하실 수 있습니다. (CIP제어번호 : CIP2019042927)